李懿 著

《红楼梦》

华南理工大学出版社
· 广州 ·

图书在版编目（CIP）数据

妙品《红楼梦》/李懿著. --广州：华南理工大学出版社，2025.6（2025.8重印）. --ISBN 978-7-5623-7982-9

Ⅰ. I207.411

中国国家版本馆 CIP 数据核字第 2025WW1514 号

Miao Pin Hongloumeng

妙品《红楼梦》

李 懿 著

出 版 人：房俊东
出版发行：华南理工大学出版社
　　　　　（广州五山华南理工大学 17 号楼，邮编 510640）
　　　　　http://hg.cb.scut.edu.cn　E-mail：scutc13@scut.edu.cn
　　　　　营销部电话：020-87113487　87111048（传真）
策划编辑：王　磊
责任编辑：刘一行　陈　蓉
特邀编辑：何真宗
责任校对：伍佩轩
印 刷 者：广州市人杰彩印厂
开　　本：787mm×960mm　1/16　印张：12.75　字数：202 千
版　　次：2025 年 6 月第 1 版　印次：2025 年 8 月第 2 次印刷
定　　价：48.00 元

版权所有　盗版必究　　印装差错　负责调换

前　言

　　《红楼梦》是中国古典文学中的一座高峰。它气象之大，行文之妙，思想之深邃，令人叹为观止。然而，由于其成书于清代文字狱盛行之时，书意曲折隐晦，故留下了诸多未解之谜。

　　历代红学研究者们多从考据、探佚、索隐等角度出发，试图揭开这些谜团的面纱。《红楼梦》一书受华夏文明的滋养灌溉，要想解开它的奥秘，我们必须从文化的源头去找线索，否则容易缘木求鱼，甚至南辕北辙。正如庖丁解牛，只有循其纹理，方能迎刃而解。

　　曹雪芹在创作《红楼梦》时，以花喻华，以家喻国，以美女喻君王，采用正面写实、反面写意的手法，既展现了华夏文明的源远流长，赞美了那些补天救世的帝王将相和仁人志士，又深刻描绘了文明传承中的苦难与浩劫。《红楼梦》既是对华夏文明的赞歌，也是对那个时代的挽歌。

　　在本书中，我尝试循着华夏文明的脉络，结合作者写书时的真实感受，解开困扰读者近三百年的谜题，让《红楼梦》的真实书义能广为流传，让每一位读者都能轻松读懂《红楼梦》。

　　《红楼梦》的作者是谁？故事背景是什么？金陵十二钗有什么影射？作者讲述了怎样的故事？他想要表达什么观点？他又运用了哪些写作方法？如何寻求这些问题的答案？所谓"单丝不成线，独木不成林，孤证不立"，本书将凭借翔实的论据、多种论证方法、书中隐藏的线索以及独特的视角，为诸位开启通往《红楼梦》宝藏的大门，解开谜团，领略其背后真实的书义。

　　本书引文主要参考《红楼梦》（光明日报出版社 2009 年 2 月第 1

版)、《脂砚斋评石头记》(上海阅文信息技术有限公司制作)。因本人学术所限,其中的缺点、错误在所难免,敬请广大读者批评指正。

李壹然

2025 年 5 月

目 录

第一章　正本清源 / 1
　　一、弘道经典 / 1
　　二、《红楼梦》之正大妙 / 2

第二章　六龙腾飞 / 5
　　一、《石头记》 / 5
　　二、《红楼梦》 / 10
　　三、《金陵十二钗》 / 11
　　四、《风月宝鉴》 / 13
　　五、《情僧录》 / 15
　　六、六龙腾飞 / 16

第三章　木石前盟 / 18
　　一、甄士隐与贾雨村 / 18
　　二、《神仙歌》 / 20
　　三、贾敏 / 22
　　四、贾府建筑及人名 / 23
　　五、黛玉进京 / 25
　　六、木石前盟 / 27
　　七、葫芦案 / 32

第四章　太虚幻境 / 39
　　一、《燃藜图》之谜 / 39
　　二、太虚幻境 / 43

三、何为古今天下第一淫人 / 57

第五章　金玉良缘 / 60
　　一、刘姥姥一进荣国府 / 60
　　二、传宫花之谜 / 61
　　三、秦钟的喻义 / 64
　　四、金玉良缘 / 65
　　五、绛芸轩的含义 / 71

第六章　红紫乱朱 / 74
　　一、贾府学堂 / 74
　　二、秦可卿的病与药之谜 / 75
　　三、贾敬之谜 / 79
　　四、风月宝鉴之谜 / 81

第七章　清风袭月 / 85
　　一、九月初三之谜 / 85
　　二、潢海铁网山樯木之谜 / 88
　　三、北静王问玉之谜 / 90
　　四、铁槛寺馒头庵 / 93

第八章　北狩南巡 / 96
　　一、改建大观园 / 96
　　二、大观园对额的寓意 / 100
　　三、元妃省亲的诸多隐秘 / 108

第九章　群雄逐鹿 / 113
　　一、窃玉偷香 / 113
　　二、纷纷之乱 / 116
　　三、《寄生草》之谜 / 123

四、第一次葬花 / 127

第十章　黛玉葬花 / 130
　　一、贾芸借香 / 130
　　二、马道婆进门 / 132
　　三、薛蟠生日之谜 / 135
　　四、冯紫英的隐喻 / 139
　　五、昱日章、亡明印与黛玉葬花之谜 / 142
　　六、配药的秘密 / 147
　　七、蒋玉菡之谜 / 148
　　八、清虚观打醮之谜 / 152

第十一章　竹林隐士 / 157
　　一、金钏投井 / 157
　　二、晴雯撕扇 / 158
　　三、史湘云论阴阳 / 160
　　四、宝黛之交 / 163
　　五、宝玉挨打 / 166
　　六、莲叶羹与黄金络 / 169

第十二章　海棠诗社 / 176
　　一、海棠诗的隐喻 / 176
　　二、菊花诗、螃蟹咏的隐喻 / 180

第十三章　春秋笔法 / 183
　　一、刘姥姥二进荣国府 / 183
　　二、牙牌令的深意 / 186
　　三、妙玉献茶的妙喻 / 189
　　四、惜春作画与春秋笔法 / 193

第一章　正本清源

华夏文明源远流长。在漫长的历史长河中，无数帝王将相、仁人志士披肝沥胆，如同天上璀璨的星河，照耀着文明之路，为华夏文明作出了卓越贡献。中华道统传承从未间断，自古以来，儒家士人都将"明明德"作为终极的思想追求。将"立德""立言""立功"视为人生自我实现的重要目标。

华夏士人皆怀揣着编书修史、著书立说的梦想，而立言之路何其艰难！诗人李贽评价孔子："天不生仲尼，万古如长夜。"然而，编纂《春秋》、整理《诗经》的孔子却自谦"述而不作，信而好古"，他一生所做之事便是弘道而已。张载留下的"横渠四句"更是被士人奉为圭臬："为天地立心，为生民立命，为往圣继绝学，为万世开太平。"

一、弘道经典

明清之际，小说作为一种更易传播的文学形式在宫廷和民间广泛流行。引车卖浆之流皆可借此消遣解闷、喷饭供酒。因为文体不似诗词曲赋那般"高尚"，似乎便与立言之旨相去甚远。殊不知其中不乏奇篇佳作，借世情风俗立言弘道，此正持经达变之谓也。人们多以为《红楼梦》只是一部小说名著，却鲜有人知道它是一部包罗万象的弘道经典。

作者在全书开篇便写自己"今日一技无成、半生潦倒"，却要为闺阁昭传，并以"甄士隐""贾雨村""梦""幻"等词警示读者；又写石头哀叹自己不堪入选补青天，却又幻形入世，造劫红尘，写下了《石头记》，又附上四句偈：

无材可去补苍天，枉入红尘若许年。
此系身前身后事，倩谁记去作奇传？

未能补天，补地如何？补天者，济世也，立功也。作传者，传经史也，立言也。所传何事，传补天济世之人与事也。真正称得上立言之文，必有大气象、大格局，有无量功德，有飞龙在天之象，与天地合其德，与日月合其光，与四时合其序，与鬼神合其吉凶，先天而天弗违，后天而奉天时。立言之书，文明之集大成者，金声而玉振也。

我们看见一棵枝繁叶茂的树，要研究它却不可仅着眼于枝叶，更要循其主干求其根本；我们观察流水浩浩汤汤，要知其清浊，便要溯流而上寻其源头。阅读《红楼梦》，其实便是华夏文明的溯源寻根之旅。华夏文明的血统、道统、法统尽入书中。怡红院中一株海棠树无故死了半边，贾宝玉便由此预料到晴雯之死，进而说到孔庙里孔子手植的那棵桧柏，世盛则茂，世衰则萎，几死几生，正如中华民族所经历的辉煌与苦难。那树根扎得很深，其象征意义至大也。第四十四回中，林黛玉笑《荆钗记·男祭》王十朋之痴，说天下之水同出一源，何必非去江边祭祀。再结合宝玉祭井的情节，所指极大也。问渠那得清如许？为有源头活水来。我们读《红楼梦》时，若处处留心，诚意正心，正本清源，格物致知，参玄悟道，其中真义便会显现出来。

因为《红楼梦》的作者是一位大德隐士，全文又"真事隐""假语存"，文章之真义便匿藏不明，于是世人纷纷猜度，一如射覆。射覆是文人雅士席间的游戏，宝钗曾说射覆是酒令的老祖宗，射与覆都极雅又极难。有道是"诗无达诂"，同样读一诗，有人见春喜，有人见春愁，各见其意，各证其道，正所谓"仁者见仁，智者见智"，一千个人眼中有一千个哈姆雷特。持经可以达变，但万变不离其宗。

二、《红楼梦》之正大妙

有作书人，便有解书人，而解法却不尽相同。庖丁解牛，循其纹理，迎刃而解，刀斧拍击处如奏《桑林》之舞。《红楼梦》是一部证悟之书，可引读者诸君由梦至觉，由迷到悟。文以载道，而文无定法，道无常形，只是各得证悟罢了。《红楼梦》乃天下人之《红楼梦》，非一家之谈也，正如鲁迅先生对《红楼梦》的解读："经学家看见《易》，道学家看见淫，才子看见缠绵，革命家看见排满，流言家看见宫闱秘事。"己所不欲，勿施于人。读书是否得其法，解书是否尽其妙，读者可自证、自悟、自了。日月如合璧，五星如连珠，珠联璧合，此为读书解书之印证。仙人授天衣，全然无一缝，天衣无缝亦为读书解书之印证。鲁班，工匠祖师。传说鲁班授徒，待徒弟出山自立门户时，都要对其进行一次考试。鲁班会命令弟子将一座美轮美奂的宫殿，一块木头一块木头地拆解下来，旬日之后再一块木头一块木头地榫卯上去重新组合，不借销钉、胶漆之外力。多一块木头或少一块木头都不算成功。榫卯得宜，亦为读书解书之印证。

作者恐后世读书人、解书人离经叛道，曲解误读，背离本旨原意，于第一回便劈头先下金针。解《红楼梦》这部皇皇巨著，有三个字最为要紧：一曰正，二曰大，三曰妙。

贾宝玉曾言自己是"大舜之正裔"，又赞"圣虞之功德仁孝，赫赫格天，同天地日月亿兆不朽"，极言华夏血统之正。贾雨村在《正邪两赋论》中论及华夏文脉道统传承，力言尧、舜、禹、汤、文、武、周、召、孔、孟、董、韩、周、程、张、朱皆应运而生，清明灵秀，得天地之正气，乃仁者之所秉也。而于君仁臣良、父慈子孝，凡伦常所关之处，作者皆是称功颂德，眷眷无穷，正是言华夏法统传承之正。正因为有此浩然正气，作者在第一回中便力陈野史或讪谤君相，或贬人妻女，奸淫凶恶之弊，痛恨风月笔墨淫秽污臭，荼毒笔墨，坏人子弟，也不齿佳人才子等浅薄庸俗之书的靡靡之音。通灵宝玉上镌"莫失莫忘，仙寿恒昌"，此八字不仅是对佩戴者的期许，更是对华夏文明的弘扬，提醒后人万万不可数典忘祖。穿凿附会、胡诌乱扯的解读方式只会使人陷入迷津、误入歧途，此乃读此书之大忌也。举直错诸枉，能使枉者直，纠枉不如举直。此书之浩然正气，如同光芒照亮宇宙，正气所到之处，邪祟自去也。

宝玉器宇不凡，贾政却总是训斥他"管窥蠡测"，再结合书中"巨眼英豪""大观"等词语，可知作者是以小大之别警示读者。一花一世界，一叶一菩提，大到无外，小到无内，皆是一理。格一物便是观天下，修身可推及齐家，齐家可推及治国、平天下也。小知不及大知，小年不及大年。若不识庄叟笔下鲲鹏之变化，不明小大之辨，便如同夏虫不可言冰也。

正如黛玉曾言"这宝姐姐也忒胶柱鼓瑟了"，宝钗的"胶柱鼓瑟"象征着一种僵化、刻板的思维方式，而《红楼梦》恰恰反对这种呆板的解读方式。《红楼梦》一书借"梦""幻"演尽宇宙万象，木、火、土、金、水，五行运转无穷，岂能刻舟以求剑？诗无达诂，中华文化最是讲究写意传神。老祖宗令惜春绘制大观园图景时，特别要求她"连人物带屋子通景画上"，而非仅仅画出单纯的"屋架子"。佛祖拈花，迦叶微笑，佛法由此传也。书中警幻仙姑说宝玉之"意淫"可心会不可口传，可神通不可语达，又以神秀、慧能悟道之事警之，便是殷殷重寄于诸君，读此书万万不可舍本逐末，万万不可执名着相。假作真时真亦假，无为有处有还无。故常有，欲以观其徼；故常无，欲以观其妙。梦中有梦，幻中出幻，《红楼梦》不宜呆看，最宜妙品，玄之又玄，众妙之门也。

第二章 六龙腾飞

诸君！还记得《红楼梦》开篇第一句话是什么吗？没错，正是那句"此开卷第一回也"。许多人或许以为这只是闲文赘笔，俗语套话，但我却以为，这正是作者深厚功力的彰显。闻此言，如醍醐灌顶，当头棒喝；如闻"道生一，一生二，二生三，三生万物"之警语；如见"无极生太极，太极生两仪，两仪生四象，四象生八卦"之推演。咫尺天涯，过去未来，其大无外，其小无内。宇宙万象，似已尽入是书之中矣；古今之情，似已尽入吾怀矣。

此书气象万千，当从何处解起？此书有五大书名，书名为全书标目，正扼其要，我们且试着从书名解起。

一、《石头记》

《石头记》中的石头，首先肯定代表了补天余石，以及补天余石幻化而生的通灵宝玉。其次，石头城是南京城的代称，因此，《石头记》亦为《南京记》《金陵记》。再次，石头亦含三生石之意，过去与未来之津隘连通全在此处。另外，石头还有勒石记功之意，红楼群芳诸艳最后同归北邙山，回警幻仙子案前销号，警幻按其生平事迹拟一情榜刻于石上，这难道不是另一种"封神榜"吗？

石头之意已表，那么《石头记》的故事又是如何开端的呢？书中从女娲补天讲起，这不禁让我们思考：女娲为何要补天？补天之前，天地格局如何？天地又是如何形成的？其实，书中的《红楼梦曲》早就给出了答案和线索。《红楼梦曲》首支第一句便是"开辟鸿蒙"。这一切的一切都从盘古开天辟地、伏羲一画开天讲起，这是《石头记》故事的缘起，也是华夏文明的源头，更是易之源、道之先。

伏羲一画开天，分阴阳，生四象，演八卦，于是，东南西北中，众神就位；木火土金水，各司其职。先民茹毛饮血，不懂用火，火神祝融便带来取火之法，教会先民用火。于是众人顶礼膜拜，供奉火神。水神共工见众人拜火神而轻视自己，心中生妒，挟四海之水远涉昆仑山，直逼火神所居的光明宫，与火神决战。一时间，洪水滔天，大地汪洋，生灵涂炭，正是末世的大浩劫。火神无可奈何，只有驾火龙以应战。一时水龙占先，一时火龙逆转，打得难分难解。水曰利下，火曰炎上，水神再怎么发狠用力，光明宫的火总是微而复明，哪怕只剩星星之火亦可燎原，不可尽灭也。水神久攻不胜，又被百姓怨谤，暴怒之下以头触不周山的天柱，于是巨响之后，天柱折，地维绝，天倾西北，地陷东南，世间生灵眼见就要绝灭无存。于是女娲炼五色石以补天，此乃书中开篇所讲之故事。

观水神与火神的决战，便知"水火未济"之局的可怕。水火本应相济，却因妒忌而相争，最终导致天地倾覆、生灵涂炭。由此方省得女娲补天的功德对于我们世间生灵来说，如同再造乾坤。这不仅是《石头记》的故事背景，更是其重要内容。幻中生幻，梦中有梦，正是此等意趣。

女娲炼石三万六千五百零一块，而独有一块未用，弃于大荒山无稽崖青埂峰下。三万六千五百，合周天之数，而这剩的一块，正是闰余之数。这补天余石自以为见弃无用，却不知这"一"沟通天地、连接日月的重要性，若无此闰余之"一"，阴阳不和合，天地不相接，日月不相通。《道德经》有云："昔之得一者，天得一以清，地得一以宁，神得一以灵，谷得一以盈，万物得一以生，侯王得一以为天下正。"补天余石碍于自性不明，不知其贵，故而日夜悲号惭愧。这补天余石，这闰余之"一"，正是作者的心血所凝的《石头记》。它乃道所生，乃易之演也，能识其贵者方为巨眼也。

华夏有两个至宝，一个是随侯珠，另一个是和氏璧。随侯珠最早为先秦随侯所得，但很早就遗失了，有"遗珠"之憾。我们且单言和氏璧。楚人卞和见有凤凰栖于荆山一块青石之上，凤凰乃百鸟之王，不栖无宝之地，于是他剖开青石，得一玉璞。卞和认为这是绝世之美玉，遂进献给楚王。然而，楚王认为他以顽石欺君，刖去其一足。卞和不甘心，后又将美玉进献给继任楚王，这任楚王仍认为他以顽石欺君，又刖去其另一足。直至第三任楚王路过荆山时，见到卞和眼中泣血，挡路献宝。楚文王感其诚，纳其玉璞，令良工剖之，果得无双美玉，遂命名为"和氏璧"。

和氏璧后为秦始皇所有。秦始皇统一六国后，推行了一系列重要的改革：车同轨、书同文、统一货币、统一度量衡，并将天下划为郡县。秦朝原来的客卿、时任丞相的李斯在和氏璧上镌刻"受命于天，既寿永昌"八个虫鸟篆书，将其改制成传国玉玺，作为受命于天的天子信物，意欲传至二世、三世乃至万世的后世皇帝。

《石头记》中，石头苦苦哀求一僧一道将自己携入红尘，一僧一道拗不过它，于是施法化顽石为美玉，又恐世人只知其美不识其贵，复镌字为凭。这镌刻的"莫失莫忘，仙寿恒昌"八字，正与和氏璧上的"受命于天，既寿永昌"八字珠联璧合，一真一幻，正应了这段历史掌故，风月公案。

石头终是自性所限，无手眼口足，难成故事，终需一灵根秀种依恃方妙。于是，《石头记》立刻引出赤瑕宫和神瑛侍者。赤者，红也，南宫朱雀也，火神之所居，炎帝之宫也。瑕者，与瑜相对也，不言瑜而言瑕，此乃作者之妙笔也。当年蔺相如奉赵王之命，献和氏璧于秦王，见秦王不欲以十五城交换，谓秦王曰："玉有瑕，请指示王。"王还璧，相如终不辱使命，完璧而归赵。瑕者，病玉也。传国玉玺于王莽篡汉后便缺一角，可称为瑕。瑛者，玉光也，赤瑕宫神瑛，赤县神州之喻也。"赤县神州"一词最早出自战国时期阴阳家邹衍。《史记·孟子荀卿列传》有云："中国名曰赤县神州。"《古今通论》曰：昆仑东南方五千里谓之神州，州中有和羹乡方三千里，五岳之域，帝王之宅，圣人所生也；《混元圣纪》曰：昔在神州，以神仙之道教化天下，上自三皇，次及五帝，修之皆得神仙；《太清金液神丹经》：但古圣人以中国神州，以九州配八卦。上当辰极，下正地心，故九州在此耳。或说炎帝以火德王，在赤县，黄帝以土德王，居神州。所以，中国大地又称神州大地。神瑛侍者，华夏之守护神，以"侍者"名之，谦卑至此，正是以人为本的中华神话体系的写照。上古史书中将北方蛮夷之地称为"鬼方"，神鬼之分，亦是华夷之论，文明、野蛮的分野也。

　　《石头记》中，神瑛侍者思凡下界，便向警幻仙姑备案。神瑛侍者一言下凡，于是众仙皆竞相下凡，孽鬼也纷纷投胎。何也？譬如北辰，众星拱之，中天紫微乃众星之主，施天经地纬，命众神诸鬼。神瑛侍者正应中天北极紫微星，警幻仙姑正应玉皇大帝。诸君若不信此喻，且看第五回中宝玉遇警幻时，有一赋对二人之八字定评："瑶池不二，紫府无双。"若仍不信，且看第四十一回刘姥姥醉卧怡红院，说"就像到了天宫里一样"。若仍不信，且看第四十三回中众姑子见宝玉如见活龙之描写，以及玉钏呼宝玉为"凤凰"之描写。若依然不信，且看薛蟠说"难道宝玉是天王"之语，以及第四十六回鸳鸯称宝玉为"宝皇帝"的描写。为警读者，作者用心良苦，再三再四，不可喻不苦。然而，许多读者却视而不见。当真是假作真时真亦假，无为有处有还无。

　　于是，二十八宿或前或后，统统随紫微星入世。谁为仙？读者只要留心，书中处处留墨，无须任何牵强附会，即可自见分晓。正所谓"一阴一阳之谓道"，有阳必有阴，有仙必有鬼，孽鬼也前后投胎。何为"鬼"？孽为鬼。何为"孽"？薛子为孽。谁为薛公之子，书中文字分明，读者诸君所见不差。仙与鬼之分，非真仙鬼也，更非解书人所讲神鬼也，乃作者分阴阳、分华夷、分正邪之笔法也。投胎、下凡等语，非真投胎、下凡也，乃作者写作之技法也。所谓星官名，并非真正的星官名，而是因作者书义，因行文之便而名之，取其事体情理也。一如《封神榜》之写神，《聊斋志异》之写鬼，以及《水浒传》之三十六天罡、七十二地煞。作者是读四书五经之古人，年幼启蒙所读是《千字文》之类。《千字文》开篇曰："天地玄黄，宇宙洪荒。日月盈昃，辰宿列张。寒来暑往，秋收冬藏。闰余成岁，律吕调阳。"若完全以今人之法解古人之学，则大谬也。不以作者之所学、所想为参考，难解也。若诸君纠结于此，在下实不可解此书也。

　　仙、鬼同入人世，正邪大斗法，一如《封神榜》，其中可歌可泣者、可痛可叹之事甚多。最终，《石头记》众人死后皆在太虚幻境销号，论其功绩罪孽登情榜。

一僧一道二仙师借神瑛侍者投胎入世之机，将石头幻化的美玉塞入神瑛侍者口中，使其与神瑛侍者合为一体，化身为衔玉而诞的贾宝玉。他在贾府造历幻缘，亲历前述之故事，最终令石头大彻大悟，返璞归真，重回大荒山无稽崖青埂峰。这石头上刻满了历尽悲欢离合、世态炎凉的故事，这便是《石头记》的由来。

石上刻字，何谓也？彪炳我华夏帝王将相赫赫功勋也。秦皇汉武，皆封禅泰山，刻石记功。西汉霍去病北击匈奴，饮马瀚海，封狼居胥山；东汉窦宪远征北匈奴，班固为之勒石记功于燕然山。想那前代之盛，何其壮哉！

补天济世成功否？是既济还是未济？脂砚斋在第四回前批书道："作者泪痕同我泪，燕山依旧窦公无。"这不禁让人想到南明之毁败，令人悲从中来。

刘禹锡《西塞山怀古》云：

　　　　王濬楼船下益州，金陵王气黯然收。
　　　　千寻铁锁沉江底，一片降幡出石头。
　　　　人世几回伤往事，山形依旧枕寒流。
　　　　今逢四海为家日，故垒萧萧芦荻秋。

又有《金陵五题·石头城》云：

　　　　山围故国周遭在，潮打空城寂寞回。
　　　　淮水东边旧时月，夜深还过女墙来。

还有《乌衣巷》诗云：

　　　　朱雀桥边野草花，乌衣巷口夕阳斜。
　　　　旧时王谢堂前燕，飞入寻常百姓家。

石头这一趟幻缘，真如一僧一道二仙师所言："那红尘中有却有些乐事，但不能永远依恃，况又有'美中不足，好事多魔'八个字紧相连属，瞬息间则又乐极悲生，人非物换，究竟是到头一梦，万境归空。"一篇补天故事，终是济而未济，未济而济。乾坤二卦居首，既济未济二卦居末。正如天道之循环不止，叹叹！

二、《红楼梦》

《红楼梦》之书名何解？我们皆知九宫八卦之说。既有二十八宿随紫微星下凡，在天为象，在地成形，必应在书中。而红者，南方之正色也，朱雀之宫，主文明，正是火神、灶神、炎帝之宫也。我们华夏儿女都自称炎黄子孙，此宫在书中正对应华夏文明。子贡做了高官，又富可敌国，犹推崇孔子，他说，自己的学识、财富，别人从墙外就一览无余；而自己的老师孔丘，那是万仞宫墙，万世师表，世人不能得门而入，更遑论登堂入室。《红楼梦》之楼，当有万仞宫墙之意。梦者，幻也，以梦写精神，不入描形摹状之窠臼，放下桎梏，挥洒写意，传华夏文明之神韵，传民族英雄之魂魄，得大天真，大自由也。《红楼梦》者，华夏文明也；《红楼梦》者，华夏文明复兴之大梦也，圣人之大同梦也。

《红楼梦》如何讲华夏文明？第一个关键词为"源远流长"。书中宁、荣二府实为左宗右社、前朝后市之局。二府的创业祖先，一为贾源，取源远之意；一为贾演，演者，水长流也，取流长之意。何谓"源远"？中华民族讲究慎终追远，通过祭祀活动缅怀先祖，并铭记三皇五帝的伟大功勋。何为"流长"？华夏文明兼容并蓄，历久弥新。江海不捐细流，泰山不让土壤，王者不却众庶。华夏文明秉先祖之圣训，德合万邦，各美其美，美美与共，求同存异，与世无争，共创大同。中华民族的文明历代传承，虽然也历经苦难浩劫，却总能薪火相传，并在各个时代创造出灿若繁星的文明成果，进一步丰富了华夏文明的内涵。

作者将天上的三垣搬到地上的贾府，以三垣四象二十八宿的星汉灿烂，状华夏文明之盛。作者怀着对华夏文明的无尽眷爱，于书中再现了历朝历代灿烂辉煌的文化，赞扬礼仪之大，服章之盛。从伏羲炎黄、尧功舜德，到文武成康、先秦诸子；从汉赋风流、魏晋书法，到王谢风度、唐诗宋词、元曲明小说，尽入书中。

第二个关键词为"存周继汉"，该词状华夏文明，以及中华民族所经历的苦难。同时，也讴歌了那些为中华民族披肝沥胆的神仙皇帝、志士仁人。平王东迁以存周，光武中兴以继汉。书中贾政字"存周"，贾府乃东汉贾复之后，而贾复正是随光武帝继汉的云台二十八将之一。昔日贾复随紫微星刘秀下凡，已补过一次青天了。正所谓"一阴一阳之谓道"，有南宫朱雀之离火，必有北宫玄武之坎水。有文明之散播，便有道德之消亡。有正声正色，必有恶紫之夺朱，恶郑声之乱雅乐，恶利口之覆家邦者也。作者痛心汉祀将绝，衣冠沦丧，文明断绝，于是挥笔书写当世志士仁人之壮举，大声疾呼"莫失莫忘，仙寿恒昌。不离不弃，芳龄永继"，欲为世人留一灯，以待他日乾坤复明也。"谩将心印补西天"，此等血泪心事，于文字狱盛行的当世无法直书，于是以笔代剑，含蓄其意，血泪成书，留待后世知音者解之。

第三个关键词是"珠玉传世"。值此红紫乱朱，清风袭月的末世，作者虽有"好知运败金无彩，堪叹时乖玉不光"的感慨，却又借李纨之诗说："珠玉自应传盛世，神仙何幸下瑶台。"中华文明历来海纳百川，包容并蓄。当面对外来的侵略及毁坏时，它会表现出不屈不挠的韧性。文明的种子根植于每一位华夏儿女的血脉里，只待时机成熟，它依然会破土而出，开枝散叶。作者以身翼蔽火种，要将这珠玉般的《红楼梦》流传后世。他深信，总有一天，后人会读通书中的文化密码，华夏儿女会集体觉醒，点燃火种，复兴华夏文明，共同努力实现先哲先圣畅想已久的盛世梦、大同梦。

三、《金陵十二钗》

《金陵十二钗》何解？谢朓有诗云：

江南佳丽地，金陵帝王州。

金陵，又称南京、江宁、石头城，是六朝古都，历来皆是衣冠南渡之所。书中那些女儿们生在金陵，死后至北邙山销号，而北邙山作为千古帝王坟，埋葬了历朝历代的帝王将相。十二，天之大数也。一年有十二月，一日有十二时辰，乐有十二律吕，天子冕有十二旒，三公九卿、四王八公皆合十二之数。钗者，美女之饰物也，屈原作《九章·思美人》，借对美人的思念，表达了对君王的眷恋，这种以美人喻君王的传统，在历代诗人骚客的作品中屡见不鲜。《金陵十二钗》便是以正面写实风月，反面写意春秋之法，重点写衣冠南渡时期一些皇帝的功过得失。至于《金陵十二钗副册》《金陵十二钗又副册》则涉及王侯将相的兴衰历程。

《金陵十二钗正册》《金陵十二钗副册》和《金陵十二钗又副册》中的每位金钗在书中皆有传记，若单独成篇，每一部皆可视为宏大的史诗。此外，另有十五位人物还有类似《推背图》的谶。谶又分图谶、诗谶、曲谶三种。后文将邀读者诸君一起来品评议论，是非功过，得失损益，大家自有定准。

金陵，对于华夏儿女而言，承载着太多复杂的情感。它既是富庶繁华之地，又是瓦砾残破之乡；既是荣兴之宫，又是屈辱之所。它多次成为华夏民族的庇护所，也曾在纸醉金迷、歌舞升平中苟且偷安。南京城的红梅花，依旧在寒风中傲然绽放，鲜艳夺目，而那些长眠于此的英魂可有人诚心祭奠？

补天石高经十二丈，方经二十四丈，正合十二钗之数。《红楼梦》集华夏文明之大成，荟天下之书为一书，萃历代之史为一书。此书创作灵感亦汲取于《封神榜》等经典。《红楼梦》中，补天石为三万六千五百之数，与《封神榜》中姜太公封的三百六十五名正神相呼应，体现了作者对传统文化的继承与创新。宝玉祭井、祭晴雯的情节，一祭天地正气，一祭华夏英魂，正如封神故事也。晴雯为芙蓉花神，宝玉泣泪作《芙蓉女儿诔》，正如昔日姜太公之封神也。花者，华夏也；花神者，华夏之正神也。一部《金陵十二钗》，为华夏神仙皇帝、忠魂英烈树碑立传也。

早在南宋，就有一位"文人中的文人，状元中的状元""地上有一，天上无二"的民族英雄文天祥，他写过一首《正气歌》，在诗中他列举了华夏历代禀正气而生的十二位民族英雄和仁人志士：

> 天地有正气，杂然赋流形。
>
> 下则为河岳，上则为日星。
>
> 于人曰浩然，沛乎塞苍冥。
>
> 皇路当清夷，含和吐明庭。

> 时穷节乃见，一一垂丹青。
>
> 在齐太史简，在晋董狐笔。
>
> 在秦张良椎，在汉苏武节。
>
> 为严将军头，为嵇侍中血。
>
> 为张睢阳齿，为颜常山舌。
>
> 或为辽东帽，清操厉冰雪。
>
> 或为出师表，鬼神泣壮烈。
>
> 或为渡江楫，慷慨吞胡羯。
>
> 或为击贼笏，逆竖头破裂。

文天祥在诗中赞道：

> 是气所磅礴，凛冽万古存。
>
> 当其贯日月，生死安足论。
>
> 地维赖以立，天柱赖以尊。

《金陵十二钗》乃集大成之作，何尝不取法文丞相？一篇补天故事，一首《正气歌》，一部《金陵十二钗》，浩然正气弥漫。我们华夏儿女，炎黄子孙，闻之岂能不动容？岂能不心生无限景仰？

四、《风月宝鉴》

《风月宝鉴》何解？"风月宝鉴"四字不但道出此书之真义，也揭示了文章的成法。作者一开篇便批判了野史讪谤君相、贬人妻女、奸淫凶恶不可胜数，又批判了风月笔墨的淫秽污臭，其荼毒笔墨、坏人子弟不可胜数。然而，作者为何偏偏将自己的书命名为《风月宝鉴》呢？《金刚经》有云："若见诸相非相，即见如来。"执名着相，见的都是幻象、假象。巨著当用巨眼观之，《风月宝鉴》中的"风月"不同于世俗的风月，它暗含"清风明月"的"清""明"二字，也暗含风情月债之意。它托名风月，实为春秋，它表面写实，反面写意，正是正面写实风月，反面写意春秋。"鉴"者，镜也。唐太宗曾说："以铜为镜，可以正衣冠；以古为镜，可以知兴替；以人为镜，可以明得失。"司马光作《资治通鉴》，将历朝历代政之得失编纂成书，以警示后人，鞭策来者。而《风月宝鉴》亦蕴含着类似的深刻意义。

杜牧在《阿房宫赋》中写道："六王毕，四海一；蜀山兀，阿房出。覆压三百余里，隔离天日。""戍卒叫，函谷举，楚人一炬，可怜焦土。"更是为朝代盛衰更迭而叹曰："灭六国者，六国也，非秦也。族秦者，秦也，非天下也。"指出兴亡皆由自取的深刻道理。而"秦人不暇哀之而后人哀之，后人哀之而不鉴之，亦使后人而复哀后人也。"则是对历史教训的沉痛总结，提醒后世以史为鉴。《红楼梦》又何尝不是一本鉴书？其中林黛玉花签上的附诗"莫怨东风当自嗟"，便是作者对历史轮回与个人命运的深刻反思反省，警醒世人莫再重蹈覆辙。

作者生于文字狱盛行之末世，只能微露其意，能识者方为巨眼。所以《风月宝鉴》正反皆可照人，正照是美人，反照是骷髅。只照正面如贾瑞者，已自渎泄精而亡；能照反面见骷髅者，方是有书缘者，方可见作者的本旨原意。鲁迅先生在《狂人日记》中，借狂人之眼读史，见满纸都写着仁义道德，偏他能在字缝中看出通篇"吃人"二字，这正是巨眼独具的见解。作者一腔赤诚，唯恐世人轻忽不察，特别题一绝：

满纸荒唐言，一把辛酸泪！

都云作者痴，谁解其中味。

脂砚斋在此处留下两段批语，其中一段云："能解者方有辛酸之泪，哭成此书。"另有一段云："书未成，芹为泪尽而逝。余常哭芹，泪亦待尽。每思觅青埂峰再问石兄，奈不遇癞头和尚何！怅怅！今而后唯愿造化主再出芹，是书何幸，余二人亦大快遂心于九泉矣。"脂砚斋、棠村，皆同一人也，乃曹雪芹之兄弟也。我读《小雅·棠棣》之诗，感作者兄弟生死契阔之谊，未尝不泪下如雨也。作者以血泪作书已是大奇，直至泪尽而逝，真的是鞠躬尽瘁，死而后已；死而后已也已大奇，竟有兄弟以泪继之；前仆后继已是大奇，竟发宏誓大愿"造化主再出一芹"，并说将是"是书之幸"，芹脂二人方"大快遂心于九泉"。我读书至此，泪不能禁，这是何等慈悲，何等勇决！唯愿《红楼梦》真义得以流传，二位先生在天之灵得以告慰，亦我等晚辈毕生之大愿也。

五、《情僧录》

《情僧录》何解？《情僧录》既见证了石头从石头到美玉，再从美玉到石头的修行悟道，又见证了空空道人因空见色，传情入色，由色悟空的悟道历程。石头是《石头记》的作者，情僧是《情僧录》的主人翁，明白了情僧为谁，我们就解开了作者之密。诸君细思，当日青埂峰下与石头相见的一僧一道是何人？天上有月，水中亦有月，究竟是几个月？镜中显我像，究竟有几个我？一僧一道究竟是一人还是两人？一僧一道，亦僧亦道也。后面一僧一道又去渡化甄士隐，甄士隐亦与未入世的石头有一面之缘，便真是一僧一道一士隐，亦僧亦道亦士隐，儒释道三教齐矣。癞头和尚、跛足道人、百无一用是书生——真废也，此三者，皆作者之象，亦作者未证之先的自戒自污也。而空空道人出现于石头悟道自证之后，便是亦僧亦道亦士隐的作者既证之示象也。空空道人究竟何人？作者究竟何悟？我们且慢慢解来。

书中曰："白骨如山忘姓氏，无非公子与红妆。假作真时真亦假，无为有处有还无。"书中人物姓氏，皆从百家姓，单单忘了一朱姓，不写之写，乃是大写。天子诸侯，王孙公子，皆寄托于闺阁红妆，作者必是一朱姓王孙。佛曰：四大皆空。书中林黛玉伸出两个手指，对贾宝玉道："从今儿起，我记得你做和尚的遭数儿。"宝玉两度出家为僧，正应空空之数，"四大"加"四大"，是为八大。一度入道，道人乃山中修仙之人。空空道人者，作者之号也，八大山人之意也。

朱耷，以八大山人为号。朱耷失其"牛耳"，江山失去半壁，于是朱耷只剩八大。八大山人曰："八大者，四方四隅唯我为大，四时八节唯我居中，九宫八卦之象尽出。"这正是《红楼梦》之格局气象也。一僧一道加一甄士隐，皆作者之分身，亦僧亦道亦士隐，成佛成仙亦成圣，八大山人之谓也。一僧一道在甄士隐面前红尘作别："你我不必同路，三劫后同往北邙山，至太虚幻境销号。"这正是三教归一，万境成空之喻也。

读者诸君或疑我论之武断，《红楼梦》中暗含八大山人之诗书画印，再三再四，俯拾皆是，昭昭若日月之明。至于情僧之悟道，情僧之录，亦待后文详注。

六、六龙腾飞

空空道人，应作者道家身份；东鲁孔梅溪，其东鲁孔姓乃孔子后人衍圣公之姓氏，应作者儒士身份；曹雪芹者，曹洞宗雪衲僧之芹意，应其佛家身份。如果说李白挥一挥衣袖，便能勾勒出半个盛唐的辉煌，那曹雪芹一落笔，便是整个华夏历史的波澜壮阔，宇宙乾坤的浩渺无垠。一时间，《红楼梦》五大书名尽出，如六龙腾飞，群龙无首之象，万千气象，包罗宇宙。仓颉造字，夜有鬼哭，如仰望高山，用文字解《红楼梦》，有妙趣横生处，更有苍白无力，挂一漏万。《红楼梦》实在是伟大，它言尽阴阳华夷，写尽儒释道三教之精髓，道尽四时四方之更替，涵盖天地人神鬼之奥秘，涉及五行生克，九宫八卦之玄机。若要勉强解之，五大书名中：

《石头记》之意可为《补天记》《传国玉玺记》《三生石记》《石头城记》《新封神记》；

《红楼梦》之意可为《华夏梦》《文化复兴梦》《世界大同梦》；

《金陵十二钗》之意可为《华夏神仙皇帝本纪》《华夏诸侯大夫世家》《华夏仁人志士列传》《衣冠南渡人物志》；

《风月宝鉴》之意可为《清风明月华夷荣枯镜鉴》《写意春秋史鉴》《大写意艺术品鉴》《错、综、复、杂识卦宝镜》；

《情僧录》之意可为《空空道人悟道记》《三教合一、万法归空证悟记》《易经普世弘道录》。

每一个书名皆可独自成篇,并不相悖。《红楼梦》之博大精深,可见一斑也。

出则既明,我便开始逐段逐回详注也。

第二章 六龙腾飞

第三章 木石前盟

一、甄士隐与贾雨村

《红楼梦》第一回,先出场的甄士隐、贾雨村,一真一假,一阴一阳,当真妙极。有"真事隐,假语存"之意,世人论之极多,吾不多议;更是以"士"入笔,写士人之真假贤不肖。古之名士,邦有道则智,邦无道则愚。天倾西北、地陷东南之浊世,一仕进、一隐遁,出一曹操曹孟德、出一陶潜陶渊明。雨村可谓治世之能臣,乱世之奸雄,士隐可谓赏酒观花,羲皇上人。士隐之待雨村,如陈公台之重孟德。雨村之酬士隐,似曹操杀吕伯奢一家。

书中状士隐神仙一流人品,这正是他能梦与神通的原因。而这位观花修竹、酌酒吟诗的富贵闲人,偏生在天倾西北之时,地陷东南之地。虽居于姑苏阊门这样的烟柳繁华之地,偏在十里街仁清巷,人情势利之街巷,更紧邻葫芦庙,意谓胡房在侧,地狭人稠,是兵家必争之地。荧惑守心之象,伏祸起萧墙,战火纷飞,帝星陨落,其危殆凶险实可骇也。正文开篇便有"地陷东南"四个字,乃作者警示读者之处,当双圈细读,不可等闲视之。

士隐梦幻识通灵,既是他的救赎之道,又点出了全书的一个大背景。士隐梦中见一僧一道携补天余石所化的"蠢物"去造历幻缘,一僧一道讲起了天界的故事:赤瑕宫神瑛侍者凡心偶炽,已在警幻仙姑案前挂了号,欲下凡造历幻缘。赤瑕宫既是南宫朱雀之隐喻,又隐隐指向紫微垣中紫微星之宫。天人交感,法天相地,天上有紫微垣,地上便有大观园,天上有赤瑕宫,地上便有绛芸轩、怡红院。此正紫微星下世之象。天地人神鬼,谁人不仰望中天北极?因为紫微临凡,便勾得众仙下凡、孽鬼投胎。而灵河岸上三生石畔有绛珠仙草一株,承神瑛侍者日以甘露灌溉,久延岁月，修得女体。因灌溉之恩未偿，五内便有缠绵不尽之意，见神瑛侍者下凡，便向警幻仙姑报备要随之下凡，要用一生的眼泪去偿还此灌溉之恩。诸君细思，绛珠者，红泪也，血泪也。何为灌溉之恩？为何欲以血泪报恩？华夏文明源远流长，每一个中华儿女、炎黄子孙无不受其灌溉之恩。鲁迅先生有诗云："寄意寒星荃不察，我以我血荐轩辕。"血泪报恩，不正是立杀身成仁、舍生取义之宏愿，用性命心灵去报答华夏吗？都说神瑛侍者与绛珠仙草有木石前盟，诸君可知何为木石前盟？木石为柘，柘城县，炎帝故里，朱襄氏之源起也。贾芸在大观园种树，便种有柘树。木石前盟，正是炎帝、黄帝联盟也。既出炎黄，《红楼梦》中也必有蚩尤。中华儿女至此之后皆称炎黄子孙，此乃书中之要处，读书至此岂敢轻忽？

紫微星下凡，乃三界之大事，二十八宿或前或后纷纷入世，妖魔鬼怪竞相投胎。一僧一道说这些风情色鬼目前并未全集，风情孽债尚未了结，便可乘机将这"蠢物"夹带下去。诸君，随神瑛侍者与紫微星下凡之物可是凡品？紫微星乃帝星，通灵宝玉必是帝星信物，落入凡尘，不是传国玉玺又能是何物？反过来说，衔玉而诞者不是紫微星下凡又能是何人？

僧道二人讲起度脱之道，士隐欲借此机缘向二人道问其详，以求"免受沉沦之苦"。一僧一道却以天机不可泄露为由拒之，只说："到那时不要忘我二人，便可跳出火坑矣。"此乃暗度金针也，又说士隐与"蠢物"倒有一面之缘。奇哉，怪哉，为何士隐与通灵宝玉有此机缘？

士隐欲随僧道二人同去，不意已至太虚幻境门口，又见那楹联上书：假作真时真亦假，无为有处有还无。士隐方举步时，如闻霹雳，山崩地陷，就此梦醒，梦中之事忘去大半。为何"梦中之事忘去大半"？这正是作者写梦之法，通灵宝玉上镌"莫失莫忘，仙寿恒昌"，作者写梦写"忘"之笔法，真真是来如春梦几多时，去似朝云无觅处，此梦幻泡影也。

士隐梦醒后又见一僧一道挥霍谈笑而至，而竟忘而不识，亦是奇幻之笔也。那癞头僧要士隐将甄英莲舍给他，亦伏后文癞头僧欲向林如海夫妇舍黛玉之笔。癞头僧说英莲"有命无运，累及爹娘"，八个字状出

第三章　木石前盟

末世金钗们之命运,想那武侯之三分,武穆之二帝,以及太多生不逢时的英豪,只因这八个字,生生屈死,诚可叹也。至于那癞头僧指着士隐念道:"菱花空对雪澌澌",更是英莲一生悲惨命运的写照;"烟消火灭",则是荧惑守心的预言也。末劫来临之时,父母无力救子女,君王不能救百姓,灾难四起,战火纷飞,帝星陨落,诚可叹也!

甄士隐第一次延请贾雨村至家,恰逢严老爷来拜。严者,炎也,火星至也。贾雨村得甄府丫鬟娇杏回顾,心中狂喜不禁,以为对方是巨眼英豪,风尘中之知己也,心下格外用心。作者状世人命运两济之侥幸,便在娇杏身上。只可叹娇杏虽被扶为雨村之正室,终不配奸雄之才志,非雨村正缘,只能侥一时之幸,难逃被休弃之命运。

中秋节,士隐再于葫芦庙邀请雨村,雨村所作的三首诗,除了抒发志向之外,另有谶纬的无限深意。"自顾风前影,谁堪月下俦"之风与月,巧妙隐喻了雨村在两朝为官之游刃有余,取舍自如。"蟾光如有意,先上玉人楼",表面写了"先"上玉人楼,实则暗示日后在"自顾风前影"的境遇中,早就忘了蟾宫的玉人楼,谁还堪月下俦?至于"玉在椟中求善价,钗于奁内待时飞"这一联,除了待价而沽、待时而动之意外,更点出了黛玉、宝钗二位的命运轨迹。《红楼梦》之诗,皆有深意,可玩味处极多,诸君切不可等闲视之。

士隐资助雨村进京赶考后,祸事接踵而至。先是霍启丢失英莲,英莲被拐。霍启者,祸起也;再是葫芦庙炸供,甄家牵连被烧成瓦砾场;然后投靠岳丈封肃却被欺骗利用,家业散尽。此祸为何祸?兵祸也。此火为何火?战火也。家业为何破落?落井下石,树倒猢狲散,墙倒众人推,人情势利之风俗也。此象为何象?荧惑守心也,亦暗伏后文秦可卿之死,可叹也哉!

二、《神仙歌》

当甄士隐跌落到谷底,穷途末路之时,跛足道人唱着《好了歌》来点化他。《好了歌》唱道:

世人都晓神仙好,惟有功名忘不了!

古今将相在何方？荒冢一堆草没了。
世人都晓神仙好，只有金银忘不了！
终朝只恨聚无多，及到多时眼闭了。
世人都晓神仙好，只有娇妻忘不了！
君生日日说恩情，君死又随人去了。
世人都晓神仙好，只有儿孙忘不了！
痴心父母古来多，孝顺儿孙谁见了？

甄士隐闻"好""了"之言，解了一篇《陋室空堂》，顿悟成仙，看似疯疯傻傻，随跛道而去。诸君读到《好了歌》，可曾顿悟《红楼梦》的真谛？三百多年来，解《好了歌》的文章五花八门，而真正有士隐般宿慧的却极少。何也？世上之人多有智，却往往失掉赤子之心，智，可及也，而愚，不可及也。若无甄士隐之"愚"，又如何将《好了歌》解得透，解得彻？

《好了歌》除了满篇尽是"好"和"了"，又何尝不是满篇尽是"神仙"？它又何尝不能叫《神仙歌》？它又何尝不是总摄全书的大纲目？书中处处说到"神仙"，说到天地人神鬼，一开篇便写神仙下凡，为何只闻"好""了"，却不从"神仙"二字上多留意？假作真时真亦假，无为有处有还无。世人常常以假为真，当真的出现时反而以为是假的。《金陵十二钗》本就是《神仙皇帝本纪》，甄士隐在幻境中识得通灵宝玉，便点出众仙下凡、孽鬼投胎的脉络，最后同往北邙山，去警幻案前销号。必有人死而封神，神与仙尽出，阅读时为何对这些视而无睹？仙鬼同出，仙为阳、鬼为阴，以神仙总摄《神仙歌》，正是阳统阴之法也。此乃《好了歌》之本源，识本源方可由此及彼，触类旁通。

格物致知有三重境：一曰看山是山，看水是水；二曰看山不是山，看水不是水；三曰看山还是山，看水还是水。写书读书亦有三重境：一曰始于平正；二曰务追险绝；三曰复归平正。情僧悟道亦有三重境：一曰因空见色；二曰传情入色；三曰由色悟空。甄士隐之顿悟，是因瞬间经历此三境矣。《陋室空堂》全文无一字赘余，解《红楼梦》之内容，可真谓解得真，解得妙也。后文讲得相关处再回头来讲，方证见其妙，此处暂且不注。

第三章 木石前盟

至此，一僧一道一士隐已全集，亦成"少微"之星局，正应作者身份——不在皇宫为太子，不在朝廷为大臣，实为山林之隐匿，亦是落魄之王孙。朝闻晨钟暮闻鼓，醉卧松云醒作诗，功成而弗居，没世而无闻，山中处士，西江弋阳王孙八大山人朱耷是也！

三、贾敏

如果说书中第一回主要描绘全书的气象，那第二回便主要勾勒全书的格局，所谓"在天为象，在地成形"，不先识气象与格局，而欲解《红楼梦》，便无异于无本之木，无源之水，不可立也。此二回书之于《红楼梦》，便如乾坤二卦之于《易经》，可当门户、钥匙之喻也。

第二回为《贾夫人仙逝扬州城，冷子兴演说荣国府》。开篇写贾雨村欲纳娇杏为妾，封肃趋炎附势，屁滚尿流地逢迎，可见末世风俗之坏。《红楼梦》一书正面写实风月，反面写意春秋。纳妾续弦之文，大抵表易志或变节也。雨村是反复无常之人，颇有奸雄之姿，纳娇杏并终扶为正宫，正是行侥幸犯险仕进之路之意也。"雨村乘夜用一顶小轿纳入府中"的"乘夜"二字，道出其偷鸡摸狗、掩人耳目之态，还暗示了他日后再次乘夜用一顶小轿纳妾并最终扶正之事。此等情节犹如魏绍汉禅，晋绍魏禅，不过是历史的重演罢了。

书中又写雨村赋闲时为林家作西宾之故事，便引出林如海、贾敏、林黛玉也，至此时，绛珠仙子消息动也。

林如海，有仕林儒海之意，钟鸣鼎食之家，书香门第之户，天子门生，华夏之正根正苗也。而回目中状贾夫人之逝为"仙逝"，此书有仙鬼之别，万不可作形容词之想，贾夫人必从天上来也，与仕林儒海合契如一，必为一朝之天子也。

书中很少谈父母之讳，却单单写林黛玉为母亲讳，写"敏"字时故意缺笔，又将"敏"字念作"密"。此等要处，岂是作者闲闲之文？贾敏之"密"，诸君可曾深省？明末有三大疑案，一曰梃击案，二曰红丸案，三曰移宫案，尤其是红丸案涉及皇家声誉，一直讳莫如深。而这三大密案的主人公均为一人，正是明光宗泰昌帝朱常洛也。泰昌帝八月初一即位，九月初一便驾崩，真的是"一月天子"，而泰昌这个年号所用也不过一年，故而书中说"堪堪一年光景，贾氏夫人一疾而终"。泰昌帝驾崩之后，其子天启皇帝朱由校即位，而天启帝无子嗣，又英年早逝，便传位于自己的皇弟信王朱由检，是为明思宗崇祯帝。书中林家支庶不盛，黛玉的哥哥又早夭，便引出后文黛玉进京，黛玉便是崇祯帝之喻也。

第二回中，贾雨村信步闲游至智通寺，遇一老僧，觉得老僧"既聋且昏""所答非所问"，真是只识未证之先，不识既证之后，与甄士隐的宿慧遥相呼应，士之真假贤不肖，由此可知也。

四、贾府建筑及人名

雨村偶遇冷子兴，与之村肆沽酒，演说荣国府，至此，全书之格局渐出矣。荣国府渐渐衰败，而冷者子者悄然兴矣，一枯一荣，阳消阴长，已露端倪。我们且从二人论中看贾府格局：贾府祖籍金陵，在南京有老宅，在都中有新宅，老宅虽空，形制一如新宅，此正是明朝同时设立南京和北京两个首都的两京制度也。街东宁国府，街西荣国府，既是左宗庙右社稷之规制，又正以荣国府应太微垣，宁国府应天市垣也，加之后来所建的省亲别墅大观园应紫微垣，三垣之象已在地成形矣。

贾政、王夫人与贾赦、邢夫人等，一应北京，一应南京，太微垣左右二垣，上相次相、上将次将、左执法右执法备矣。贾琏、王熙凤，外朝内廷备矣。天市垣中市列奇珍，民丰物阜，故出贾珍，贾珍尤氏为宗人宗正。天市垣中诸侯环列，故出蓉、蔷等人。从宁荣二公贾演、贾源至第五代贾蔷、贾兰，正应五行相生，生生不息之意。贾源之名，道其源远也；贾演之名，演者，水长流也，道其流长也。华夏文明源远流长，正是《红楼梦》之底色也。贾政字存周，贾复曾继汉，衣冠南渡、存周继汉，这些都构成了《红楼梦》的写作背景。

贾政嫡出之二子，一曰贾珠，二曰宝玉，正应华夏随侯珠、和氏璧之至宝也。想珠联璧合之盛，令人神往。奈何贾珠早逝，有遗珠之憾。遗珠者，遗朱也。贾珠早逝，留有遗孀遗孤李纨和贾兰。李纨在贾宝玉生日宴上抽中的花签为老梅，附一句旧诗："竹篱茅舍自甘心"，似可应北宋和靖先生林逋梅妻鹤子，大有隐者之风，奈何竹林七贤中出山涛也。

宝玉衔玉而诞，正是神瑛侍者及补天余石之一身一体也，亦是紫微星降世也。口中有玉，正是一个"国"字，是传国玉玺之又一印证，另含以家喻国之意。宝玉为小名，并无大名，可见大明之衰亡之兆。宝玉喜女不喜男，并说女儿清爽可爱，男子尽为须眉浊物，正是此书"女不女，男不男"，以美女喻君王，为闺阁昭传，假作真时真亦假，无为有处有还无之意。宝玉之喜红，一乃玉玺之性，二乃应明朝火德之意，三乃应南宫朱雀文明之意也。至于政老爷对宝玉色鬼无疑之论，待到书至贾宝玉梦游太虚幻境时我们再详注不迟。

贾家元春、迎春、探春、惜春四姐妹有大比托。春回大地，万物复苏，当冬天几乎将万物剥蚀殆尽，春信一到，木欣欣以向荣，泉涓涓而始流。家国之重振，文明之复兴，便寄托于此。"元、迎、探、惜"谐音"原应叹息"，似含未济之意，而又有元亨利贞之意，似又含既济之意。未济而既济，既济而未济，正是此书之深意也。太祖太爷贾源正月初一生，含江山鼎定，定正朔之意，元春也是正月初一生，正是重拾河山，再定正朔之意也。四姐妹皆有天命，元春乃魁星下凡，迎春乃角宿露头，探春乃轩辕再现，惜春乃寒食高士。

第二回中，贾雨村提出的《正邪两赋论》实乃儒家之正论。他列举了应运而生数人，包括尧、舜、禹、汤、文、武、周、召、孔、孟、董、韩、周、程、张、朱等，亦作者倾心之前人，亦证明华夏道统文脉传承有序也。而应劫而生以及秉正邪二气而生之数人，皆非虚陪闲笔，书中必一一言到，此亦作者笔笔不空之法也。

结合前文所注，三垣四象二十八宿已在地成形，书中气象格局已出矣。《红楼梦》全书，史笔、诗笔、画笔、幻笔、佛笔、道笔，笔笔不空，气象万千，不可尽述。单以史笔为例，作者以华夏文明源远流长为底色，衣冠南渡、存周继汉为背景，明清易代为二底色，浓墨重彩地为闺阁昭传，我们可试着缘此线索怀诚惶诚恐之心、毕恭毕敬之情，先粗析浅解。

五、黛玉进京

《红楼梦》第三回重点讲林黛玉进京，宝黛初会。读书至此，如见作者当日作书时一字一泪，如闻脂砚斋批书时声泪俱下。唯以泪方可解泪，以心方可印心，二先贤可知后世有一李懿继泪陪泪乎？

林如海欲让贾雨村送黛玉入京，并对贾雨村央之以情，许之以利，又对黛玉动之以情，晓之以理，可见形势紧迫，已是刻不容缓。既是外祖母接外孙女之心切，更是黛玉以己之身还泪报恩之使命，纵百般不忍远行，黛玉终含泪登舟，启程入京。

黛玉入京，实乃信王入宫。藩王本不得入宫，而明熹宗天启帝病笃，又无子嗣，权臣在侧，狼顾虎视，社稷传承如同累卵，于是急召唯一的皇弟信王朱由检入宫。天启帝握其手托江山道："吾弟可为尧舜，不可推辞。"受命于非常之时，挑大任于突然之间，宫中朝中实无根基，心中全无准备，吉凶难卜，祸福难测，而又大义当前，万死不辞。书中描述黛玉暗自忖度外祖母家与别家不同，步步留心，时时留意，不敢轻易多行一步，多说一句，恐被人耻笑，这真正是贵人语言迟，动辄见尤，所谓恐被人耻笑者，实乃恐杀身之祸也。这段描写生动地刻画出信王当时战战兢兢、如履薄冰之态，衬托出他在潜龙时期深藏不露的德行。黛玉在轿中先见街市繁华，人烟阜盛，以及"敕造宁国府"之闲笔，正状出帝星之巡视天市垣之街市、遍访诸侯之意也。

黛玉之轿过宁国府，落荣国府，正是绛珠仙子玉趾亲趋天市、太微二垣。荣国府之格局规制隐约如紫禁城之朝廷也。读者诸君才智百倍于我，自可在书中去印证。孔子曰："八佾舞于庭，是可忍也，孰不可忍也？"可见僭越之罪何其重。国公府诗书簪礼之族，断不会犯越制的错误。唯一之正解便是作者背面敷粉也。绛珠仙草以仙胎入凡，历人间诸劫，欲救世扶厄，扶大厦之将倾，挽狂澜于既倒，明知不可为而为之，哪怕有未济之风险，亦求仁得仁，无怨无悔。何等大慈大悲！我常思"我以我血荐轩辕"之衷情，不由为红楼之诸艳群芳哭之不尽矣。

黛玉一见贾母，史老太君便将她搂入怀中对泣。史老太君何喻？史老太君生日八月初三，正是灶神之诞。灶神应火德，其身份亦应炎帝、黄帝也。贾母，年高德劭，贾府之母，华夏之祖也。书中既称她为老祖宗，实喻华夏老祖宗也。史老太君姓史，又有太史公、仓颉先师、史皇氏之喻也。老祖宗史老太君之荫护宝玉、黛玉，乃天然之情，自然之理也。

黛玉在贾母处得见迎春、探春、惜春三姐妹，三人姿容各异，而衣着钗环皆是一样，彰显其神仙下凡为帝之身份。脂砚斋在此批注道："欲画天尊，先画众神。"再次应宝玉众星之主、三教教主，以及执掌三界的紫微星身份。岂可轻忽？

众姐妹言到林姑母，亦即黛玉之母如何得病，如何医治，如何送葬，便是欲启贾敏之"密"也。众人又言到黛玉之不足之症，黛玉又言到癞头和尚度其出家之事，与前文甄士隐与甄英莲遇癞头僧作呼应。贾母听后，便吩咐下人为黛玉配药，其中提到的人参养荣丸，此药名也颇值得玩味。

黛玉初入荣府，正如朱由检刚登基时一般，风云诡谲，人心难测。所以这府里人人皆是敛声屏气，恭肃严整。而这时却从后院传来笑声，有人说道："我来迟了，未曾迎接远客。"未言先笑，毒计百出，未见其人，先闻其声，全书又一重要人物王熙凤粉墨登场了。

凤凰，"四灵"之一，或为朱雀所生，为天降祥瑞之帝使；又或为山鸡所变，引百鸟朝拜之凡鸟，属朱雀宫。雄为凤，雌为凰。王熙凤为女儿身而充男子养，是假凤虚凰也。不曾识字读书却偏有学名，并无一子却干儿干孙一大堆，正是非阴非阳之谓，也正喻内廷之要员也。明末有两个著名的大太监，一曰魏忠贤，一曰王承恩，正应王熙凤身份。因影射多人，王熙凤正邪难分，忠奸难辨，贤愚未可知也。而此际登场时，作者正按魏忠贤的模样来塑造她，不但三角眼、吊梢眉的形态毕现，三魂六魄也已拘定也。冰山图已绘，冰山戏已出，王熙凤之身份真正是板上钉钉没跑了。

当日魏忠贤得宠于天启一朝，天启帝驾崩前召皇弟信王朱由检进宫，托付江山。魏忠贤之阉党在朝廷已成势，本人更是被尊称九千岁。对于这即将登基的信王将会如何待自己，魏忠贤心中常怀不安与不臣之念，意图相害。然而，他又圆滑世故，不敢贸然行动，正在观望之中，以便伺机而动。信王何等聪慧，对魏忠贤以礼相待，处处流露倚重之意，以宽其心。这便如同《红楼梦》中黛玉谦虚行礼，对王熙凤以"嫂"呼之。黛玉之礼，换来王熙凤一句"竟不像老祖宗的外孙女，倒像是嫡亲孙女"的赞许，可别小看这"外"与"嫡"之别，它实则喻示魏忠贤终于放下戒心，认可朱由检为正统合法的皇帝。

　　王熙凤司职家务，便安排收放黛玉之行李，亲为黛玉捧果。因王夫人问及月例之事，言起绸缎之事。王夫人说到给黛玉裁衣裳时，王熙凤一句"我已预备下"，引得王夫人一笑，便知熙凤撒谎，心机深沉。为黛玉裁衣裳，就好比为信王裁龙袍。"我已预备下"，其实并未预备，此等心机，正是魏忠贤之为人也。

　　因文章有正面写实风月的任务，若不写黛玉拜见大舅父和二舅父的情节，就显得不通情理，又因文章有反面写意春秋的使命，使得这些情节难以描写。作者善用回避之法，如置一屏风，写贾赦因不忍相见而回避，贾政则因外出不得见，实在高明。北京朝廷与南京朝廷气象相通，在不合情理之处，又暗喻信王欲见将相，大臣借故回避。王夫人劝黛玉远着宝玉，亦提醒她登大位之风险，以及宫廷之险恶。适时贾母传饭，推黛玉为上位，众姐妹皆次之，王夫人、李纨、王熙凤皆侍立，这正是对信王欲登大位的隐喻。当日信王进宫，天启帝的张皇后提醒他小心宫中饮食，信王便谨记在心，处处留意，小心防范。正如黛玉记得父诫要惜福养身，用膳时处处观察，见有不合林家规矩者，亦悉数改正。一几一案，一饮一食，皆是文章，读者诸君其留意乎？

六、木石前盟

　　众神已绘，天尊便可出矣，丫鬟一句"宝玉来了"，紫微星现矣！想那斗转星移，围着何星而转？想那"易"之三义为变易、简易、不易。不易者为谁？想那花花世界，万千之象，谁可宗之？想那三教之学，千术万法，终归何处？想那天地人神鬼，三界之中谁可司之？

　　宝玉一出，其形象非一言可形容，非一时可道尽，故而书中不惜其笔墨，不惜令其换装，两大段文字写其"相"，两首《西江月》写其为人，我见之不由泪垂，知三教圣人之三十二相，八十随形好，非虚言也。

赤瑕宫神瑛侍者既在人间现身，大荒山无稽崖青埂峰下的石兄必有下落。宝玉颈上五色丝绦所系的那块美玉，正是石兄所化。石兄当年静极思动，无中生有，央求渺渺真人和茫茫大士带它去人间昌明隆盛之邦，诗书簪缨之族，花锦繁华之地，温柔富贵之乡安身立命与乐业。而那茫茫大士化身之癞僧大施佛法，一展幻术，将石兄幻化为通灵宝玉，为彰显其贵重通灵，又镌字为凭。通灵宝玉通体无瑕，可爱至极，天生有眼堪穿，随神瑛侍者落草而诞，可以直接佩戴，并无半点穿凿之功。真是万年难遇此仙缘。

贾母的荣庆堂中，宝玉与黛玉终于人间初见，喻示信王终登大位，成为明思宗崇祯帝。

黛玉之见宝玉，心下一惊，觉得似曾相识，竟是眼熟到如此。宝玉细看黛玉，眉眼自与世人不同，身姿更与凡人各别，婉转风流，当得一篇大赋。宝玉不由笑道："这个妹妹我曾见过的。"二人一惊一笑间，隽永道出前世今生，此情愫之缠绵悱恻至极。唐朝袁郊的传奇小说《甘泽谣》中有云：

三生石上旧精魂，赏月吟风莫要论。

惭愧情人远相访，此生虽异性长存。

读书至此，我脑中不由浮现苏轼在《僧圆泽传》中所写李源与圆泽在南浦（今重庆万州）生死契阔，隔世相见，以笑为信之事。八大山人落款时将"八大山人"四字以草书连写，看上去一时似"笑之"，一时似"哭之"，或笑或哭，皆是至情。我见宝黛初会，心内悲欣交集，亦不知是笑之还是哭之。叹叹！

宝玉便问黛玉姓名、表字，知黛玉无字，便立刻为她赠字，黛玉也坦然接受。读者诸君可知，赠字即已定盟也！古之女子未及婚配，或未至及笄，皆无字，是谓"待字闺中"。及至许婚，父亲或丈夫方可为其取字。宝玉已赠字，宝黛二人姻缘、木石之盟从此定矣，亦可喻为信王不但已登大位，而且从此有崇祯之纪元年号矣。作者之巧笔，作者之七窍玲珑心，一至于此。尚有何疑？

宝玉究竟送黛玉何字？宝玉对黛玉笑道："我送妹妹一妙字，莫若颦颦二字极妙。"探春知宝玉胸中所知典故极多极妙，便问这二字有何说法来历。宝玉道："《古今人物通考》上说，西方有石名黛，可代画眉之墨，况这林妹妹眉尖若蹙，用取这两个字，岂不两妙！"读书至此，不由掩卷长叹，任由泪流过腮。天下知音信士，苏轼在《僧圆泽传》中写李源与圆泽，曹公亦写宝玉与黛玉！惠林寺中，李源与圆泽密而知音，交语竟日，人莫能测，后因生离死别，约定三生，不改其节，不堕其志；三生石畔，神瑛侍者与绛珠仙草情深义重，天上地下一路追随。荣庆堂中，二人宛如重逢，照见肺腑，契如一人！俗人观人观形，宝玉观人观心。心较比干多一窍，宝玉已知黛玉之玲珑心；病如西子胜三分，宝玉已识黛玉品质之美。宝玉眼中的黛玉，比托极多。世人知西施皱眉捧心时的颦颦之态，容貌绝美，以至东施效颦，欲学其美，却不知西施皱眉是为越国而忧，西子捧心是为范蠡大夫！

"颦颦"二字的典故仅止于此吗？非也。宝玉所言出自《古今人物通考》，试问天下真有此书？又试问天下果无此书？宝玉说："除《四书》外，杜撰的太多，偏只我是杜撰的不成？"清军入关后，贬人妻女，诬人卿相，所谓编书修史，实则为杜撰也；而宝玉所谓《古今人物通考》，粗看之似无此书，细思之却似有，正是告诉读者诸君，华夏地灵人杰，江山代有人才出，要通考古今人物，才能读通书中典故，悟得此书之真意，识得此书之妙境，而囿于一时一地，胶柱鼓瑟般去着相，便不得此书之缘法也。

唐朝诗佛王维的《华岳》一诗前几句云：

西岳出浮云，积翠在太清。

连天凝黛色，百里遥青冥。

西岳华山为巨灵神所开，天地开拆，大河东注，华岳西峙，可充天柱，可镇秦京，王维作《华岳》谏劝唐明皇封禅华岳，以代泰山之封禅，正是"可代画眉之墨"也。

"颦颦"二字至此道尽否？非也，南宋李壁有《黄陵题咏二首》云：

小哀洲北渚云边，二女明装共俨然。

野庙向江空寂寂，古碑无字草芊芊。

> 东风近暮吹芳芷，落日深山哭杜鹃。
> 犹似含颦望巡狩，九疑凝黛隔湘川。

诗人李壁有文史之大才，誓血国仇，沥胆披肝，出使外邦有苏武之节操。此诗之末句"犹似含颦望巡狩，九疑凝黛隔湘川"中，"颦"与"黛"相表里，一为名，一为字，岂能不留意乎？其诗所咏的黄陵，正是黄帝之陵，里面供奉着黄帝、舜、禹、潇湘二妃等，皆为华夏之先祖。南宋之人哭黄陵，娥皇女英哭舜帝，潇湘妃子洒泪成斑，黛玉后来又住潇湘馆。读者诸君才智百倍于我，此中深意，自可解之，我之手欲拭泪，不可执笔也。

既云《古今人物通考》，述古之后必会论今，贾雨村的《正邪两赋论》中秉正邪二气而生的既有古之人，又有今之人，笔笔不空，方为神仙文章。在作者所处的时代有"今之人"唐寅之诗，亦解"颦颦"二字来历。后文宝玉作《红豆曲》，实悼黛玉，亦以酒底"雨打梨花深闭门"和之，无限情意，尽在唐寅那首《一剪梅·雨打梨花深闭门》的词中。词曰：

> 雨打梨花深闭门，孤负青春，虚负青春。
> 赏心乐事共谁论？花下销魂，月下销魂。
> 愁聚眉峰尽日颦，千点啼痕，万点啼痕。
> 晓看天色暮看云，行也思君，坐也思君。

诸君，作者运用之妙，存乎一心，此诗之化用，自另出境界。黛玉为何"愁聚眉峰尽日颦"？因为"花下销魂，月下销魂"。花为华，月为明，心中所系，惟华夏的故国明月。晓看天色暮看云，行也思君，坐也思君，怜我大明崇祯帝，思我华夏正统。所谓血泪成书，红楼一梦，一梦千年，三世书缘，隔世传书，岂虚言哉！

除"颦颦"二字表黛玉，黛玉的比托还有许多，如后文之明妃、赵飞燕、望帝等，皆大舜之正裔，天子之气象，暂且不表。

宝玉为黛玉赠字之后，便问黛玉是否有玉，由此引出宝玉摔玉之事。宝玉摔玉，所哭者是宝玉而非黛玉，看似不通之奇文，却最是合情合理，至情至性之文也。

宝玉爱惜黛玉，非常人可知也。黛玉珍视宝玉，亦非常人可懂也。

黛玉说那玉是稀罕物，岂是人人都有的，是颦卿对玉兄之推崇。宝玉闻言立时摔玉，骂道："什么罕物！连人之高低不择，还说什么通灵不通灵，可见不是好东西，我不要这劳什子。"又哭诉："家里姐姐妹妹都没有，单我有，我说没趣，如今来了个神仙似的妹妹也没有，可见这不是个好东西。"那玉是宝玉的命根子，宝玉宁愿舍了命，也要为黛玉正名，其用情如此！试问能如此用情者古今又有几人？宝玉说"那玉连人之高低不择"，正是推崇黛玉人品；"姐姐妹妹都没有"，是说姐姐妹妹都应当有玉；说黛玉是"神仙似的妹妹"，居然也没有玉，更是不平之鸣。当有者反而没有，不当有者反而有，岂不是"人之高低不择"？此中暗含数个典故，读者诸君其留意否？

宝玉之骂，是骂玉乎，还是骂人乎？推崇黛玉人品之高，必骂窃玉者人品之低也，书中后文尚有鼠辈腊八偷香芋之事与之相应也。西汉末年，外戚王莽欲行篡位之事，向太后王政君索要传国玉玺。太后怒，大骂王莽行此不臣之事，摔玺于地，玺之一角碎。王莽拾玺，后将缺角以金镶之，篡汉称帝。这便是摔玺责莽之事。宝玉之责，何尝不是王莽之辈？只是典故妙用，被责之王莽反而并不在现场。《正邪两赋论》中有王莽，岂虚陪充数乎？

贾母为了哄好宝玉，骗他说林妹妹本来有玉，只是随林姑妈带去，全了殉葬之礼，以充林姑妈见到女儿之意。宝玉觉得有理，信以为真。诸君读书至此或许会心一笑，觉得君子可欺之以方，宝玉虽痴顽却易哄，而若细思，祖母之言真是哄骗小儿乎？宝玉之自解自释也真无道理乎？我亦想笑问宝玉，黛玉之名上黛下玉，能说无玉乎？黛玉身份名正言顺，为何非要那有形之玉？况既已盟定，玉兄之身便是颦儿之身，玉兄之玉便是颦儿之玉，又何分彼此？

黛玉入京，已无母，亦无兄弟，不久又有父丧，正是孤星之命。他日称孤道寡，感怀身世，亦可预见也。加之随她进京的仅一老一小，老的王嬷嬷又极老，小的丫鬟雪雁又极小，难成辅弼。贾母怜爱外孙女，将贴身丫鬟鹦哥改名紫鹃送与黛玉。从此，黛玉便有了紫鹃、雪雁两个贴心丫鬟。紫鹃和雪雁，皆鸟名也，正应南宫朱雀和火德诸夏。望帝春心托杜鹃，他日杜鹃为望帝啼血，鞠躬尽瘁死而后已，可见贾母所派之人甚是妥当。雁阵惊寒,声断衡阳之浦,折翼回雁峰,南渡之路尽风雪,已喻示雪雁结局。

因宝玉央求,宝玉和黛玉被贾母安排在碧纱橱就寝,二人过上了食则同席同坐,寝则同息同止的生活,青梅竹马、两小无猜,言和意顺,略无参商,宛如一人。若从世俗的男女之事上看宝玉与黛玉,那无异于用风月宝鉴的正面来审视,生生亵渎此书。作者偏如此写书,此中深意,读者诸君皆聪明灵秀,当可自悟也。

此回中,袭人的形象也得以展现。袭人与晴雯为宝玉身边的得力丫鬟,宛如紫微星之左辅右弼,非一篇大文章不能注解也,此处暂且不表。

再看林黛玉,作为金陵十二钗之冠首,有薛宝钗与之并列,正所谓一阴一阳之谓道也。恰逢宝玉舅氏王家传讯,金陵薛姨妈家亦有事端,宝钗亦将登场。宝钗品貌风流如何,我们后文再为之注解。

七、葫芦案

正所谓"一阴一阳之谓道",第一回讲气象,第二回便阐格局,第三回写神仙,第四回便出孽鬼,此文章之成法,自然之道理也。神仙临凡,拯救苍生,孽鬼出世,毁天灭地。我们且先看第四回为《薄命女偏逢薄命郎,葫芦僧乱判葫芦案》。

谁为薄命女?甄英莲,真应怜也。

谁为薄命郎?贾雨村薄情却非薄命,薄命郎正是死鬼冯渊也,冯渊逢冤,此乃一糊涂死鬼也,能上《红楼梦》之回目,可见其亦重要人物,死得不冤也。

谁为葫芦僧?葫芦庙之小沙弥门子也,能上《红楼梦》之回目,亦见其能量非同小可也。葫芦案到底是何案?乃是薛蟠打死冯渊之案,可简称薛蟠案。由此推之,薛蟠即葫芦也。前文中薛蟠与葫芦庙毫无瓜葛,为何归为葫芦案?葫芦者,胡虏也。开篇所言众仙下凡,孽鬼投胎,薛公之子为孽,正薛蟠之谓也,门子和薛蟠皆归于胡虏也。华夏为阳,夷狄为阴,门子为鬼差,薛蟠为活阎王也。

第三回中,贾母传饭,座上宾为黛玉、王夫人、迎春、探春、惜春五人也，座次以黛玉为尊，熙凤、李纨皆侍立也。王夫人本侍立，贾母令坐。作者何故如此写？因王夫人为元春嫡母，代元春而坐也。谁贵谁轻，自有深意。"元迎探惜"四春，象征元亨利贞，正应春夏秋冬四季，东南西北四方，加之黛玉为中央，五方已有分定，太微垣五帝座已排好。内廷中亦历历有人，或才或德，加之王熙凤所重点比托的魏忠贤已称九千岁，离万岁仅差一千之数（一笑），此佞幸之臣，正当得太微垣中幸臣星，因而亦入《金陵十二钗》之正册。李纨亦是正册人物，第三回虽已提及，却仅是略写。第四回开篇写黛玉访李纨，方道出李纨身世。读者诸君细想，上回写仙，下回写鬼，李纨恰处于两回相交之处，作者何意？李纨者，十二钗中最大的变星是也。

李纨、贾兰为贾珠之遗孀遗孤，亦是十二钗中唯一有伴星之人。李纨丧偶守寡，故而有字，李纨字宫裁。其名与字不但道出文采与服饰华美，也预示了日后显达服章之盛。其父李守中，为金陵名宦，曾为国子监祭酒。闻守中之名，如闻《中庸》章句，如见持节守中之君子，又如闻《道德经》"多闻数穷，不名守中"之言，立生敬仰之情。李氏族人皆诵诗读书，而守中承继以来便说"女子无才便有德"，不十分令其读书，以贤女之德教之，以纺绩井臼为要。世人皆欲子女智，守中却要子女愚。智，易也，愚，难也。女子无才便有德之论，"无"和"有"之相对，应于末世，我为李公一叹。恰明清之际也有二臣者姓孔名有德者也。书中国子监李氏，即孔门，即杏坛之喻也，后文之李纹、李绮，即读书人之典范也。李纨青春守寡，处于膏粱锦绣中，竟如死灰槁木一般，一概不闻不问，惟知奉亲课子、针黹诵读为业。读书至此，真的是如见一幅梅妻鹤子图，大有北宋和靖先生咏梅诗"疏影横斜水清浅，暗香浮动月黄昏"的意境。以致后来李纨因其年长，掌坛诗社，皆得众人公认。却不知山涛亦论年齿而为竹林七贤之领袖，变节之后嵇康与之绝交。李纨李宫裁，亦是一山涛山巨源也。不读全文，恐怕真会被表面现象蒙蔽。作者之笔，不饶不可饶之人。

我们且先来注解葫芦一案。雨村送黛玉入京，确是大功一件，贾政力荐，使雨村得以补授应天府。然而雨村一上任便有一件人命官司详至案下，为两家争买一婢，殴伤人命。案件之内幕多由以前葫芦庙小沙弥充当的新门子在密室详述于雨村。门子与雨村之对答交锋中，尽显出雨村奸猾薄情及伪善之态，活脱脱勾勒出一幅奸雄画像；同时，亦显出门子根基见识不浅，绝非等闲之辈。原来当日拐子拐走了甄英莲，只待其长到十二三岁再卖与别人。起初，英莲被卖给冯渊。冯渊本只爱男风，对女子毫无兴趣。然而见了英莲后，便发愿余生只爱她一人，定于三日后纳娶做妾。不料迟则生变，拐子本是品行不端之人，唯利是图，又将英莲另卖给薛蟠。一物二卖（恕我唐突之罪，英莲之人品贵重万不可用此语，而在薛蟠、冯渊与拐子心中，虽将英莲视为奇货奇珍，却未将其视为"人"），终于东窗事发，拐子被打个半死，薛、冯二人皆不要钱，只争英莲，薛蟠令下人出手，将冯渊殴打至死。此时，凶身薛蟠已带走英莲，冯家人财两失，故而上告。

诸君，风月宝鉴正反皆可照人，红楼文章，小中可出大，当真只是二人相争，两家相争不成？难道薛、冯二姓竟无大喻？当真是只殴伤一人之命不成？我读书至此，但闻兵戈之声不绝，白骨成堆，尸横遍野。当真只为风月之情争一婢乎？正面写实风月，反面写意春秋，若只见风月，便似贾天祥之正照风月宝鉴也，真真亵渎了这面宝镜，屈死此书也！

作者发大慈大悲之菩萨心，施千手千眼之法，以幻化之笔写出此段文字。拐子带着英莲曾租借门子房舍，英莲眉间有一粒从胎里带来的胭脂记（朱砂痣），因旧时做邻居时熟悉，门子竟一眼认出她来。门子趁无人时问她姓名，她说不记得了，只说拐子是她爹。可怜！可怜！万姓之苦，竟被一人尝遍，众生之难，竟加之于一人！眉间一粒朱砂痣，那是菩萨的印记。白骨如山忘姓氏，可那眉间的朱砂痣，是你寻亲的证信，华夏故国，是流淌在你血脉的记忆！京口瓜洲一水间，钟山只隔数重山，春风又绿江南岸，明月何时照我还？故国明月长照心田，我为英莲一哭！

英莲所受之苦难，乃是末劫之时万万千千华夏子民所受的苦难。民为贵，社稷次之，君为轻，这是华夏士人的良心，也是作者的良心。第一回书便已出英莲，她也是最先出场的金钗，她是菩萨所化，她是作者第一捧眼泪所化。

荧惑守心，十年九灾，盗寇蜂起，兵戈不息，帝星陨落。内贼外鬼，纷纷登场。冯者，二马也，两代闯王之内乱也。冯渊根基浅薄，却渐小有家资，喻李自成之创业。假作真时真亦假，无为有处有还无，后文邢岫烟曾说"女不女，男不男，僧不僧，俗不俗"之句，为藏此书之真情实意，作者煞费苦心。文中说冯渊夙喜男风，不喜女色，何也？所谓男风反而可以是女色，以及世间的声色犬马；红楼女子何等贵重，女色反而可以是江山社稷，天下苍生，亿兆黎民。此乃乾坤互换之笔法也。舍男风而好女色，谓李自成入京，发愿一改旧时声色犬马之陋习，想要这万里江山之意，却不思自己有什么根基，竟敢登此大位。德不配位，必有灾殃，冯渊逢冤，其实不冤也！

薛者，雪也，水也，水国之喻也，清朝之喻也。薛蟠，字文龙，蟠与龙互为表里，盘踞之龙，恶龙也，非真龙也；蟠者，亦为虫也，鼠负之虫，与鼠辈为伍者也。薛蟠虽字文龙，却终非真龙，不是一朝天子，正是拥顺治帝入关之多尔衮、多铎辈之谓也。

英莲图谶为莲，却为并蒂莲，并蒂者，"并帝"也。英莲后与人斗草，得夫妻蕙，蕙者，香草也，喻其人品，而夫妻蕙一枝双花，亦含"并帝"之意。日月双悬，双花并蒂，此乃大争之象也。薛冯二姓之争，以冯渊人财两失告终，薛蟠抱得美人归，暗喻了清军入关，挫败李自成，终入主北京，号令天下也。门子也好，雨村也罢，皆知英莲为甄家之女，却不施以援手，狼心狗肺，岂为人乎？拐英莲者，拐子也，亦何尝不是门子与雨村的象征？在明末清初的动荡时期，那些无行止之士人，令人憎恨，可叹，可怜！

杀人偿命，欠债还钱，天经地义，而英莲本为甄家之女，理应归于甄家。此案并不难断。但当门子拿出《护官符》之后，雨村心中便另有了主意。

《护官符》上写了金陵最有权势的家族，尤其是贾、史、王、薛四大家族。门子说这四大家族联络有亲，一荣俱荣，一损俱损。雨村一方面仰慕薛家之势，另一方面也念贾家之旧情，最终偏袒薛蟠而裁判。诸君，这是真事隐，还是假语存？贾化贾化，分明是假话也！正面文章需反面读。人各有命，运势各殊，万事万物，自有分定，联络有亲是实，可为何就一荣俱荣，一损俱损了？拿门子之假话作定评，真的是执名着相，胶柱鼓瑟了。阴消阳长，阳消阴长，阳极成阴，阴极成阳，才是亘古不变的道理。贾、史、王、薛四家历来解读甚多，有人说引喻"家亡血史"，有人说引喻"假史王血"，诚然有理，但君子务本，要从根本上去格物，方可致真知。

贾家，"贾不假，白玉为堂金作马"，玉堂宫，汉宫殿也；金马门，汉宫门也，展现出堂堂正正的华夏风貌，为阳。脂砚斋注曰："祖籍金陵，共若干房，现居都中若干房。"而薛家，"丰年好大雪，珍珠如土金如铁"，展现出西、北二方的沉降肃杀之气，属阴。脂砚斋在此批注："紫薇舍人薛公之后，共八房分"。紫薇舍人四字，历历在目也。紫薇舍人为旧官名，亦可作中书尚人，而此处大有深意，紫薇，同紫微，应紫微垣。紫微外垣有传舍九星，应胡人入华。薛家自是应夷狄身份。华夷之别，阴阳之分，明矣。若无阴阳华夷之消长变化，《红楼梦》岂能成为皇皇巨著？试问诸君，一阳一阴，当真是一荣俱荣，一损俱损吗？而王家，"东海缺少白玉床，龙王来请金陵王"，东海物产丰富，岂言有缺，能让龙王来请，必是慕才，欲寻东床之快婿也，王谢之族自古多士，以王喻士也，朝廷寻求栋梁也。而士有真就有假，有贤就有不肖，阴阳不可一概而论也。而无论华夷，都需要招贤纳士，是故王家与贾、薛二家都联络有亲。而史家，"阿房宫，三百里，住不下金陵一个史"。

《金陵十二钗》，正是为闺阁昭传，以美女喻君王，以丫鬟喻将相，要用史笔描绘出源远流长的历史，赞颂存周继汉的伟业，传颂珠玉传世。而天下史书何止一家，成王败寇，真伪难辨，褒贬不一，正如风月宝鉴有正有反，阴阳又怎能一概而论？枯荣消长，阴阳变化，士人风骨，史笔真伪，全喻义在这四大家族中。作者神仙笔法，可惜舍本逐末者众，《红楼梦》蒙尘含垢久矣，惜哉，痛哉！

四大家族之意已表，我们试看雨村具体如何判案。雨村判案，正用"顺水推舟"之法。雨村按门子之谋划，扶鸾请仙，批薛冯二人夙孽相逢，今狭路既遇，原应了结。祸由拐子，按法处治，余不略及，总之徇情枉法，胡乱判断。断了此案后，又作书信二封与贾政并京营节度使王子腾。又恐门子露出自己穷贱时的底细，便寻个不是将门子远远的充发了。雨村此举，真的是一箭数雕，全了贾、王、薛三家之情。雨村奸雄之姿似曹操，卖主之态似秦桧也。可侥一时之幸，只恐史笔难饶。

一桩葫芦案，引出四类鬼来。冯渊，书中称为死鬼冯渊，实为自不量力，自作孽不可活之死鬼，生时就已是人不成人鬼不成鬼的不说，还得再死一遍；薛蟠，实乃毁天灭地，人见死，鬼见愁的呆霸王，活阎王也；雨村，实乃见人说人话，见鬼说鬼话之二面鬼也，亦国之贼，禄之鬼也；门子，为鬼当差，为魔献筹，净出鬼主意，是彻头彻尾的鬼鬼祟祟之鬼也，正是魑魅魍魉之谓也。

　　清人入关，赶杀李自成，竟宣称是为崇祯帝报仇，于是有些无行止之士大夫以此为由，转而投清，亦敢自称"为先皇报仇"，一如雨村。清廷放出的口声，南方的朱姓皇族竟有人信以为真，相信联虏平寇的方略可光复故明，可重回北京称制。可叹也哉！

　　葫芦案之了结，最屈者非冯渊，实乃英莲也，真应怜也！可敬英莲在此末世历劫，依然如莲似蕙，香远益清，亭亭净植，兰心蕙质，宛如香菱。

　　欲引出林黛玉，先写贾敏，欲介绍薛宝钗，先写薛蟠。薛蟠已写，薛宝钗似可出矣，而作者仍不肯全出，依然是犹抱琵琶半遮面，实不忍因薛蟠之恶而污宝钗之名。虽一母同胞，宝钗之人品风流却远胜其兄。书中写薛蟠父亲已亡，有一母和一妹，母亲为王子腾和贾府王夫人之妹，妹则是宝钗。又写薛家本欲上京，一为送宝钗待选皇妃；二为望亲，都中有舅父王家，姨父贾家；三为打理都中生意，查旧账，算新支，兼游览上国风光，并不以此人命官司为念。及至都中，因与贾府有亲，便在贾府东北角梨香院暂住，虽云暂住，却又议处长之法。书中又说宝钗生得极好，待人接物亦极好，深得贾府下人之心，人言黛玉不及也。此段文字虽平淡道来，却触目惊心。全家入京，并要长处，岂不有鸠占鹊巢之意？入宫待选，岂不有问鼎中原之心？所谓望亲，贾家下人言宝钗之好，岂不有收买人心之行？游览上国风光，岂不有觊觎神器之情？又查什么旧账，算什么新支，做的究竟是哪门子生意？昔日五胡乱华，今又见胡人入华，兵祸战端自此启矣。

　　况宝钗能与黛玉并列，其才貌、气象非轻薄子所能知也。作者不欲唐突宝卿，我亦不敢轻易定评。周公恐惧流言日，王莽谦恭未篡时，假使当时身便死，一生忠奸谁人知？金陵十二钗为何最终都入了薄命司，全都香消玉殒？此书既为闺阁昭传，既作传便必详尽一生，且意在因功过得失而封神，岂能立生祠？未及盖棺，不可定论，及时死时，方能封神也。每支金钗皆作者用泪所化，而所洒之泪却各有不同，倘若说群芳诸芳艳走向了共同的命运，那真的是读书读呆了。黛玉有黛玉的美，宝钗有宝钗的美；黛玉有黛玉的命运，宝钗有宝钗的命运。明白此理，方可随宝玉入梦，方可神游太虚幻境，方可解《红楼梦》也。

第四章　太虚幻境

一、《燃藜图》之谜

太史公在《货殖列传》中说："天下熙熙，皆为利来，天下攘攘，皆为利往。"不仅编户之普通百姓，就连千乘之王，万家之侯，百乘之君都不能免俗。那黄白之物对于贾府同样重要，既要广开其源，又要善节其流，既需虑近，又需虑远，其开支既要应紧要之需，又要处长为上。对于贾府上上下下的人，又何尝不各有机心算计，贫者忧其贫，富者又叹不足。人人虽有公心，却亦有私谋，或有大公无私，先公后私，或有以公谋私，以私害公，既有君子，便有小人，此自然之理。是以货贿钱赂虽俗，却最是容易通行。薛家为皇商，最善收支买卖之道，人心亦是值钱之物，人心亦可市之，只要本轻利重，何尝不是一桩好买卖。古往今来行间之道，必有人混迹其间，趁人不觉，乘隙而入，所被收买者非其主而实其仆，仆已变心，主或未知也。行间亦如男女偷情私盟，不轨之事行于暗地，若仍念旧家之利，非捉奸在床，抵口不认，若欲投新家，必诋毁旧家，为私情私奔正名。偷情之人，徘徊其中，两边取利，又谨慎避祸。无事献殷勤，非奸即盗，下人言外人之好，主人如何不惧？贾府之主，贾母也，黛玉为贾母之外孙女，亦为主也；宝钗与王夫人有亲，客也，外戚也。主有主道，客有客道，以客犯主，主不可不察也。

宝玉、黛玉皆为多情至情之人，既已盟定，心中皆珍重对方，为何还有求全之毁、不虞之隙？黛玉之情，是为"情情"，一心只在贾府，一生只为血泪报恩。正因如此，便心思敏感细密，履霜而知坚冰至，对宝钗岂不防范？自古以来皆有夷夏之防，宝玉将芳官改名为耶律雄奴，雄奴二音又与匈奴相通，耶律与雄奴皆是犬戎名姓，书中说："这两种人自尧舜时便为中华之患，晋唐诸朝，深受其害。"君子终日乾乾，夕惕若厉，方可无咎，此正惕龙之德也，试问诸君，若无此德，黛玉何以立身处世？而宝玉之情，却是"情不情"，情至精血有情之物，也情至山石无情之物，宝钗之情榜，正是"无情"。宝玉与黛玉是姑表亲，与宝钗是姨表亲，他因自性之故，既爱黛玉，又重宝钗，虽知水火难容，二物相遇极易成未济之象，却偏偏不愿袒向一方，倒极愿从中调停，以期水火既济，万物各得其时，万物各正其位。此亦古圣先贤天地交泰，世界大同的梦想。此神瑛侍者秉大胸臆而历尘世之初心也。此等关节处，黛玉并不全知宝玉，宝玉亦不知尽知黛玉，此二人小隙之由来也。二人本皆多情至情，突然出一宝钗，二人频起波澜，正是多情却被无情恼。

第五回中，因宁国府会芳园中梅花盛开，贾珍之妻尤氏并贾蓉之妻秦氏来荣国府请贾母、邢夫人、王夫人等赏花游玩，先茶后酒，不过宁、荣二府家宴小集，并无别样新闻趣事可见。这是第一次家宴，却草草写就，正如晋人倒食甘蔗，渐入佳境一样。会芳园，"会桃李之芳园"，家宴小集，"序天伦之乐事"，暗应李白《春夜宴桃李园序》一诗，此处乃小应，及至后文大观园诗会，方是大应。作者似信手写之，实大有意趣，大有深意，真真神仙笔法，运用之妙，存乎一心。

因宝玉倦怠，欲睡中觉，宝玉及随身奶娘丫鬟便被秦氏领去预备好的上房。贾母素知秦氏是极安妥的人，而且生得袅娜纤巧，行事温柔和平，乃重孙媳中第一得意人，见她去安排宝玉，自是安稳的。诸君！为何早就预备好了上房？为何贾母认为秦氏去安排极为妥当？读《红楼梦》万万不可望文生义，穿凿附会，那样只会亵渎此书。宁府格局，正应天市垣之象，紫微帝星莅临，岂不事先预备上房？天市垣亦有帝座，秦氏正应其位也，秦氏来安排，岂不千妥万妥？

宝玉一众人被秦氏领至上房内间，便见了一幅《燃藜图》，并"世事洞明皆学问，人情练达即文章"一联。作者用心，何等良苦，我见此图，叹《红楼梦》成书之艰，传书之难，文章千古事，神仙藜照授书，此德何其隆也！

西汉之时，有一位大汉宗亲叫刘向，博学广识，在皇家天禄阁写书校书，废寝忘食，夜以继日。蜡烛燃尽，刘向仍于暗室默诵揣摩。这时有一黄衣老者登阁叩门，植青藜杖而入。老者吹其藜杖之端，烟燃，室内光明。老者和刘向说到天地开辟以前，授《洪范五行》之文。刘向恐有忘记遗漏，撕裂衣裳以记之，直至天亮。刘向问老人姓名，老人说：我是太一之精，天帝说卯金之子有博学者，下而观之。老人从怀中取出竹碟，上有天文地图之书，说，我可以教你个大概。刘向因为得到仙人的指点传授，深得天人合一之学及谶纬之术，文章大进，或述或作，校书传书甚多。书者，文明也，藜照暗室，光耀千古！

刘向为汉室宗亲，八大山人为明之宗室，我常思《红楼梦》作者当日在暗室作书，是否有太一之精为之藜照？书中李纨有诗云：珠玉自应传盛世，神仙何幸下瑶台。想我中华服章之盛，礼仪之大，随和之宝之贵重，无不心生豪情。当日末世写书，多有避讳，以至明珠幽于暗匣，宝玉蒙尘含垢，今逢盛世，愿太一之精再次临凡，为之藜照，则一灯之明，可朗照乾坤，珠玉之光辉，必可助华夏文明之复兴也！

读《红楼梦》之书，当参此燃藜图也。《红楼梦》乃甚深经典，微妙至极，既要先识天文地图，气象格局以通其要，又须如刘向般勤习经典，博览旁通以证其妙，尚需体察人情世态，练达、洞明，方可能探其幽微曲折处。《三国演义》中孔明曾与鲁肃言："为将而不知天文，不识地理，不知奇门，不晓阴阳，不看阵图，不明兵势，是庸才也。"为将如此，为文亦复如是。

第五回书之正文乃是宝玉梦游太虚幻境，入梦之前，先下一金针，正是金针暗度传书之法，正是作者的神仙笔法也。宝玉见那画上人物倒好，但见了那图、那联，纵然室宇精美，铺陈华丽，仍喊着要出去，何也？燃藜图本为后文入梦作引，紫微，太一，身份贵重，在此室之中何以入梦？作者笔意在此，世人误以为燃藜图乃劝学，宝玉不喜仕途，故而不喜，此误解也。

秦氏于是引宝玉去自己房中午睡。入室便有甜香袭来，令宝玉眼饧骨软，此香可为引梦之香也。香者，瞬间可通神，一秒可入梦。自此，宝玉渐堕梦境矣。余下宝玉的见闻，我已不可分辨是醒是梦，是真是幻，何况《红楼梦》本就一梦，梦不知何时而入，亦不知梦有几重，梦中复生梦，幻中复出幻。更兼书中又传书，我似也已堕梦中，已入幻中矣。

宝玉入室看时，只见墙上有唐伯虎的《海棠春睡图》，又有宋朝学士秦太虚的一副对联：嫩寒锁梦因春冷，芳气笼人是酒香。唐寅唐伯虎，江南四大才子之一，善诗善画，其画香艳多情最是春宫圣手。秦观秦少游，又字太虚，苏门四学士之一，苏门六君子之一，婉约派之词宗，最善风月入词。此画此联状杨贵妃因唐明皇又宠幸他人，在百花亭醉酒，放浪形骸，以至宿醉，因唐明皇召见，高力士命侍儿扶腋而至，妃子醉颜残妆，鬓乱钗横，不能再拜，唐明皇笑谓岂是妃子醉，是海棠睡未足耳。此画此联以此媚极艳极之态引宝玉入春梦，却又背面敷粉，大有深意。唐伯虎画没画过《海棠春睡图》已不可考，但确实画过《海棠美人图》，并配诗曰：

褪尽东风满面妆，可怜蝶粉与蜂狂。

自今意思和谁说，一片春心付海棠。

秦观有没有写此一联亦不可考，但他的恩师东坡先生写的那首海棠诗却极为有名，其诗曰：

东风袅袅泛崇光，香雾空蒙月转廊。

只恐夜深花睡去，故烧高烛照红妆。

后文贾芸亦给宝玉送来两盆白海棠花，大观园的群芳诸艳也踊跃写《白海棠诗》，成了一社。此书之中，花有花语，鸟有鸟言，花魂鸟魂皆有寄，与八大山人大写意的花鸟相映成趣。海棠号解语花，在《红楼梦》中意象极其神圣。北京城中，海棠依旧否？我今睹此图此文，遥拜思陵，亦频频堕泪也。当日甲申国难，崇祯皇帝在煤山海棠树下自缢殉国，太监王承恩在另一棵海棠树下与之对缢。皇帝曾留一血诏于衣襟，言"朕凉德藐躬，上干天咎，致逆贼直逼京师，皆诸臣误朕。朕死，无面目见祖宗，自去冠冕，以发覆面，任贼分裂，无伤百姓一人"。当真是褪尽东风满面妆，泪目。崇祯皇帝殉国后，李自成、张献忠竞相称帝，清朝也入关进京，清朝收殓皇帝，称入关是为皇帝报仇，以欺天下人心，真就是蝶粉与蜂狂，叹叹！对先帝的追思缅怀又能向谁说，唯有寄托于海棠。想那白日里海棠虽风中摇曳，崇光焕彩，月亮转过回廊之后却看不见了。我担心这夜太深太冷，海棠真的就睡过去了，我要烧一对高烛来照着他，守着他，在我心中他依然是那么红妆艳丽。泪目，叹叹！三月十九，一生之痛，是烙在心底的伤，是磨灭不了的记忆，作者用一生为先帝垒坟，用一部书为之设祭。秦太虚的左右联，犹如一对高烛，可通灵乎？可致先帝在天之灵乎？

我们继续看这房中陈设，只见设着武则天当日镜室的宝镜，又见飞燕当日舞过的金盘，盘中放着当日安禄山伤了太真乳的木瓜，还有寿阳公主于含章殿下卧的榻，悬的是同昌公主的联珠帐。此等陈设看似无理，细思却合情合理。宝玉已入梦矣。想那天上紫微星，难道只管一朝天子不成？想那传国玉玺，从始皇肇其端，传了多少皇帝？天界赤瑕宫神瑛侍者下世为贾宝玉，大荒山无稽崖青埂峰补天余石幻化为通灵宝玉，应紫微星与传国玉玺，如何不领略历朝历代风光。秦宫、汉宫、魏晋、隋宫、唐宫、宋宫，乃至南北朝、残唐五代之乱离，皆须经历经历。集诸宫之物于一室，集十二钗于贾府，皆幻笔之法，不足怪也。秦氏笑道："我这屋子大约神仙也可以住得了。"我闻言不由一笑，秦氏亦是天星下凡，这房间本来就住的神仙，有此一问，也甚有趣。假作真时真亦假，此书常以假写真，以真写假，读者于是以假度真，以真度假，却不知真其真，假其假，真不一定是假，它也可以是真，假不一定是真，它也可以是真的假。一笑。非有七窍玲珑心，难尽解其妙也。

于是秦氏亲自展开西子浣过的纱衾，移出红娘抱过的鸳枕，令众婆子退出，只留袭人、媚人、晴雯、麝月四个丫鬟为伴。丫鬟之名，皆是不凡，亦如骈马齐头，亦分阴阳，试问天下写书人，有几人能为之？秦氏令小丫鬟们，好生在廊檐下看着猫儿狗儿打架。笔之细致入微，紫微星巡游天市垣，廊下岂无人执戟站岗否？

二、太虚幻境

宝玉一合眼，便恍恍惚惚地睡去，犹似秦氏在前，至一仙境所在，于是便想在此度日。宝玉又听一女子天籁作歌道：

　　春梦随云散，飞花逐水流，寄言众儿女，何必觅闲愁。

似有禅机谶语之意。接着便见其真容，书中言与人不同，与人各别，自然是神仙了。为状神仙，书中立出一赋，可类《洛神赋》。前文亦有两段文字和两首《西江月》来刻画宝玉的形象，可与之相应也。皆状其完美圆满之好"相"也，书中有八字定评"瑶池不二，紫府无双"。此八字，正应警幻仙姑、神瑛侍者乃玉皇大帝、紫微大帝身份。

道可道，非常道，名可名，非常名，别人皆言菩萨天尊，作者偏出警幻、神瑛，倒也新奇别致，有何不可？《红楼梦》全书都在劝读者诸君不可执名着相。执名着相，胶柱鼓瑟，无济于事，于人无益，又如何悟道？能明事体情理即可。法尚应舍，何况非法？道若可道，便非常道，所以我们又何必执着？

宝玉本就有无为之本心，最喜清静女儿境界，如何能不央"神仙姐姐"警幻仙姑携带。凡人向上开悟，仙人向下开示，既已梦幻通灵，岂是偶然，自有必然之缘法。警幻仙姑早已备下仙茗、仙酒、仙曲，邀宝玉往太虚幻境一游。

宝玉喜悦，随警幻前行，早忘秦氏之所在，转眼又见甄士隐当日所见之石牌坊，两边一副对联：

假作真时真亦假，无为有处有还无。

又见此联，我大惊，如雷奔电掣，方悟作者弘道之苦心。《易经》，人更三圣，事历三古，乃群经之首，因其高古玄奥，弘之不易，作者发大慈大悲菩萨心，欲以证悟之法弘法普世，发大愿欲世人皆能自证自悟，修成罗汉、真人，有大修为者能成佛成仙，则神州大地更多人可超凡入圣。

伏羲一画开天分阴阳，推演八卦以正四时八节，以定四方八隅，演天地万物，囊宇宙乾坤，重在易之象；文王拘羑里，演六十四卦，作卦辞、爻辞，重在易之数；孔子作十翼，阐理明教，重在易之理。易之弘世，既要明象、数、理，更需证悟方可通其妙。

宝玉和黛玉一起作过偈文，曰：

你证我证，心证意证。是无有证，斯可云证。无可云证，是立足境。无立足境，是方干净。

此乃证悟此书之法也。易者，变易、简易、不易也。东坡云：

盖将自其变者而观之，则天地曾不能以一瞬；自其不变者而观之，则物与我皆无尽也。

作者以贾、薛二家演阴阳变化，可谓简易，以中天北极谓不易。化繁为简，明理守中，观书者易证道也。卦者，挂也，如同对镜，阴中有阳，阳中有阴，有阳中阳，有阳中阴，有阴中阳，有阴中阴。有本卦便有综卦，镜中成像，左右相反，对桌观书，顺逆不一。有本卦便有错卦，犬牙相错，阴阳互换，榫卯相合，负阴抱阳。有本卦便有变卦，牵一发而头为之动，拔一毛而身为之变。有本卦亦有上下相邻之卦，如过去与未来之参考。变卦亦有错综，亦有邻卦。此为复杂，触其类而可旁通也。识错综复杂，便格物之本源，既格物之本源，便可悟道也。《道德经》有云：

天下皆知美之为美，斯恶已；皆知善之为善，斯不善已。故有无相生，难易相成，长短相形，高下相倾，音声相和，前后相随，恒也。是以圣人处无为之事，行不言之教。万物作焉而不辞，生而不有，为而不恃，功成而弗居。夫唯弗居，是以不去。

由此便可悟假作真时真亦假，无为有处有还无也，便得《红楼梦》之密钥也。

过了石牌坊，宝玉便正式进入了太虚幻境。太虚，太虚，其中禅意可细品也。太虚幻境为谁所造，既出秦太虚之名，莫非真为秦造不成？转过牌坊，宝玉便见一宫门，上书"孽海情天"四字，并有一联云：

厚地高天，勘叹古今情不尽；

痴男怨女，可怜风月债难偿。

宝玉心想，不知何为"古今之情"，何为"风月之债"，如今倒要领略领略。他只这一起心动念，立刻便将邪魔招入膏肓了。后文宝玉又险堕迷津，真的是邪魔自招，迷津易堕，尘网难逃。诸君可替玉兄一想，此联何意？这是玉皇大帝的地方，为何会有此联？既出此联，必最是合情合理，甚至有非有此联不可之意也。

宝玉进二层门内，至两边配殿各有匾额，上书某某司。宝玉央至各司游玩，警幻便带他至薄命司随喜参观。于是又出《金陵十二钗》图谶矣，亦又一《推背图》矣，太一之精授书刘向，刘向谶纬之学，亦相呼应。

薄命司又有一联"春恨秋悲皆自惹，花容月貌为谁妍"，恰如其分，大有禅机，宝玉为之一叹。司内十个大橱柜，皆收录各省女子一生的命运,可叹茫茫世事皆前定,世人尚在迷中求。宝玉只拣自己祖籍之地家乡金陵的先看,便抽出了《金陵十二钗正册》。宝玉问为何只有十二个女孩儿,警幻言此册只择其冠首紧要十二人,余者次之,再次之,宝玉又果见副册及又副册。呜呼,十二,天之大数也,帝王之数也。谢朓有诗云:

江南佳丽地,金陵帝王州。

佳丽对帝王,工整严谨至此,世之君子不可不知也。

原来这册页仿《推背图》之例,既有图谶,又有文谶,即判画与判词。宝玉便拿着《金陵十二钗又副册》观看。便立出晴雯、袭人二位大丫鬟的判词。宝玉身边最重要的丫鬟有四位:袭人、晴雯、麝月、秋纹,应紫微垣之"四辅"之数,而袭人、晴雯最为重要,为宝玉之左辅右弼。为何此时又副册明明应有十二钗,却单出晴雯、袭人二人?一为阳,一为阴,一阳一阴之谓道,足可喻也。

晴者,阳也,明丽亮堂;雯者,花纹状的云彩,文采皇皇;晴雯,堂堂皇皇之象。云想衣裳花想容,春风拂槛露华浓,着霓裳之衣,月貌花容,好一个芙蓉女儿形象,束发带冠,交领右衽,正是我华夏之华服盛大。孔子大赞管夷吾九合诸侯,一匡天下之德,说:"微管仲,吾其披发左衽矣。"勇补雀金裘,拯救华夏衣冠如此,晴雯之德至大也,以"晴雯"二字名之,至当也!

袭人姓花,本名珍珠,亦是华夏气象,后易名为袭人。袭者,左衽袍也,死者寿衣也,夷狄披发左衽,亦是从阴。由阳变阴,背后袭人,故判画以鲜花破席讽之,判词"温柔和顺"之前加上"枉自"二字,"似桂如兰"之前加上"空云"二字,至当也!

二人极其重要,判画判词需联系后文注解方为有趣,识阴阳定真义,方为务本,至于影射何人,虽大有趣味,却为枝末小节,非本书之大旨,姑且不论,后文自有注解。

宝玉丢下又副册,去看副册,副册又十二人,此处独写甄英莲一人。英莲数易其名,后改名香菱、秋菱,言万里江山,数易其主,华夏之民,屡遭奴役荼毒。香菱命运,总有并蒂双花之象,日月双悬照乾坤,应大争之世。虽如此,香菱仍出淤泥而不染,濯清涟而不妖,始终保持莲之君子之德。观音坐莲台，独自受苦难。香为佛使，何日香魂归故乡？慈航普度，应在香菱。

宝玉放下副册，又去看正册，开篇便见钗黛并列，合用判画判词，为众金钗之冠首第一。其判画中有两株枯木，挂一围玉带；另有一堆雪，雪中埋一股金簪。其判词曰：

可叹停机德，谁怜咏絮才。玉带林中挂，金簪雪里埋。

其中"可叹停机德"，以乐羊子妻停机劝学状薛宝钗之德。"谁怜咏絮才"一句亦有典故：东晋谢道韫有大才，曾言"未若柳絮因风起"之句，有林下之风，叔父谢安称她有"雅人深致"，故以黛玉比托谢道韫。两株枯木挂一围玉带之图，及玉带林中挂之句伏黛玉之死。钗为双股，簪为单支，正是失偶之意，一堆雪及一支金簪之图，金簪雪里埋之句伏宝钗在冰天雪地中孤独死去。

钗黛如此重要，作者为何如此至简？判画一人只有半副，判词一人只有两句，并且钗为一、四句，黛为二、三句，交叉错落。何也？我见此图此词，如见太极阴阳鱼，阴中有阳，阳中有阴，言钗必言黛，言黛必言钗，不可分也。钗黛合一是作者平生夙愿，此处惜墨如金实有大胸臆、大比托也。

宝玉又往后看，只见判画为一张弓上挂着香橼，判词为：

二十年来辨是非，榴花开处照宫闱。
三春怎及初春景，虎兕相逢大梦归。

"三春怎及初春景"一句，既点出三春姐妹不及元春显贵之意，又暗含复兴事业之艰难。

石榴花，又名长安花，应在唐明皇一朝，既应杨贵妃之貌，又应钟馗之才。元春以女史入宫，进封凤藻宫尚书，女史、尚书皆紫微垣星官名，应钟馗之才，加封贤德妃，应杨妃之貌。杨贵妃甚爱榴花，亦喜穿石榴裙。唐明皇便令各处行宫遍种石榴。杨妃之贵，一时比肩皇帝，唐明皇亲自奏乐，令杨妃起舞，群臣拜倒石榴裙下，琴瑟和鸣，真一段帝妃佳话。钟馗为魁星下凡，为及第进士，本应点为状元，金殿问策时，唐明皇见其貌丑而不喜，钟馗触柱而亡。唐明皇悔，以状元之礼，红官袍下葬。后唐明皇宫中逢鬼，钟馗的鬼魂现身救之，并言誓与陛下除天下妖孽。唐明皇感其德，令画圣吴道子绘钟馗像，悬于宫中，封其为镇宅赐福圣君。华夏为阳，夷狄为阴，钟馗捉鬼，其意诸君自思也。唐宫之事亦为南明之事。榴花照于宫闱，状元春才貌恰也。

"二十年来辨是非"一句，与判曲"望家乡，路远山遥"合看，便知此句正暗含张祜《宫词》之诗，亦应唐宫故事，其诗云：

故国三千里，深宫二十年。

一声何满子，双泪落君前。

何满子为唐明皇一朝善歌者，因得罪皇帝获刑问斩，临刑前悲愤高歌，苍天白日黯然失色。元稹、白居易、杜牧皆怜其才，悯其情，以诗记之。后唐武宗将崩，欲令孟才人殉葬。孟才人为武宗歌一曲《何满子》，声泪俱下，唱罢，便已气绝而亡。张祜感其事，以诗传之。

四春有存周继汉复兴之大喻，元春为四春之首，正应元亨利贞之元德。虽以唐宫喻写，落笔却在南明国祚。南明自弘光帝南京称制至永历帝云南蒙难，国祚共十八年，约二十年，故曰"二十年来辨是非"。永历帝被吴三桂命人用弓弦勒死，所以画一张弓，正挂一香橼，其年为壬寅虎年。吴三桂本为明之臣子，却逼死其君，如马嵬坡兵谏逼死杨妃一事。南明朝廷一再南撤，流离颠沛，终至退无可退，云南离故都北京路远山遥，正应"故国三千里"之数。吴三桂其为人如虎兕一般，故曰"虎兕相逢大梦归"。

元春在《金陵十二钗正册》中的排名仅次于钗黛，其重要性可想而知。为何偏以唐宫之事尤其是唐明皇一朝状南明之事？唐有安史之乱，明有甲申国变，皆胡人入华，皆失其京畿重地，皆衣冠南渡也。胡人入侵，使得中华衣冠，数度南迁。东晋之永嘉南渡，唐之明皇西狩，南宋之建炎南渡，加之甲申之变，明朝南迁，所历者四，全皆民族血泪史也。

第四位金钗便是探春。判画为岸边两人放风筝，一片大海，一艘大船，船中女子掩面泣涕。判词为：

才自精明志自高，生于末世运偏消。

清明涕送江边望，千里东风一梦遥。

三月三，生轩辕。探春生于三月初三，正应华夏正统身份，心怀光复华夏之志。三月三，又是上巳节，而王羲之举行的兰亭雅集亦是上巳。

大观园中，探春亦是诗社之发起人，正应其才。上巳节俗放风筝，风筝乃飘摇之物，线断则无根，正喻其命运。探春生日又恰逢清明，清明之日，慎终追远，当祭古圣先贤，祖宗之灵。清明，应含反清复明之意，诸葛亮在《出师表》中说：今南方已定，兵甲已足，当奖率三军，北定中原，庶竭驽钝，攘除奸凶，兴复汉室，还于旧都。探春何尝不是武侯再世？然水镜先生却一语定评，说卧龙不得其时，汉祚已尽，纵有孔明之才，亦回天无力，此正是"生于末世运偏消"。

探春正应元亨利贞之利德，后文兴利除弊一回书亦证之。探春正应南明隆武帝朱聿键，当时皆言他为汉之光武，可兴复大明，可他却无位面之子之时运。朱聿键联寇平虏，团结一切可团结的力量共御外侮，如诸葛亮之联吴抗曹，安抚南蛮，皆为利德也。

然而隆武一朝，终至溃败，最后隆武朝臣郑成功只能远遁江海，暂避孤岛。所以"清明涕送江边望，千里东风一梦遥"与后文薛宝琴的诗"三春事业付东风，明月梅花一梦"参照而观，更显其意。探春和宝琴喻隆武帝与郑成功，郑成功有类岳武穆之德，二人虽如武侯武穆，终是时运不通，大事不济也。

第五位金钗是史湘云。判词判画写其身世命运之凄凉，判曲写其人品之贵重。史湘云，正是末世之史笔史官也。我见史鼐、史鼎之姓名，如见我华夏历代史官秉笔直书之风骨，肃然起敬。鼐者，鼎者，皆重器也，正如"富贵又何为"所言之富贵。而湘云生于末世，华夏万里河山，渐入夷狄之手，亿兆黎民竟被奴役杀戮，衣冠沦丧，文明断绝，便如婴儿之失父母，是故判词曰：

富贵又何为，襁褓之间父母违。

而那几缕飞云，一湾逝水，正是"湘江水逝楚云飞"，暗应湘云名字。湘水，应湘君湘夫人追寻舜帝南巡之事；楚云，应楚王巫山遇神女云雨之事。湘水楚云，皆楚地事物。湘江水逝，楚云飞散，含离骚哀郢之情。因有此情，三户亡秦之志，存周继汉之心，由此而生矣。湘云之判曲状其人品，我们后文再注。

第六位金钗是妙玉。妙玉实作者妙喻也。妙玉人品贵重，有尧舜禹时许由，商周时伯夷叔齐，春秋吴公子季札之风。她虽隐身佛门，却终不忘家世根源，处江湖之远而忧其君，居佛堂之中而忧其民。僧而不僧，俗而不俗，所以说"云空未必空"。本自如美玉般洁白无瑕之人，而兵灾战祸，世俗纷扰，蔓延至佛堂，所以说"欲洁何其洁"。于是判词叹曰：可惜金玉质，终陷泥淖中。后文妙玉判曲另有注。

第七位金钗是迎春。迎春正应元亨利贞之亨德。而判画判词为中山狼欲啖美女，得志猖狂之态，而猖狂亦不过一载便命入黄泉，而迎春这金闺花柳质，也因此黄粱梦断。迎春生日二月初二日，二月二，龙抬头，东方苍龙角宿抬头。春信已至，正应迎春之名，可惜际遇非殊，所托非人，便未见大亨通之相。迎春实有大比托，乃三春事业成败的基础。南柯一梦，黄粱梦断，痛哉！

第八位金钗是惜春。惜春应元亨利贞之贞德。元、亨、利、贞乃乾卦四德，乃天之大德。元者，善之长也；亨者，嘉之会也；利者，义之和也；贞者，事之干也。惜春，寒食节而生，苏东坡《寒食帖》中有"岁岁欲惜春，春去不容惜"之句，正应惜春。惜春之矢孤介杜绝宁国荣恰如介之推不言禄。佛前海灯看似暗淡无光，内心自有光焰在。《六祖坛经·决疑品》第三曰："性在身心存，性去身心坏。佛向性中作，莫向身外求。自性迷即是众生，自性觉即是佛。"惜春虽由贵族遁入空门，造化非浅。

第九位是王熙凤，以冰山雌凤喻之，凤之繁体字拆开便是"凡鸟"二字，非朱雀所生乃山鸡所化，是为凡鸟。王熙凤有才而入末世，一从二令三人木，一从指始为天子仆从，二令指百鸟朝凤，勤宣令德，号令群鸟之象，三人木指被一纸休书剥去权利，哭向金陵事更哀，即发回祖籍南京守陵之意。《冰山》乃明末戏剧，冰山图及"冰山"二字，明白无误地指向魏忠贤也。而熙凤乃书中重要人物，不仅仅喻一人，还喻历代之权臣幸臣也，如曹操、桓温辈。后文多有注，且暂不详批。

第十位是贾巧姐。巧姐一生，正从一巧字上来。她和李煜一样都是七月初七而生，二人之相应，应得极巧。黛玉作《五美吟》，中有《虞姬》一诗，虞姬对重瞳子项羽至情至爱，以死相报。可奇的是后世又有一重瞳子南唐后主李煜作《虞美人》之词。重瞳与虞姬真累世有缘也。李煜乃亡国之君，词却独美，其词曰：

春花秋月何时了，往事知多少？小楼昨夜又东风，故国不堪回首月明中。雕栏玉砌应犹在，只是朱颜改。问君能有几多愁，恰似一江春水向东流。

明之遗臣遗民，读《虞美人》，能不坠泪乎？宋太祖灭南唐，留李煜性命而不杀，当真是恩德吗？李煜后来还是被鸩杀，早死晚死，又有何别？早死壮烈有节，晚死苟且偷生，如此而已。所以林黛玉《虞姬》一诗写道：

肠断乌骓夜啸风，虞兮幽恨对重瞳。
黥彭甘受他年醢，饮剑何如楚帐中？

虞姬为楚霸王殉情，千古传诵，黥布、彭越投降刘邦，他日还是死得极惨，倒不如效虞姬饮剑楚帐，尚有千秋之名。如此观之，刘姥姥当真救了巧姐，当真是知恩图报？刘姥姥当真是巧姐的恩人？家败之后，巧姐如村妇纺绩，不过是二次受辱罢了。叹叹！

第十一位是李纨。判画中凤冠霞帔的美人与兰花，正是李纨贾兰之谓，二人乃贾珠的遗孀遗孤。桃李春风结子完，到头谁似一盆兰，此乃讽笔也。桃李结子，喻贾兰考取功名，可这不是前朝的功名，却是新朝的功名，谓李纨之易志变节。如冰水火空相妒，枉为他人作笑谈。状李纨晚节不保，作者虽仁心，此处并不饶人也。其实岂止作者不饶人，史笔也不饶人也。那些投降清朝的变节之臣，被清乾隆皇帝命史官编入《贰臣传》，并分成甲、乙两编，以此警戒后人。想那入《贰臣传》之人，可是虽生犹死。中华民族的生死观里，有节操之忠烈虽死犹生，方可以永垂不朽也！叹叹！

第十二位是秦可卿，即引宝玉入室入梦的秦氏也。美人悬梁自缢，谓天市垣中帝星之陨落。判词曰：

情天情地情幻身，情既相逢必主淫。漫言不肖皆荣出，造衅开端实在宁。

试问这孽海情天，可否真是秦可卿的幻身？这帝座与从古至今历任帝王之间，是否有古今之情？这些王朝与王朝、帝王与帝王之间或相生，或相克，是否有风月之债？这些帝王都将传国玉玺作为受命于天的天子信物，与之朝夕相处，狎戏亲近，一刻不忍离身之左右，如男女之间的耳鬓厮磨，是否可谓之淫？

宝玉还欲看时，那仙姑知他天分高明，性情颖慧，恐泄露天机，便掩了卷册，笑向宝玉道："且随我去游玩奇景，何必在此打这闷葫芦！"奇哉，世人都毁宝玉，笑他愚，笑他痴，笑他纨绔无能，为何警幻对他如此定评？试问诸君，宝玉究竟是愚是智，是冥顽还是通灵？昔日袁天罡、李淳风二人推演未来之事，作《推背图》，竟演至数千年之后，其中一人推另一人之背，两人相视一笑，于是不再往下推，真是"万万千千说不尽，不如推背去归休"，警幻之掩卷恰似当日之推背。作者作书至第八十回突然戛然而止，不知是否有警幻掩卷、袁李推背之意？又不知何为闷葫芦？玉兄打开闷葫芦否？

宝玉恍恍惚惚随警幻来到后面，但见珠帘绣幕，画栋雕檐，光摇朱户金铺地，雪照琼窗玉作宫，仙花馥郁，异草芬芳，好一个所在。作者亦是多情，借写景之便，放胆写了好几个"朱"。为待宝玉这位贵客，警幻叫出诸位仙子相陪。仙子本待欲陪绛珠生魂游玩旧景，见是宝玉，皆怨谤。宝玉自是晓得欲退不能退，自惭形秽。贵公子不怒反退，退而自愧，这方是宝玉敬天爱人、尊重女儿的人品。警幻推崇宝玉人品贵重，携其手向众姊妹解释缘由。原来警幻本欲去接绛珠生魂，经过宁府遇宁、荣二公之魂。二公剖腹深嘱："吾家自国朝定鼎以来，功名奕世，富贵传流，虽历百年，奈运终数终，不可挽回者。故遗之子孙虽多，竟无以继业。其中惟嫡孙宝玉一人，禀性乖张，性情怪谲，虽聪明灵慧，略可望成，无奈吾家运数合终，恐无人引规入正。幸仙姑偶来，万望先以情欲声色等事警其痴顽，或能使其跳出迷人圈子，然后入于正道，亦吾兄弟之幸矣。"我读书至此，泪下如泉矣！想那古今中外，有多少灿烂文明，可以一直传承不衰？想那许多文明当日盛极一日，今日却只剩丘墟瓦砾，甚至无踪可寻。再想我华夏文明源远流长，历代传承，可谁知这中间有多少激流险滩，有多少次几乎断流改道？谁可知文明之火，日渐式微，几近熄乎？宁、荣二公，华夏之先祖也，为华夏文明奠基，立下丰功伟绩，当何其通透，何其明哲？国祚移位，帝制将终，华夷交变，皆天数气运所关，亦是无可奈何。然而人民有倒悬之苦，衣冠有沦丧之毁，文明有断绝之虞，实万万不忍睹也。中华民族每七百年有一次大兴盛的气运，周公之后有汉武，汉武之后贞观、开元，贞观、开元之后有洪武、永乐。神瑛侍者下凡之救世，就是要以身翼庇文明，为华夏文明留一灯，待气运一至，此一灯便可点亮文明，便可真正伟大复兴矣！神瑛侍者，即紫微星也，紫微星一人之力有限，于是三垣四象二十八宿的星官纷纷下世。众仙临凡救世。而以仙入凡，便易至于迷，堕入声色之中，于是诸天神祇、华夏之祖皆阴助之，于是便有了宁荣二公拜托警幻仙姑一事。警幻，玉皇大帝也。脂砚斋在此批书道：二公真无可奈何，开一觉人觉世之路也。点拨芸芸众生由梦至觉，由迷到觉，该是多大的功业，不知又抵得上造多少佛塔，修多少道观。而从来大觉悟的圣人传道，皆方便说法、降阶说法。书中最常见"便宜"二字，便道其"方便适宜"之意。不仅中国，西方的耶稣基督、穆罕默德皆因时、因地、因人而说法，不然皆不易传播、弘扬。所以，法门只是为修持方便，途虽殊而归实一也。《红楼梦》成书于文字狱盛行之时，最是不得其时，所以作者便只有将真事隐去，将假语存焉。化用天地人神鬼之幻笔警世，作者自谓写作不落俗臼，为世人换新眼目。何止如此？作者以风月喻春秋，写意之笔状众仙，佛心道骨，开历史之先河，神仙笔法令人望尘莫及。作者自知此书命运之多舛，不期望此书弘于当世，只待后世之人终有一悟。及至今日，正值昌明盛世，中华民族伟大复兴之际，此书便有大运矣！

《红楼梦》皇皇巨著，看巨著必须要用巨眼，要大观。他日元春为省亲别墅题诗"天上人间诸景备，芳园应锡大观名"，大观园之名，再次警人眼目，太虚幻境之景，不正是大观园的绘本吗？天上紫微垣，地上大观园，确也。

《红楼梦》之旨，以济世为本。书中神瑛侍者与众仙下凡济世，实为开觉人觉世之路，济世即救人，济世成功否？正是未济而济，济而未济，福泽后世。天地之大，黎元为本，古之君子，为当代计，更为万世谋。所以北宋张载说：为天地立心，为生民立命，为往圣继绝学，为万世开太平。《红楼梦》第一回有一偈云：

无材可去补青天，枉入红尘若许年。此系身前身后事，倩谁记去作奇传？

三生石上也有诗与之相呼应曰：

身前身后事茫茫，欲话因缘恐断肠，吴越山川寻已遍，却回烟棹上瞿塘。

《红楼梦》成书传书之意，意在斯乎？意在斯乎？

红楼书意何处寻，书中在这太虚幻境立出一联云：幽微灵秀地，无可奈何天。幽者，至暗也，曲折深邃也，由幽处见光明也；微者，至小也，精微而见广大也；灵秀者，钟灵毓秀也。小中可出大，由此可启彼，举一可反三也。人法地，地法天，天法道，道法自然，读红楼梦之法，亦观天地之法也。

宝玉在太虚幻境所闻之香，所饮之茶，所喝之酒，所听之曲皆与凡间不同，正是警幻警宝玉，亦是作者警读者处。《红楼梦曲》乃天籁之音，有幸闻之，岂有不诚意正心，以图格物致知，勤加修身之理？当世人真正解得群芳髓之香，亦解得千红一窟（哭），万艳同杯（悲）之妙喻，《红楼梦》曲之真意流传于世，芹、脂二公在天之灵亦可告慰也。

宝玉既随警幻入座赏曲，舞女们便轻敲檀板，款按银筝，歌道是：开辟鸿蒙……刚歌一句，警幻便向宝玉介绍此曲的谱成之法，提醒若非个中人，不知其中之妙。在"开辟鸿蒙"一句上停顿，正是再次提示此书的气象与格局，追溯至未有天地之前，含无极生太极、太极生两仪、两仪生四象、四象生八卦之意，与第一回中"此开卷第一回也"道生一之意相应。《红楼梦曲》十二支，既应十二钗之数，又应十二律吕之数。地有五方东南西北中，色有青赤白黑黄，音有宫商角徵羽。九宫分，律吕定，此《红楼梦》之格局气度也。谁是个中人，谁能解此曲？警幻乎？宝玉乎？石兄乎？

《红楼梦引子》唱道：

开辟鸿蒙，谁为情种？都只为风月情浓。趁着这奈何天，伤怀日，寂寥时，试遣愚衷。因此上，演出这怀金悼玉的《红楼梦》。

试为谁为情种？什么是风月情浓？众金钗最归都魂归北邙山，同往警幻案前销号，每一个人都上了情榜，试问又有哪一个不是情根深种，又有哪一个又是不关风月的？怀金悼玉，怀的什么金，又悼的什么玉？

金锁乎？通灵宝玉乎？抑或黛玉乎？那金为什么不能是秦钟的钟？又为什么不能是湘云宝玉的金麒麟？究竟何金，何玉？诸君可细思之，且不必急下定论。

《终身误》唱道：

都道是金玉良缘，俺只念木石前盟。空对着，山中高士晶莹雪；终不忘，世外仙姝寂寞林。叹人间，美中不足今方信，纵然是齐眉举案，到底意难平。

木石前盟，指宝玉与黛玉；金玉良缘，指宝玉与宝钗。黛玉、宝钗如事之正反，物之阴阳，不可分也。明朝诗人高启有咏梅诗九首，其中一首有两句名句曰：

雪满山中高士卧，月明林下美人来。

这两句诗用了袁安卧雪和梅花仙子二典。作者化用而生成了薛宝钗和林黛玉两人的名字，将梅花拆为山中高士和世外仙姝。在宝玉眼中，钗、黛实为一人也。而高启原诗中这两句第二字分别是满字和明字。那"满明"二字的分明对应，在极其醒目地向读者提示薛宝钗的清朝身份，林黛玉的明朝身份。薛宝钗，正应清朝开国皇帝皇太极也；林黛玉，正应明朝崇祯皇帝朱由检也。仙姝之姝，朱女也，朱家皇帝也。又有何疑？

一个是阆苑仙葩，一个是美玉无瑕，是有缘？是无缘？宝黛婚姻，是多少人的意难平。人人皆喜大团圆，而六十四卦却偏偏不是以既济收尾，反而是以未济居末。阴中有阳，阳中有阴，济而未济，未济而济，诚如缘之起落生灭，一首《枉凝眉》，解释《终身误》，悟得此中意，便是个中人。

如果元春的判词判画重点以杨妃形象状元春，而判曲《恨无常》便重点以钟馗形象状元春。钟馗头插榴花，为五月花神。钟馗死后捉鬼，由死而封神，所以此曲便有许多"死别"之意，读来悲险壮烈之至。宁愿玉碎，不愿瓦全，哪怕祭出性命，亦要扫清寰宇，降妖除魔，只为华夏每家每户家宅安宁，这便是钟馗的夙愿，也是仁人志士之心。杀身成仁，舍生取义，我为元春一哭，我为中华健儿一哭！

元春死别，探春生离。"一帆风雨路三千，把骨肉家园齐抛闪。"此二句暗含"故国三千里"诗句之悲情。南明一退再退，从南京至福州至肇庆至缅甸，离北京越来越远，家园零落，骨肉流离。"哭损残年，告爹娘，休把儿悬念。自古穷通皆有定，离合岂无缘？从今分两地，各自保平安，奴去也，莫牵连。"天数气运渐尽，再配以《红楼梦曲》歌之，舞之，曲名《分骨肉》，岂不令人寸断肝肠。

《分骨肉》之后便以《乐中悲》唱史湘云："襁褓中，父母叹双亡。纵居那绮罗丛，谁知娇养？"真的是意真词切，湘云身世之悲，史家处境之难，可谓时已穷矣。南宋丞相文天祥《正气歌》中说："时穷节乃现，一一垂丹青。"正因为时穷，尤彰湘云之人品，尤显史家之风骨。幸生来，英雄阔大宽宏量，从不将儿女情长略萦心上。好一似，霁月光风耀玉堂。读书至此，我不由击节赞叹，好个史湘云，好个中华史家！

我观湘云，亦见当年齐之太史简，晋之董狐笔。不溢美，不浮夸，不隐恶，中华自古有信史。纵你富有天下，权倾朝野，为所欲为，可知天地有浩然正气，史家有秉笔直书。天虽不语，举头三尺有神明，史虽可篡，从来公道在人心。

湘云之为人，令众人敬服，无论老少，无论敌我，她所秉持的正是堂堂正正华夏信史的风骨。史湘云者，既华夏史官之谓，亦喻作者之史笔也。

《世难容》唱妙玉，便状出一阮籍形象。妙玉兼许由与阮籍。妙玉有帝王之姿，前文已言许由，今仅言阮籍。阮籍心性高洁，当得起"才华馥比仙"，他又目下无尘，分别以青白目示人。而阮籍虽猖狂，驾车出行无路，大哭而归。王勃《滕王阁序》中有云：阮籍猖狂，岂效穷途之哭。《世难容》之曲，便是此等况味。

《喜冤家》唱迎春。迎春、探春皆有婚配。正如探春之结局应与南安太妃合看一样，迎春也应与孙绍祖合看。孙绍祖虽被作者列为不配入女儿之传的须眉浊物，却不代表这个人物不重要。他与迎春的命运密不可分，与三春事业密不可分。这也正是一阴一阳之谓道也。至于二人有何大喻，后文详注。

《虚花悟》唱惜春，极是也。神州陆沉，大明鲸落，黄冠淄流，便是皇族之人避难的去处。那白杨村里人呜咽，青枫林里鬼吟哦，连天衰草遮坟墓之象何尝不是反照风月宝鉴所见之象？似这般，生关死劫谁能躲？闻说道，西方宝树唤婆娑，上结着长生果。士子寒食，逃遁山林，我之心如死灰，形如槁木，清静无为，自有可避暴秦之所也！

《聪明累》唱王熙凤，叹士人之算计。《留余庆》唱巧姐，叹命运之分定。李纨居稻香村，应紫微垣中阴德星官，以《晚韶华》讽她不积阴鸷的晚节不保。至于《好事终》唱秦可卿，一句"画梁春尽落香尘"，实乃写六朝之妙句，华夏国祚自秦始皇至今，尽矣。读之令人下泪也。

至于《飞鸟各投林》之尾声，更是剜人心肝，痛楚不已矣。

三、何为古今天下第一淫人

歌毕，还要歌副歌。宝玉告醉求卧。警幻便将他送至香闺绣阁之中，不但陈铺之盛，平素未见，更早有一女子在内等待侍寝。此女子兼宝钗黛玉之美，竟是秦氏，乳名兼美，字可卿者。警幻说世间那些绿窗风月，绣阁烟霞皆被玷污，更可恨那些以好色不淫为饰，情而不淫作案者，痛恨那般人饰非掩丑。而警幻却独推崇宝玉为古今天下第一淫人，并将可卿许配于他，即时成姻，密授云雨之事，推其入红灯帐中。

诸君，警幻此举是何意？为何宝玉之淫与世上之人不一？他又为何是古今天下第一淫人？他又为何与秦可卿成姻？正如警幻所言，宝玉之淫，可推之为"意淫"，可意会而不可口传，可神通而不可语达。读懂了宝玉之淫，此书便又一大进也。试想自秦始皇称皇帝以来，历朝皇帝皆称天子，天子皆受天帝的诰封，封禅祭天时皇帝都会自称"臣"。而紫微星是众星之主，万象之宗，司天经地纬，役使雷电鬼神，受历代帝王祭祀供奉。秦始皇称帝之后，秦国原来的客卿，现在朝廷的丞相李斯，更是将和氏璧改造成传国玉玺，亲自在上面镌上"受命于天，既受永昌"八个虫鸟篆书，将此玺作为皇权天授的天子信物，欲代代相传。秦客卿，亦谐音为秦可卿也，传国玉玺的缔造者。通灵宝玉是石兄之幻象，亦是传国玉玺之幻象。试问从始皇帝至如今，历经了多少皇帝，是不是可称"古今"？试问从古到今，此物是不是号令天下的重器，可不可称"天下"？试问自古至今的帝王，或企图成为帝王者，是否将此玺视为至宝？可不可称"第一"？试问每一位皇帝是不是将此物近身保管，一日不肯远离，时时狎戏亲近，可不可称"淫人"？由此观之，警幻说宝玉是古今天下第一淫人，千真万确，千妥万妥。

秦可卿乳名兼美，兼宝钗黛玉之美，更是意思深长也。华夏文明，从来不是单线独流，讲究的包容并蓄。秦客卿李斯在《谏逐客书》中说：

泰山不让土壤，故能成其大；河海不择细流，故能就其深；王者不却众庶，故能明其德。是以地无四方，民无异国，四时充美，鬼神降福，此五帝三王之所以无敌也。

秦客卿李斯正是"兼美"理论的倡导者和实践者。华夷本一家，天下本为一，五湖四海皆兄弟也。秦可卿乳名兼美，兼宝钗黛玉之美，钗黛合一，天下大同，正是宝玉的夙愿，亦是作者的理想。

秦可卿的判词有"情天情海情幻身，情既相逢必主淫"之言，可知此情又如何不能是"秦"，此淫又如何不能是"嬴"？秦可卿应天市垣中的帝座，又如何不是应秦始皇开创的中华帝制？宝玉与可卿成姻千妥万妥。试问诸君，释书至此，宝玉之意淫与世人之肌肤滥淫无别乎？有别乎？

宝玉既与秦可卿行云雨之事，至次日，柔情缱绻，软语温存，自是难舍难分。试问，中华帝制传承千余载，已成了华夏文明传承的载体，如何不是难解难分？二人携手同游，至一所在，忽见荆榛满地，虎狼同群，迎面又遇黑溪阻路，又无桥梁可通。诸君试想，此何地也？悲观者说崖山之后再无中华，明亡之后再无华夏。黑者，北方之色，溪者，水也，北方之国也，清朝之谓也。中华文明再次面临灭顶之灾也！国祚不存，文明无可附之地，亡国可叹，夷夏失防，亡天下，亡文明更可悲，可痛也！

警幻知此处凶险，从后面追来，令宝玉且休前进，作速回头。怎奈迷津内响如雷声，夜叉海鬼将宝玉拖将下来。吓得宝玉汗如雨下，大叫：

"可卿救我!"吓得袭人辈众丫鬟上来搂住,叫:"宝玉不怕,我们在这里呢!"从此梦觉矣。此梦由秦氏引入,又由秦氏引出,太虚幻境莫非秦造?秦观秦少游秦太虚,其姓其字信手拈来,却大有意趣也。

第四章 太虚幻境

第五章 金玉良缘

一、刘姥姥一进荣国府

第六回回目叫《贾宝玉初试云雨情，刘姥姥一进荣国府》，看似芥豆之小事，闲闲写来，却不可不细读也。风起于青萍之末，浪成于微澜之间，他日蟾宫折桂、清风袭月全都由此发端也。

宝玉被梦中的夜叉海鬼吓得惊叫，袭人等人搂住他，由此梦觉。袭人为宝玉更衣时，发现裤中遗了一摊精，二人皆羞赧。袭人在宝玉半推半就下，与他试了一次云雨情。自此也奠定了袭人在众丫鬟中不可动摇的位次。以至后来成为准姨娘，不但众丫鬟婆子重之，宝玉重之，黛玉亦重之，王夫人亦重之，史湘云亦重之，宝钗亦重之，甚至连贾环赵姨娘也重之，当然花家亦重之，自己也重之，花袭人最终花落谁家，谁能蟾宫折桂，于时局便已经显得十分重要。

书中写贾家之先祖，既以宁、荣二公状源远流长，又以史老太君状家风传承。华夏气象如此，夷狄岂无祖先？于是书中立出一个刘姥姥。

《红楼梦》中，春生夏长，青红之色，木火之德主华夏，喻文明的散播；秋收冬藏，白黑之色，金水之德主夷狄，喻道德之消亡。刘姥姥正夷狄之长者先祖也，王板儿，亦后日之反王也。刘姥姥及其女婿王狗儿一家贫苦无告，临近年关冬事无力措办，便想到攀附贾家。本来并无瓜葛，却借旧日与王家连宗来强行攀亲，喻夷狄之先以结交汉之士人而攀附中原王朝。谋个仨瓜俩枣，以图眼前衣食。刘姥姥一家商议妥当，便以门房周瑞一家以通消息。文中周瑞家的，便应太微垣中谒者星，官位虽不大，却是华夷沟通之口岸，情报传递之要津。

刘姥姥乞谋，其状可怜之至，托周瑞家的，其状殷殷，进荣国府，其状惶惶，见平儿，其状恳恳，见熙凤，其状赧然。诸君细思，刘姥姥和王狗儿处困厄之中有此含耻忍辱、阿谀奉承之大本事，必有雄心壮志之处，卧薪尝胆之能。岂可视为等闲？今朝荣国府之钟鼓馔玉，华服大宇，早成刘姥姥辈为之奋斗之绘本。谦卑之行难掩觊觎之心，无三不成礼，有一进，便有二进、三进，他日此消彼长，荣枯变化，荣府失其守备，长驱直入者，正刘姥姥辈也。

刘姥姥打秋风之时，正逢贾蓉向王熙凤求借玻璃炕屏。刘媪乞谋，蓉儿求借，捉对成双，诸君要合而观之。贾蓉既为东府贾珍之子，可卿之夫，岂无大喻？他日荣府败落之时，乱自内起，落井下石，趁火打劫者，非其人而谁何？

古人说，富贵不还乡，如衣锦夜行。周瑞家的在刘姥姥面前显出自己得宠于王夫人，可谓衣锦不夜行也，而可叹息者也正在此处。平儿为人处事，既不妄自尊大，又不丧失法度，人品实在可贵，此处只是略出，后文必有专传。王熙凤之老练沉着，滴水不漏，拿捏人心，令人可敬可怖。既能上应公家令王夫人放心，又能下收私恩于刘姥姥贾蓉。此回为阿凤正传，阿凤言行举止之妙处，不便赘论，诸君可观书自品，机心权谋虽不宜效法，但亦可解颐含笑也。

周瑞家的既帮刘姥姥乞媒成功，便要为薛姨妈传递宫花，此亦谒者星官之任也。

二、传宫花之谜

周瑞家的送走刘姥姥，便去向王夫人复命，而王夫人去了梨香院和薛姨妈话家常。周瑞家的不敢惊动，便退出来和薛宝钗陪话，因问她为何不去那边逛，可是她宝兄弟冲撞了她。书至此方正面写宝钗也，真的是千呼万唤始出来。

写宝钗却与黛玉不同，穿家常旧衣，头发散挽，状出宝卿闲适随兴的态度，更露"披发左衽"之意，表其属阴的身份。宝钗笑说自己抱恙，周瑞家的便关心患何病用何药。于是便出一天生热毒之症，又出一冷香丸。而冷香丸配制之奇，既令人惊，又令人惧也。组方中既要四时之白色花蕊各十二两，又要雨水、白露、霜降、小雪这四时之水各十二钱，辅料也须合十二之数。十二，天之大数也，能不惊奇乎？以花为药，

食花治病，花者，华也，能不惧乎？

有黛玉的先天不足，便有宝钗的天生热毒；有黛玉的爱花惜花，便有宝钗的不爱花，甚至食花；有黛玉的人参养荣丸，便有宝钗的冷香丸；有黛玉之情情，便有宝钗之无情。真正是一阴一阳之谓道也。

而此时王夫人见了周瑞家的，便让她复命回了话。周瑞家的欲退出，而薛姨妈却给了她新的任务。薛姨妈令香菱把十二支宫花交给她，让她去园中传递，送给贾家姑娘们及黛玉和凤姐。刘姥姥托周瑞家的，其状殷殷，而薛姨妈令周瑞家的虽不是颐指气使，口吻却分明是以上命下。诸君细思，薛姨妈可是贾家之主母？周瑞家的可是薛家的仆妇？

周瑞家的退出见王夫人的大丫鬟金钏，便和她闲话些香菱之事。呜呼，痛哉，英莲此时再见，早不再是士隐怀中娇生惯养的千金，已被易名换姓，已是薛家之私产也，薛蟠可呼之，宝钗可使之，薛姨妈可命之。菱花空对雪澌澌，呜呼哀哉！

周瑞家的和金钏都认为香菱有东府蓉大奶奶秦可卿的品格。呜呼，一居庙堂之高，一处江湖之远，一为君，一为民，皆有华夏气度，千秋底蕴！周瑞家的问香菱父母，从何处来，均说不记得了。白骨如山忘姓氏，香菱所历之苦难，已痛至极矣！我只想替香菱代答道："十二花容色最新，不知谁是惜花人。相逢若问名何氏，家住江南姓本秦。"

我们且看周瑞家的如何传花。周瑞家的早就规划了传花的路线，以便当顺路为要。她先来到迎春、探春住处，迎、探二春的大丫鬟司棋、侍书迎入。迎、探二人本在下围棋，忙住棋道谢。元、迎、探、惜四春的大丫鬟分别为抱琴、司棋、侍书、入画，以琴棋书画前缀一虚词命名，尤显新雅。而琴棋书画之一体也正指向四春之一体，每人的命运也与之相应。迎春命运总与算盘、棋子相关，而她并不是拔打算盘之人，也不是司棋之人，反而是被拔乱如麻的算珠，被人拿捏的棋子。而探春的命运总与书、笔有关，"書""筆"皆有一"聿"字藏也。探春人物多元，此不多议。

传完迎、探二春，周瑞家的又去传惜春。惜春正和水月庵的小尼姑智能儿玩耍。一半为水，一半为月，月映水中，《红楼梦》多藏阴阳各半之物，水月庵之名可思。惜春笑说刚在想学智能儿剃发当姑子去，这送了花儿来往哪里戴去。真事隐，假语存，说是玩话，却是真语也。薛家传花，遇第一个不领情，不买账者也。都说惜春孤介，却不知她是最明白不过的人。

因智能儿，又闲写王夫人之斋僧，得闲便入，此作者文势转折起伏，亦是铺垫设伏之技法。不表。

传罢三春姊妹，又去传凤姐。唐伯虎善画春宫，仇十洲亦有暗春图，吴门四家，皆是圣手。作者既善画，又善文，暗写熙凤贾琏白日行房，画技文技之高妙，令人拍案叫绝。诸君可观原文鉴赏。又书名既曰《风月宝鉴》，风月之隐喻不可谓不大。白日寻欢，自是反常，诸君自思其况味。

因熙凤不便，平儿便代她收下了四支花儿。诸君，众金钗皆只得两支，独给凤姐四支，薛姨妈是何用心？平儿忙做主令人给东府蓉大奶奶送去两支。平儿处事和平，心思周密，蕙质兰心如此，怎能不令人敬爱？

周瑞家的退出，又遇她的女儿。通过她女儿之口夹写她女婿冷子兴与人纷争之事。古董商人冷子兴亦有后文照应，冷子之兴岂不仰仗这岳母？谒者星官虽小，搅动时局的本领却并不小也，后世之君子贤人，能不慎乎？

闲话完自家之事，周瑞家的又去向黛玉传花。黛玉正和宝玉解九连环做戏。二玉解九连环，玉石互贯，解之为二，合之为一，哪怕一做戏处，皆有深意，敢不佩服作者笔力？

宝玉之性，情不情，见传花，便饶有兴致观看，却见是两支宫制堆纱新巧的假花。"假花"二字，方点其要，直指其穴。清朝与大明，清朝与南明，虽为敌对鼎峙，却亦多有外交。花者，亦是话也。所传之花，既是宫话，又是假话。所以黛玉问道："还是单送我一个人的，还是别的姑娘们都有呢？"这一句可见黛玉何等洞明世事。而读书粗浅者却只当黛玉小性儿善妒，岂不与书意南辕北辙乎？周瑞家的不敢撒谎，只得如实回答。诸君，我敢说，此际黛玉已料定薛家已给凤姐四支花儿。崇祯帝知道清朝收买自己的朝臣，又以虚情假意来赚自己，岂能不厉言变色？我见作者如此写黛玉之灵慧，思崇祯帝之英明，不由掩卷赞叹。

后文黛玉作《五美吟》，尝以明妃自况，欧阳永叔《和王介甫明妃曲》有云："虽能杀画工，于事竟何益？耳目所及尚如此，万里安能治夷狄？"臣子们误国而不自知，君上杀之无益，惟罪己而已，思之可恸哭也。真正爱花惜花之人，"血荐轩辕"，非黛玉而谁何？

第七回后半部分写宝玉宁府会秦钟，此乃金石之言，金玉之声。赶在第八回出金锁之前出秦钟，作者有大深意也。怀金悼玉究竟怀何"金"？何为真，何为假？未有真，何来假？作者恐读者以假为真，用心不可谓不苦也。

三、秦钟的喻义

在宁国府，王熙凤和宝玉终于见到了秦可卿的弟弟秦钟。秦氏何喻？秦钟何喻也？秦者，春之上部加秋之左部也，春秋占有一半，可见书中比托之大。而秦家有三人：父亲秦业，女儿秦可卿，儿子秦钟。三秦为；，国也。秦业为国土城邦，可卿为帝座，秦钟为子民。皆应在天市垣，是故与宝玉在宁府相见也，一为天之时，一为地之气，十二时节十二地气，合为二十四节气，喻君民之遇合也。二人均叹天下还有这等人物，一个恨自己生来富贵，一个叹自己生在寒薄之家，二人彼此羡慕称赏，各自胡思乱想，竟是意投意合，一见钟情。而秦钟后入荣国府见老祖宗，和宝玉同住，又有五诸侯帝友星官之喻也。

秦朝时始建乐府，秦编钟一钟双音，一击双鸣，音域宽广，恰似作者一喉讴二歌，一笔作双文之神技。秦钟所发之正音，正喻华夏礼乐。秦钟，字鲸卿，鲸与钟为表里，钟钮为蒲牢状，钟杵为鲸鱼形，"天子乃驾鸾盖，铿鲸钟，清黄道，出紫宫"，鲸钟为天子仪仗。秦钟与宝玉犹如一身一体，秦钟之喻可谓至大也。未嫁先名玉，来时本姓秦，传国玉玺由和氏璧而来，亦为秦造。通灵宝玉遇秦钟，宁不发金石之言，奏金玉之声？天造地设，金声而玉振，诚不虚也。

宝玉与秦钟议定一起在贾府家塾读书，以尽同窗之谊。至晚饭毕、夜幕降临，尤氏命人安排车马送秦钟回家去。宝玉和凤姐也下丹墀乘车欲行。却不知下人安排了焦大驾车，由此引来焦大醉骂。在《红楼梦》中，诸多淫邪之处，全部通过焦大破口大骂而揭示出来。焦大何喻？论起驾车，必称造父、王良。而天市垣中亦有车肆星官，正应在焦大身上。焦大和宁府的太爷出过几次兵，拼死救了主子的命，自己得了水给主子喝，自己却喝马尿。他为宁府四代人驾车，到老仍是驭者，还被贾蓉呵斥。诸君，历史上最有名的四世太仆，正是汉初的夏侯婴也，他车技娴熟，数次救刘邦、刘盈性命，一生司职驾车，其状如焦大然。

天市垣中，诸侯环列。焦大骂宁府下人处事不公道，贾蓉竟敢向他充主子，还骂宁府"爬灰的爬灰，养小叔的养小叔"，皆是向宝玉和凤姐力陈时弊，借醉苦谏。四世忠臣，沥胆披肝，却换来马粪塞嘴，真可叹息也。焦大之骂，伏宁府之弊，可卿之病，及可卿之死。非但外有清风袭月，内亦有红紫乱朱，痛哉！

四、金玉良缘

第七回中，秦钟的故事刚展开，第八回便转向出薛宝钗的金锁情节。既有木石前盟在前，便有金玉良缘在后相针对，暗斗明争，宝黛钗方可鼎立也。

宝钗抱恙，宝玉欲去梨香院探病问候，因怕见到父亲贾政，故绕远道而行。却不想遇到清客相公詹光与单聘仁，二人见了宝玉，一个揽腰，一个携手，称宝玉为"菩萨哥儿"，请安问好，唠叨半日。詹光，沾光也；单聘仁，善骗人也，作者闲笔状出二人举止轻浮、趋炎附势之状，而"菩萨哥儿"之称，宝玉确当得起。二人叫宝玉别怕，贾政正在梦坡斋睡中觉呢，不妨事。至此，贾政的身影方在故事中逐渐浮现。

梦坡斋，梦坡仙之斋，致意坡仙之意，显也。白玉为堂金作马，玉堂就是苏轼的号，贾政生日腊月中浣，正应东坡生日腊月十九，贾政公出儋州，亦应东坡履历。贾政，亦东坡再临也。天下古今士人宰辅多矣，为何千挑万选让贾政做宝玉的爹？作者不但推崇东坡之诗词书画，更推崇东坡之安邦定国，显也。东坡一生失意于仕途，"问汝平生功业，黄州惠州儋州"，皆不在中央，作者为何还要推崇？苏子瞻之为官，中庸也！当王安石变法，宋神宗全力支持时，苏轼知变乱之风险，倡导"不变之变""变应以不变为本"；当王安石下野，改革派失势，顽固派弹冠相庆,尽废新法时,他又认为应审时度势,承袭而变,不可以走极端。东坡虽一生不得志于仕途,策论政论,皆以宗庙社稷为重,天下苍生为念,处处有中庸君子之风骨也。东坡腹大,一日行走于庭,问家人肚子里装的什么,众人或答学问,或答文章,独侍妾朝云笑曰:装的满肚子不合时宜。东坡拊掌大笑,为之绝倒。八大山人一生爱画花鸟,鲜有人物画,却有《东坡朝云图》传世,对东坡、朝云的推崇可见一斑。《红楼梦》全书,对东坡推崇备至矣。

未入梨香院,宝玉又见吴新登、戴良等人,亦有钱华求写斗方。吴新登,无星戥;戴良,大量;钱华,钱开花,皆暗含财务之弊也。三人是账房仓房买办的小角色,为何花闲笔带出?国之要事,政治、文化、军事、经济等,皆不可少,如此方称得上《风月宝鉴》也。

宝玉入得梨香院,薛姨妈将他一把揽入怀中,笑道:"这么冷天,我的儿!难为你想着来,快上炕坐着吧!"忙命人倒滚滚的茶来。薛姨妈之爱宝玉,一至于此!

薛姨妈说宝钗在里间,让宝玉进里间坐,里面暖和,自己忙完了也进来。薛姨妈之心,实引宝玉与宝钗相处也。于是宝玉进到里间。书中对宝钗房间的陈设,多用"半新不旧"来描绘,而对于宝钗的穿戴,多用"家常"二字来形容。天为动,地为静,写宝钗之形貌自不可与黛玉一般笔法,书中写宝钗"唇不点而红,眉不画而翠,面如银盆,眼如水杏",寥寥几笔立出神韵,更有"罕言寡语,人谓藏愚。安分随时,自云守拙"这十六个字,状出秋冬收藏,西北沉降之意。君子藏器于身,待时而动。与写黛玉之形貌文字合看,各尽其妙,又互不相犯。笔力雄健如此,令人叫绝也。

从宝玉眼中看宝钗如此,那从宝钗眼中看宝玉如何呢?宝钗看的全是穿戴,与后文林黛玉讽刺说"全在穿的戴的上留心"结合起来想,方为有趣。宝钗眼中,宝玉头戴累丝嵌宝紫金冠,可谓富贵之极;额上抹着二龙抢珠金抹额,二龙抢珠可与二女争夫、双帝争玉关联来想;身上穿着秋香色立蟒白狐腋箭袖,这无与伦比的贵气可思;系着五色蝴蝶鸾绦,青赤白黑黄,是谓五正色,东南西北中,木火金水土,五方有五帝,五帝有五色,有五德,统五色,可见宝玉身份;项上挂长命锁,记名符,更有落草时衔下来的宝玉，宝钗注目停睛处，便在这块宝玉上。

言为心声，果然，宝钗因笑道："成日家说你的这玉，究竟未曾细细赏鉴，我今儿倒要瞧瞧。"自书的第一回开始，回回都想看玉，而终是宝钗开口，我们方见真容也。

宝钗说罢，人也一边挪上前来。此情此景，宝玉焉有不解玉给她看的道理？于是宝玉亦凑上前去，于项间摘下，递与宝钗手中，宝钗便托在手中观看。这一递一托间，便是金玉良缘之预定矣！试问石兄，这一托，比青埂峰下虎啸龙吟之声如何？试问宝钗，纵然面如平湖，胸中可有激雷否？

公子人如玉，此玉世无双。此至宝如何？大如雀卵言其形，灿若明霞道其色，莹润如酥状其质，五色花纹缠护形容其文。此乃大荒山无稽崖青埂峰下顽石幻相，后人有诗嘲云：

　　女娲炼石已荒唐，又向荒唐演大荒。
　　失去幽灵真境界，幻来亲就臭皮囊。
　　好知运败金无彩，堪叹时乖玉不光。
　　白骨如山忘姓氏，无非公子与红妆。

读者诸君着眼，这诗正是此书的本旨真义所在。水神火神交战，水神共工触不周山之天柱，女娲炼石补天，此事已是玄幻，更演出大荒山无稽崖青埂峰补天余石随神瑛侍者补天济世一事，更是玄之又玄，幻中出幻，天倾西北，地陷东南，无才补天，补地如何？此石经女娲炼过，其性本灵，有沟通天地、连接日月之效，却被尘世间的横流物欲、虚伪人情所玷污，失其本真，只换来人们的争夺，有体无魂，亲就这臭皮囊而已。

为什么会这样呢？时运不济，命运多舛，纵是通天彻地之灵物，非运亦不能自通。既怜黛玉之玉殒，又叹宝钗之香消。白骨露于野，千里无鸡鸣，这乱离大争之末世，人命如草芥，又有几人记得故国的明月，又有几人心中还有文明之圣地？前有黑溪阻道，内有夜叉海鬼，又无舟楫可通，又如何济世，如何可至彼岸？托言公子与红妆，将珠玉幽于暗匣，发隔代传书之愿，寄予无上缘法，以此撑嵩掌舵渡黑溪，待时运至时，此珠玉之宝光即可普济众生，《红楼梦》一书亦有大运矣。

当日癞僧跛道带补天余石幻化入世，恐世人只知其形为宝，不识其神之珍贵，曾镌字为凭。上面到底镌了何字？只见正面除了镌通灵宝玉四字外另镌了八个虫鸟篆书：莫失莫忘，仙寿恒昌。反面亦镌字以道此物之灵效：一除邪祟，二疗冤疾，三知祸福。一看便知此为灵物至宝，何敢亵渎？

宝钗看毕，又翻过来仔细看正面，口内念道："莫失莫忘，仙寿恒昌。"乃至两遍。诸君且思，细看连诵，可有沉音神理？宝钗乃世之高士，何等灵慧，恐早已明白此中真意。

宝钗念了两遍，乃回头向丫鬟莺儿笑道："你还不去倒茶，也在这里发呆做什么？"诸君可掩卷合目，细思其神理，想其坐立之势，想宝钗面上口中，真妙文也！

莺儿嘻嘻笑道："我听这两句话，倒像和姑娘项圈上的两句话是一对儿。"这话由莺儿口中道出，真绝妙也。想宝钗、莺儿这对主仆，真心契如一也。后文莺儿极会针黹配色，穿针引线，过渡牵导，循循善诱，悄然无痕，莺儿亦人杰也。

果然宝玉听了，马上要看项圈。宝钗笑道："你别信她的话，哪有什么字。"此乃宝钗似拒还迎，吊人胃口，拿捏玉兄也。果然宝玉马上笑央道："好姐姐，你怎么瞧我的呢！"本是宝钗想给宝玉看，却成宝玉央求宝钗给他看，主客易位，攻守易势，玉兄已入瓮城矣。好一个藏拙守愚的宝姐姐。

宝钗被他缠不过，因笑道："也是人给了两句吉利话儿，所以錾上了，叫天天戴着，不然沉甸甸的有什么趣儿。"诸君着眼，宝钗口中一"也"字，便是暗示宝玉往"一对儿"上想，而又转换得巧，雅量尊重，不亵宝钗为人。此中妙处，在不言之表。

宝钗一面说，一面解了排扣，从那大红袄上，将那珠宝晶莹、黄金灿烂的璎珞掏了出来。宝玉托了金锁看时，果然一面四个、两面八个篆字：不离不弃，芳龄永继。

宝玉托着玉和锁一起看两遍，诵两遍，笑道："姐姐这八个字，倒真与我的是一对儿。"呜呼，玉兄，呜呼，宝卿，八字是一对儿，可结为姻缘否？是良缘佳配，还是怨偶参商？呜呼，先天之玉，后天之金，真是一对儿吗？我却知通灵宝玉和传国玉玺上的八字是一对儿，不但字数相等，而且意思相近，更巧的是都是虫鸟篆字，真可谓不巧不成书。不信且看：

莫失莫忘，仙寿恒昌。（通灵宝玉）

受命于天，既寿永昌。（传国玉玺）

这尘世间的姻缘，早被月老用红线牵定，四柱八字合也罢，不合也罢，白头偕老也罢，钗分两股也罢，原配正室也罢，续弦纳妾也罢，要做一对儿的终归要做一对儿。叹叹！

莺儿笑道："是个癞头和尚送的，他说必须錾在金器上……"宝钗不待她说完，便嗔她不去倒茶，一面问宝玉从哪里来。前有癞头和尚送宝钗冷香丸之君药，今又有癞头和尚送宝钗八字，渡人不倦，亦可叹也。

莺儿既已牵红绳做月老，他日金玉良缘，便由此定矣！

宝玉最爱调脂制香，与宝钗就近，闻得凉森森、甜丝丝的幽香，不知是何香，此正是花气袭人知昼暖也。却原来不是熏香，而是宝钗吃的冷香丸的药香。宝玉闻言，竟想要一丸来尝尝，宝钗笑止。真的是小儿语，也只有宝玉道得出。作者既以"风月宝鉴"为题，必谙熟风月掌故，司马相如窃玉，韩寿偷香，夜奔私会，翻墙幽会之事此书不可免，必有再现也。然宝玉人品贵重，若以相如韩寿相比，便是张冠李戴，亵渎玉兄了。

而这时外面一句"林姑娘来了"，林黛玉已摇摇的走了进来，一见宝玉，便笑道："哎哟，我来得不巧了！"黛玉静如娇花照水，动如弱柳扶风，"摇摇"二字状步态，已经出神矣。黛玉眼中心中皆是宝玉，最不放心的也是宝玉。宝玉有情，不但情至有情，还情至无情，怎不令她日夜悬心？何况黛玉心思细密灵巧，见此情此景，岂有不明白的。文中三人言语往来，宝钗藏愚守拙，宝玉装傻充愣，黛玉语带机锋，真是有趣之极，好看煞。诸君可与书中体会，不表。

薛姨妈摆下几样细巧茶果留他们吃茶，因溺爱宝玉，又拿出酒醩浸制的鹅掌鸭信，灌上上等好酒。荣国府家教甚严，规矩甚大，宝玉的奶妈李嬷嬷急忙劝阻宝玉饮酒。李嬷嬷年老昏愦，情急之下口不择言，竟无意中冒犯了薛姨妈，她对宝玉说："想那日哪个没调教的，只图讨你的好，不顾别人死活，给你一口酒吃，葬送我挨了两日骂。"又说宝玉酒后弄性之语来。见自己言轻，后又央黛玉相劝，求薛姨妈阻止，其性情之耿直可见一斑。李嬷嬷虽有种种毛病，却敢于犯颜直谏，一谏再谏，实乃荣府之忠仆也。

宝玉欲吃冷酒，宝钗言语恳切地以修丹的道理劝他吃热酒，宝玉依言而行，令换热酒。黛玉见宝玉、宝钗二人相谈甚欢，只管嗑着瓜子，抿着嘴笑。正巧她的丫鬟雪雁送来手炉，说："紫鹃姐姐怕姑娘冷，叫我送来的。"黛玉便借机调侃，接过手炉，笑道："难为你倒听她说，我平日和你说的，全当耳旁风。怎么她说了你便依，比圣旨还快些。"黛玉这话，一击多鸣，不但雪雁听得懂，宝钗听得懂，宝玉听得懂，恐薛姨妈也能听个半懂。句句尖刻，毫无阻滞，含酸而不怒，可恨又可爱。真是个聪慧的颦儿，心较比干多一窍也。

宝玉嘻嘻而笑。宝钗不便理睬。只有薛姨妈从中解劝。宝黛钗三人之你来我往，暗藏机锋，书中文字极为有趣，读者诸君可细读细品也。

酒阑，黛玉因问宝玉："你走不走？"宝玉乜斜倦眼："你要走，我和你一同走。"此一问一答，足见宝黛交情自与他人不同，颦儿心中自乐也。于是二人告辞。小丫鬟来为宝玉戴斗笠，却总戴不好，于是黛玉亲自为宝玉戴。人道《红楼梦》中黛玉葬花、宝钗扑蝶、湘云醉卧等画面最为经典，我却极钟爱《黛玉正冠图》也，脑中总浮现此情此景，每每下泪也。

人生在世，知己最难逢，相逢意自同。花新水上香，花下水含红。越是家常小事，越是动情笔墨。梨香院中，金生水也，闲茶浪酒，最不相宜。宝玉近身前来，黛玉用手整理，轻轻笼起束发冠，将笠沿掖在抹额之上，将那一颗核桃大的绛绒簪缨扶起，颤巍巍露于笠外。整理已毕，端相了端相，说道："好了，披上斗篷吧。"此时此刻，他们二人早已旁若无人，黛玉眼中心中，只有宝玉；宝玉眼中心中，只有黛玉。黛玉多么爱宝玉那束发冠，爱那绛绒簪缨，那是堂堂正正的华夏衣冠！纵你散播金玉良缘，纵你致金德为水德，企图克我之火德，我华夏儿郎，依然在你面前正其衣冠！

书中黛玉数次为宝玉正冠，数次为宝玉戴斗笠。我知作者最爱这斗笠，闻后文"哪里讨烟蓑雨笠卷单行"之句，再观个山小像八大山人戴着斗笠的画像，以及西江弋阳王孙之朱印，不由泪下如泉！

五、绛芸轩的含义

宝黛二玉回贾母处，贾母欢喜，因宝玉醉酒，便令其休息，祖母心疼偏爱孙儿如此；又问李嬷嬷何在，有微嗔小责之意。

宝玉来到自己卧室，见笔墨在案，丫鬟晴雯笑着嗔怪宝玉令她一早研墨，写了三个字就走，害她等了一天，快来写完方罢。憨直可爱至此，正是晴雯独有的风格，宝玉身边绝无第二人如此。晴雯勇敢正直，袭人善于曲意逢迎，诸君可于书中自寻。晴雯笑着说自己怕别人贴不好，亲自架高梯将那三个字贴于门斗，这大雪天的手都冻僵了。宝玉心疼，忙握住她的手，二人一同欣赏那字。

此时黛玉也来了，宝玉笑道："好妹妹，你别哄我，这三个字哪一个写得好？"黛玉仰头看门斗上新贴的"绛芸轩"三个字，笑说个个都写得好，怎么写得这么好，并说明儿也替我写一个匾。黛玉此言，是娇憨戏谑还是真的觉得好？假作真时真亦假，无为有处有还无，宝黛之交又岂是世间寻常人情世故之可比？宝玉说别哄我，那黛玉就并不哄他，宝玉问哪一个好，黛玉说个个都好，自然是每一个都好，并且说"怎么写得这么好"，赞扬不是一般的好。读者诸君读书时岂能一晃而过，岂能不留意？绛者，绛宫也，神明的宫殿，绛宫，又称金阙，为心下一窍，心为君脏，神明居焉，心者，一身之主，君主之宫。中宫天极星，其一明者，太一常居也。洞同天地混沌为朴，未造而成物，谓之太一。太一者，水之尊号也，先天地之母，后万物之源。太一下降于绛宫便是炼精化气之始，天地与我一体，孕育新的天地。宝玉曾自号"绛洞花王"，绛字，又照应绛珠，用一绛字状宝玉居处，正应紫微太一身份，岂能不好？

绛字写得好，那芸字为何也写得好呢？芸香者，书香也，有芸香草，书不生蛀虫，可以长期保存，可传阅万世。著名的天一阁，卷宗中皆夹芸香。芸香吏，即校书郎，刘向、白居易都做过这个官。紫微星下世，在家中著书校书，以济世救人，芸字如何不妙？

绛字好，芸字好，那轩字又如何好呢？轩者，既有轩馆、轩轾之意，又是星名，亦应轩辕黄帝。黄帝为华夏之祖，位居中宫，正应紫微太一之位。以宝玉人品之贵重，以这三个字贴于门斗千妥万妥，如何不好？林妹妹诚不欺宝哥哥也。非林妹妹滑贼哄宝哥哥，是作者滑贼欲瞒过读者也。

宝玉问晴雯包子之事，晴雯先一句"快别提"道出李嬷嬷托大拿走之事，此李嬷嬷之短处也，宝玉闻言已微愠。这时茜雪捧出茶来，宝玉于是邀请"林妹妹吃茶"，却不料众人笑道："林妹妹早走了，还让呢。"作者笔墨活泼灵巧至此，将宝玉醉态描绘得惟妙惟肖。宝玉毕竟是宝玉，即便醉酒，也自与别人不同。

宝玉问起晨起命泡的枫露茶，为何不端来。茜雪说那会子李嬷嬷来，她要尝尝，就给她尝了。枫叶为红叶，这枫上之露而成茶，岂不与太虚幻境中的"千红一窟"类似？李嬷嬷真是年老昏愦，处处托大，谏是一谏再谏，错亦是一错再错，此正是老臣的通病也。宝玉闻言，将手中茶杯顺手一掷，摔个粉碎，茶水茶叶溅了茜雪一裙。宝玉又质问茜雪她是你哪门子奶奶，你那么孝敬她？不过小时候吃过几口奶，如今逞得比祖宗还大了。便扬声要撵他乳母。此真醉了，及至醒时，必生后悔。叹叹！

看《风月宝鉴》切勿只看正面，看似写宝玉醉态，实则刻画袭人形象。袭人本假睡待宝玉去怄她玩耍，见宝玉动气，不得不起来。袭人一面禀了贾母，一面安慰宝玉，说："你立意要撵她，也好。我们也都愿意出去，不如把我们一齐撵了。我们也好，你也不愁没有好的来服侍你。"袭人自是能找到宝玉的"七寸"，一时之间，宝玉没了言语，又觉困倦，乖乖睡了。书中对袭人的描写与晴雯不同。袭人心机深沉，实在令人细思极恐。袭人为新锐之党，李嬷嬷为贾家元老，新旧之党必有竞争。李嬷嬷年高，诚然是撵不得的，而茜雪对李嬷嬷恭敬，实应伐异者，撵了茜雪，既可去一患，又能杀鸡儆猴，可谓一举两得。如今袭人为宝玉的大丫鬟，权势极大，那句"你要撵了她，也好"，既是安慰字句，又是趁宝玉酒醉之际默许行杀伐之事。至于那句"我们也愿意出去，不如将我们一齐撵了"，更是大有深意，先主刘备取西川，方有基业，偏不肯称帝，与此意同。晴为黛影，袭为钗副，论心机谋略，晴雯远不及袭人矣。况宝玉睡觉时,通灵宝玉一直是袭人妥帖保管,此更是他人无法企及的。袭人之重要,一如月宫之桂树也,唯有能蟾宫折桂者,方主沉浮也。

第八回书之末又述秦业为秦钟读书筹划之事,便为下回书作引,且不再论。

至第八回书,木石前盟、金玉良缘的故事已逐渐展开。一为前世之约,一为后天补缀。薛家为贾家外戚,正如王莽为炎汉刘氏的外戚一般。昔日王政君摔玺责莽,而宝玉在荣庆堂亦摔玉,岂类同乎?王莽以金镶玉来修补玉玺,亦可自称金玉良缘否?通灵宝玉乃通灵之物,旷世之宝,所镌文字必有神力、深意。"莫失莫忘",莫失的是何物?莫忘的是何事?"仙寿恒昌",何为仙?何为寿?何为恒?何为昌?金锁上八字乃癞僧所赠,岂无意义乎?"不离不弃",不离者谁?不弃者谁?"芳龄永继",何为芳?何为龄?何为永?何为继?

人人皆喜福禄寿,《红楼梦》言寿,是什么寿呢?四时更替,斗转星移,阴阳变幻,时过境迁,物是人非,又有何物能恒,能永?《易经》有三义,不易者为谁?昌者,继者,众人之愿也,通灵宝玉真有如此神力否?读者诸君,了悟《红楼梦》,参玄格物,便在此等要处。

第六章　红紫乱朱

一、贾府学堂

第九回书宝玉素爱钗粉脂环,因为寻到了秦钟这个好同窗,便放弃了在内闱厮混,要去家塾读书。上学那天,袭人对他千叮万嘱,如慈母般体贴。宝玉嘱咐了晴雯麝月,又去见贾母、贾政、王夫人。这回贾政刚好在家,将宝玉及李贵等人一通申饬。在整部《红楼梦》里,能随口骂宝玉、动手打宝玉的就只贾政一人而已,可见政老爷的人品贵重。有严父方可成才,贾政之于宝玉,亦是十分重要。

辞过众位长辈,宝玉临行,却想起未辞黛玉,忙速来作辞。唠叨半日方去,黛玉忙又叫住问道:"你怎么不去辞辞你宝姐姐。"宝玉笑而不答,一径同秦钟上学去了。这一笑,两心一照,何等有趣活泼的文字。

正所谓一龙九种,种种各别。贾府学堂中也是龙蛇混杂,各色人等皆有。学堂里既有以薛蟠、金荣为代表的结交契弟者,也有以"香怜""玉爱"为代表的多情的小学生;有以贾兰、贾菌为代表的近派重孙,也有以贾蔷为代表的调拨者;有以宝玉、秦钟为代表的金枝玉叶,也有以贾瑞为代表的行为不端的监理者,还有以茗烟为代表的豪奴健仆。各色人物聚集于此,以至无法管束,争端频频爆发,书砚横飞。这书砚横飞的学堂,恰似明末烽烟四起的战场,内忧外患,多线交战。敌我阵营既有烽火狼烟,又有暗流涌动;既有忠直之士,又有曲意之人;既有国家大义,又有个人算盘;既有立场坚定,又有举棋不定;既有左右逢源,又有进退两难;既有数不完的明面谈判,短盟近约,再三斡旋,又有说不尽的暗送秋波,收买拉拢。战局风云诡谲,学堂亦如是观。《红楼梦》里同性恋情节极多,这并非仅仅停留在"龙阳之好"的表面描写,而是通过反面写意春秋,正面曲写风月罢了。以淫设教,在密不容针、短促狭小的空间里回旋生姿，此正是作者笔力雄健之处。

秦钟被打破油皮，最终由贾瑞主持调解，让金荣磕头认错后方才告一段落。贾府学堂悖乱至此，贾家气数，由此可知也。

二、秦可卿的病与药之谜

在第九回的"顽童闹学堂"中，作者通过描写金荣在学堂里惹是生非的情节，巧妙地铺垫了第十回秦可卿的病。金荣虽磕头认错，心中却极不服气。他虽和寡母胡氏一同度日，其姑母金氏则嫁给了贾氏玉字辈嫡派贾璜，也算是贾家的远亲。礼有六器，即玉璧、玉琮、玉圭、玉琥、玉璋、玉璜。这些礼器分别用于祭祀天地与四方，以璧礼天，以琮礼地，以圭礼东方，以琥礼西方，以璋礼南方，以璜礼北方。与其说贾璜娶了金氏，不如说象征着北方后金女真的金氏得到了代表北方的玉璜。金荣的母亲胡氏本怯贾家的势，又珍惜儿子读书的机会，还贪图薛蟠资助的金钱，不愿生事。然而，金荣的姑母金氏是个逞强好胜之人，见侄儿吃了亏，便气势汹汹地前往宁国府，要找秦钟的姐姐秦可卿讨个说法。

金氏曾因贫困告求过荣国府王熙凤和宁国府尤氏，所以虽然气势汹汹，内心却又有虚怯含羞之处。诸君可将金氏告求与刘姥姥的乞谋参照来看。金氏本来鼓足了勇气来宁国府找秦可卿理论，先遇到尤氏。尤氏聊起秦可卿的病，又聊起秦钟在学堂不知被哪个顽劣子弟欺负，而且秦钟不懂事，明知姐姐生病还向姐姐告状，害得可卿的病又添了几分。

金氏闻言，不由收了愠色，不但不敢问罪，兴师之词一字不吐，反而敛容赔笑，安抚劝慰，殷勤问候，托言告辞逃走了。事不三思，必致后悔，金氏盛气而来，铩羽而归，有何面目见江东父老？

而宁国府中，尤氏、贾珍、贾蓉等人却无暇顾及金氏，他们日夜悬心的是秦可卿的病。可卿生病已久，历经众多医生，总不见效，甚至病因都找不到，更荒唐的是，有人说是喜脉，有人说是病，医家莫衷一是，束手无策。大医治国，中医治人，小医治病。秦可卿为天市垣之帝座，医者便是朝中文武，言官策士。眼下江山有累卵之危，社稷有腹心之疾，而众臣并无应对之策，甚至连形势向好向坏都判断不准，迁延日久，误国日深，股肱心腹之臣，又怎能不忧虑？

明至崇祯一朝，积弊日久，国势日衰，水旱蝗灾，土地兼并，盗寇乘机而起，呼啸山林，对抗王师；加之因长期养虎为患，致使强敌雄踞关外，虎视眈眈，内外交困，崇祯帝自登基起便是危局。此危局之时如人至沉疴，难有回春圣手。崇祯帝本身就发致君尧舜之愿，自己夙夜在公，难免对臣下苛求甚多，总不大称心如意。再加上时局所致，他也不由得夕惕若厉，多思多疑。家贫知孝子，国难见忠臣，然而知人知面不知心，所以崇祯一朝，任用、罢免内阁首辅、官员数量之巨，频率之快为大明一朝之最。这便是贾珍口中说秦可卿太不爱惜身体，出来见医生，衣服脱了又换，换了又脱，恐再添一层病之意。

贾珍向尤氏说道，冯紫英推荐了一人，系他幼时从学的先生，姓张名友士，学问渊博，医道极好，能断人生死，张先生本为儿子捐官来京城，目前住冯紫英家，可卿之病或能在他手上好起来。夫妻二人及合府上下亦对这张先生充满期待。诸君，冯紫英之名，是冯姓再现也，与前文冯渊遥相呼应。危难时荐医，诊金必贵，而"捐官"二字更耐人寻味。张友士，真有事也，不可不留意也。他能断人生死，既透露出自信，又似有要挟之意，值得深思。

贾珍夫妇二人正处多事之秋，儿媳之病已至垂危，虽送帖请医，又得要安排后日父亲之诞辰。此时又提到贾珍之父贾敬。偏在此时出现贾敬，可谓恰到好处。贾敬，必有大喻必有深意。作者能事事对榫，处处照应，其心思真七窍玲珑也，作者之笔，真的是出神入化矣。

《红楼梦》亦名《风月宝鉴》。《风月宝鉴》正反皆可照人，正面写实风月，反面写意春秋。《风月宝鉴》亦有镜古鉴今之意，书中空空道人对石头说，此书无朝代年纪，地舆邦国，不足以传世，石头却说"我师何太痴也，何不用汉唐等年纪添缀"，是真话，不是假话也。又何止汉唐，华夏纪元尽在其中也。《风月宝鉴》虽着力于"今"（当时的"今"为明末清初），以今为主，却也历数于"古"，以古为客。此正是春秋写意之法。《红楼梦》还有一名叫《金陵十二钗》，以金陵为主，即以衣冠南渡为主，以帝王"南狩"为主，而有主便有客，为何南渡也不可不写，帝王"北狩"也不可不写也。虽以写南明为主，中华民族的前三次衣冠南渡也不可不写，"北狩"之屈辱，亦不可不写也。由此，贾敬之密已呼之欲出也。

书中贾敬为贾家第三代，贾代化之子。贾代化生二子，长曰贾敷，次曰贾敬。贾敷夭亡，贾敬袭官袭爵。此正是兄终弟及之喻，与林黛玉偏有个哥哥同理。秦可卿的判词有一句叫"肇衅开端实在宁"，亦指向贾敬。端者，端王也，宁者，宁国公也，正是北宋著名的道君皇帝宋徽宗赵佶曾经的爵位也！

《红楼梦》无一字闲文。宋徽宗之名既已入贾雨村《正邪两赋论》，岂能不放笔一写？宋徽宗是一位非常有才华的皇帝，承兄长宋哲宗即位，他很会写诗，尤其长书善画，书创瘦金体，画鹰堪称一绝。他又崇尚丹道，大建宫规园林，沉迷宫廷艺术，采办"花石纲"，以至国政荒废，北有宋江，南有方腊，民不堪命，民变四起，加之金人南下犯境，社稷飘摇。内忧外患之下，他仍不思治国，反而把皇位内禅给儿子赵桓，自己去做一个对国事不管不顾的太上皇，去道观中居住，与铅汞为伴，只管炼丹求长生去了。赵桓便是宋钦宗，改元靖康，支撑不多时，金人便攻入东京汴梁城，掳走徽、钦二帝，是为靖康之大耻也！

贾敬，亦是宁国府的太上皇也。可卿病笃，喻国家危急存亡之前。贾珍本想借父亲生日之机请父亲回家受儿孙之礼，而贾敬自认为自己迟早要升仙，哪里肯让这些事扰他的清静，只是执着于自己的作品，让贾珍刊印出来散发，权当贺寿孝敬之礼。

贾敬不理国事，自然更无心管教儿孙，所以秦可卿的判曲有"箕裘颓堕皆从敬"，意指子承父业，却对祖宗基业不肖，作者责之深也。

正所谓单丝不成线，独木不成林。《红楼梦》一书中每一个人物都内涵丰富。贾敬这人物形象，既有镜古，便有鉴今。明朝也出了几位炼丹的皇帝，最出名的就是嘉靖帝和泰昌帝，这些皇帝皆是才华横溢，治国理政亦是万中无一的大才，而丹道之痴迷令他们忽智忽昏，泰昌帝朱常洛死于铅汞中毒，史称红丸案，后文贾敬殡天一回书，便应此事。宋徽宗长书善画，在贾敬身上没有照应，便应在贾惜春身上，贾惜春乃贾敬之女，贾珍之妹，亦是作者之匠心也。

一支笔如此自如有度，真乃神鬼莫测也！

宁国府下人拿名帖去请张太医，张太医却以待客疲惫不能支撑为由并不立即到来。推三阻四，拿腔作调，便是自负要挟之处。第二天中午，张太医终于到来，合府上下言语恭顺，礼节周到。张太医看似谦虚，却跳过问诊，直接上手切脉，对医道自负之极。

而张太医的论病更是大文章、好文章也。所谓当局者迷旁观者清，张太医早已做足功课，的确是深知可卿之病由、病理、病势。可卿之病即明末国家之病。张友士作为冯紫英的心腹之交，来历绝不简单。

冯紫英乃冯唐之子，冯唐便是神武将军。神武者，玄武也，主北方。一路向北开疆拓土，又面临北方的进犯，冯唐，正是第二代闯王李自成也。冯紫英，正是闯王李自成之得力大将刘宗敏也，二人情同父子，义为手足。

明朝立国已久，虽有内忧外患，但根基极深，正如俗语所言瘦死的骆驼比马大，百足之虫，死而不僵。李自成虽步步进逼北京城，根基日牢，但他知道明朝得国极正，自己就算攻入京城，也终是篡逆之辈，皇位难以久守，江山难以永固，他更愿意做一个一字并肩王。所以李自成方面曾多次与明朝廷谈判，欲让明朝廷割山西、陕西之地，退守自治，称臣纳贡。李自成其意甚诚，就在兵临城下时还在谈判，而明朝廷始终没有同意。李自成这场捐官的梦想最终落得"冯唐易老，李广难封"。

所谓张友士者，便是代表李自成一派和明朝谈判的要员。朝廷的处境，皇帝的心病，他岂有不知道的，所以论病一节，必然不虚。我们且随书之原文，一起来看可卿的病。

且看张友士论病。只见他对脉象的浮沉迟数、五脏的生克乘侮、表里阴阳寒热虚实都分析得丝毫不差。张友士说，这病先前被其他医生耽误了，目前尚有三分治得。吃了药若能安神静心，便有五分把握。医生若说有五成把握，便是病情有望好转之意。张友士又说，据这脉息，大奶奶是心性高强聪明不过的人。聪明太过，则不如意事常有，不如意事常有，则思虑太过，此病是忧思伤脾，肝木特旺，经血不能按时而至。最后推病因为水亏木旺。并且开出一方，名曰益气养荣补脾和肝汤。"益气养荣"可与"人参养荣丸"互照，"养荣"二字值得深思。组方在四物四君子汤，圣愈汤基础上相应加减，作者将方单列出，懂医道者自可于书中查阅,合不合方,有何深意,实可探知也。

贾蓉大赞先生高明,动问此病与性命终究有妨无妨。张友士笑道:"大爷是最高明的人。人病到这个地位,非一朝一夕的症候,吃了药也得看医缘。依小弟看,这一冬是不相干的。过了春分,就可望痊愈了。"贾蓉也是个聪明人,也不往下细问了。二人皆夸对方高明,何为高明?何为医缘?何为聪明?听音当听弦外之音也。依张太医之意,医得了病医不了命,可卿之病可治与不可治,在于可卿自己的情志。换言之,朝廷若答应李自成的捐官请求,各退一步,然后培元固本,和中理气,这病便可大痊,反之则不治矣。

明之一朝,自洪武皇帝立国以来,二百余年,一直秉持"不割地,不赔款,不和亲,不纳贡,天子守国门,君王死社稷",哪里会允许国中之国?恶紫之夺朱也,恶郑声之乱雅乐也,恶利口之覆家邦者。紫虽近似红色,却终非正色,悲乎!如果宋之一朝失之以弱,那明之一朝便失之以刚,过犹不及,刚柔相济方为处长之法,但明人之节气,由此可见了。

呜呼,张太医论病一回书,伏可卿之死。内有红紫乱朱,外有清风袭月,时运不济,能不悲乎?

三、贾敬之谜

《红楼梦》一书,反面写意春秋,多用类、比、综、错之法,夹以复、杂。本回书将宋、明之事对照类比而写,笔法之高明,令人佩服神往之极。第十一回先写宁府为贾敬庆寿摆家宴。荣国府的贾赦、贾政、邢夫人、王夫人、贾琏、熙凤、宝玉,以及宁国府一干人悉数到齐,连四王、八公、八侯都为贾敬送来贺礼,足见贾敬"太上皇"身份真实不虚。而贾敬本人却反而并不在现场,正如王夫人所说:"我们来本为大老爷拜寿,这不竟是我们来过生日了么?"亦如王熙凤所笑言:"大老爷原是好养静的,已经修炼成了,也算得是神仙了,太太们这么一说,也算是心到神知了。"众人大笑。作者此处极力一讽,真是妙哉!

除了贾敬未到,贾母也未到。贾母作为荣、宁二府的老祖宗,尊贵非常，是以贾珍尤氏夫妇动问。王熙凤说老祖宗夜里见宝玉吃桃，贪吃也吃了大半个，竟不消化，起了几次夜，身上不便，是以未到。桃者，喻贾敬之修仙也。以食桃不化为辞，老祖宗责贾敬深矣！

这一回书中说"这一年冬月三十日交冬至"也并非不相干的文字。根据历法置闰的规则，冬月晦日交冬至，下一个月便无中气，便应这一年闰冬月。闰冬月的年份极少，正应在北宋的靖康元年。那一年闰冬月，金兵兵临城下。闰冬月三十，宋钦宗率大臣前往金营按金军统帅要求写下降表，接着金人令宋朝君臣面北而拜，宣读降表。投降仪式后钦宗方被放回朝廷。闰冬月无中气，皇帝如此乞降受辱，真的是无中气也！叹叹！这之后金人依然围困汴京城，向宋索要金银绢帛等降物。因要价太高，无法筹措，钦宗只好再至金营商谈，却被扣留，至次年，金人掳走徽、钦二帝，北宋灭亡。正如张太医所言，这一冬倒不妨，过了春分就有望痊愈了。可知这一冬偏又闰冬月，何等漫长！可卿之死期，已于此处伏下。史笔不忍写皇帝被掳走一事，便用一"狩"字讳之。唐明皇南狩或西狩，便是唐明皇逃往成都避难事，徽钦二帝北狩，便是二帝被掳至北方苦寒之地，历尽屈辱之事。知耻而后勇，见这"狩"字，思华夏之屈辱国耻，后人岂敢不鉴之？

虽为贾敬庆寿，王熙凤心中担心悬念的却是秦可卿。凤姐所喻甚大，作者既有贬笔，又有褒笔，既有褒中贬，又有贬中褒，真正是一阴一阳之谓道，孤阴独阳不成文章矣。凤姐应幸臣星，既有魏忠贤的比托，亦是王承恩的化身。在明十三陵思陵的旁边，有一座唯一的太监墓——王承恩墓，王承恩永远地守护着崇祯帝。在明朝风雨飘摇，大厦将倾之时，崇祯帝最信任的就是司礼太监王承恩。终崇祯一朝，王承恩一直忠心耿耿地守在崇祯帝身边，掏心置腹，毫不藏私。北京城破，众臣如鸟兽散，王承恩坚定地守卫皇帝，皇帝自缢殉国，他也在另一棵树上与之对缢。忠魂浩荡，名垂千古。南明弘光帝在南京建国后，感其竭忠尽力，赐号忠愍。连清朝皇帝也感其忠贞，赐六十亩地，建造祠堂，树立石碑，让他永远陪着崇祯帝。凤姐虽有种种不是，但民族大义不亏，家国情怀俱在，可谓"吕端大事不糊涂"也。

不但宁府家宴之隙，乃至日后，凤姐多次探病可卿，说不尽的知心话,道不完的离别情,足见二人的交情,亦足见凤姐之为人。后面可卿托梦凤姐,寄语家国之事,亦足见凤姐之才可堪大任。

贾母和宝玉都极关心可卿的病。凤姐每次小心回话,委婉言病,而老祖宗何等英明神武,岂有不懂的?宝玉本自多情,更何况可卿,见她病态,如同万箭攒心,伤心抹泪。

而偏偏在这多事之秋,又出一无行止的贾瑞。家患国难之际,正是呼唤贤臣良将、义胆忠魂之时,而这贾瑞不思保家卫国,不肖不忠,却偏又不耻谋于熙凤,如雪上添霜,狭路添堵,真是可叹也哉!

四、风月宝鉴之谜

秦可卿之死与贾瑞之唐突冒犯凤姐,似乎是风马牛不相及也,而作者为何同范并驱?写贾瑞便是要引出风月宝鉴也。镜有正反,人有真假,写假既是为鞭笞那般无行止的二臣贼子,更是为了出真。出真文易漏,故而写假也。

南宋文丞相,状元及第,名天祥,字宋瑞,立志补青天,捐躯赴国难,既是天之祥,宋之瑞,更是我华夏的民族英雄也。文丞相胸中常存浩然之气,留下《正气歌》振聋发聩,宁死不降元。他在《过零丁洋》中说:"人生自古谁无死,留取丹心照汗青。"他是华夏之魂,民族的脊梁。

作者乃堂堂正正华夏儿女,炎黄子孙,写《红楼梦》一书便是要借为闺阁立传之由,讴歌历朝历代为华夏文明,为江山黎民抛头颅洒热血的民族英雄,如何不深深敬仰文丞相?然而当时正处末世,清朝禁锢文明,为避文祸,亦为保存此书,只能以假存真。

贾瑞,名瑞,字天祥,名与字正与文丞相相反,正是风月宝鉴正反面之喻也。贾瑞见凤姐,生觊觎非分之心,心中哪里还记得儒家非礼勿视,非礼勿听,非礼勿言,非礼勿动的圣人之训?或说凤姐毒辣,故设相思之局,可怎知凤姐何尝不是多次警教,多次设当头棒喝。贾瑞自己欲念太重,执迷不悟,毫无翻悔,可谓痴子,可谓愚情。本已病重,却又自渎。想这些孔门之劣徒,背克己复礼之圣训,成觊觎非分之辈,入二臣贼子之流，妄想荣华富贵，可知史家不肯轻饶，连祖宗也为之蒙羞。非但明末遗臣遗民痛恨这些人，连这些人的二姓主子，清朝也将他们编入《贰臣传》，以警诫后人，洪承畴、祖大寿、冯铨等人亦有何面目见家乡父老？有何面目举头见满天神灵？流芳百世，身死而留名，遗臭万年，身存而含秽。贾瑞那满头满身被泼的大粪，真的令人作呕，不知他自己作呕否？

　　书中的学堂便是战场，代理学堂便是总监军务。贾瑞为贾家儿孙，代理学堂时却和薛蟠、金荣等外姓勾勾搭搭，又觊觎那般多情的小学生，还借势诈取财物，一人而生数心，二臣贼子已不可饶，加之对朝廷的觊觎非分，真的是毫无行止，罪不容诛。然而即便如此，仍处处给他机会悔过自新，可见上苍确有好生之德也。就当贾瑞如断脊之犬一般奄奄一息时，跛足道人拿着风月宝鉴来救他了。癞僧、跛道真可谓渡人不倦也。

　　人之将死，其言也哀。贾瑞怕死，已是无药不吃，听闻跛足道人到来，在枕上叩头，连叫"菩萨救我"。跛道从褡裢中取出一面镜子，镜把上錾风月宝鉴四个字。跛道告诉贾瑞此物出自太虚幻境空灵殿上，乃警幻仙子所制，专治邪思妄动，有济世保身之功。带它入世，便是专给风雅王孙、聪明杰俊照看。此镜两面皆可照人，但千万不能照正面，只能照反面。连照三日，病自然就好了。跛道说完，徉常而去，众人苦留不住。呜呼，是何等慈悲出此风月宝鉴！跛道所言，句句属实，一点不虚，可有几人能听得进去？上士闻道，勤而行之，中士闻道，若存若亡，下士闻道，大笑之。叹叹！一部《风月宝鉴》，可治多少邪思妄动，可救多少世人，而传世三百余年，鲜有人会照其反面，反生睚眦诽谤，此书不亦悲乎！

　　贾瑞怕死，依言照镜子反面，立见一骷髅。这正是治病之法也，好知青冢骷髅骨，便是红楼掩面人。但依贾瑞之德行，哪里有那等缘法？他立时唬得将镜掩了，反骂道士混账，忍不住翻过来看正面，便见凤姐在镜中向他招手。相由心生，贾瑞全无行止，被色相所迷至此，还有何救？贾瑞见镜中人物，心中一喜，荡悠悠的觉得进了镜子，与凤姐云雨一番，凤姐仍送他出来。荡悠悠，三魂七魄已失矣。到了床上，镜子一丢，仍是反面朝上，里面正有一个骷髅。如此相救，可谓再三再四也。

上天之德何其隆也！偏那贾瑞仍然是执迷不悟，自寻绝路。贾瑞已然泄精，仍不满足，仍翻过正面来，与镜中凤姐又云雨三四次。这次刚想出镜，便被鬼判锁住，无可再逃，即使临死，仍关心镜子，大叫："让我拿了镜子再走！"只说了这句，便不能说话了。佛家说，万般带不走，唯有业随身。贾瑞这一世所造之业，百死难赎，千秋恶名，如何得救？至死而不悟，悲乎！

贾瑞的爷爷贾代儒见贾瑞看镜而死，大骂"妖镜"，说它"遗祸不小"，便要架火来烧。呜呼，贾代儒亦腐儒也！凡野史皆可焚，独此镜不可毁也！谪仙人李太白当年重上阳台宫拜谒道师司马承祯，闻道师已仙逝，写下十六字，以表无限景仰之情：

山高水长，物象千万。

非有老笔，清壮可穷？

我见《风月宝鉴》，想太白歌行，思天地之正气，宇宙之浩然，不由泪下滂沱矣！

贾代儒要烧镜，镜内便有哭声："你们非要看正面，以假为真，何苦来烧我？"三百多年来毁《红楼梦》者谤《风月宝鉴》者请来听听，此书之哭何等委屈；三百多年来误读误解，将此书讲得面目全非，引人入歧途者请来听听，此书之命运何等坎坷，此书何等无辜！

镜子正哭着，跛道从外面跑来，大叫："谁毁风月鉴，吾来救也。"抢入手内，飘然去了。此书命运多舛，能躲过火焚之厄已是奇迹。我见跛道，如见作者仙踪，何等龙象之力，方可保存此书？何等宏誓大愿，方可弘扬此书？感作者之无量慈悲，念天地之大德，敢不毕恭毕敬，竭诚尽忠注书乎？

第十三回书、第十四回书便有秦可卿、林如海之死。第十二回末林家已有书信来，林如海已病危矣。家父病危，林黛玉自是要作速回去探病。贾母定要贾琏送林妹妹回去，又要贾琏再送回来。为何秦可卿和林如海几乎同时病危，后又几乎同时病亡？为何下文要写可卿之死，这回便要写黛玉远行？又为何可卿黛玉在文中互不照面？作者惯用类、比、综、错之法，亦常用主、客回避之法。黛玉是主，可卿是客，王不见王，主不犯客。前文宝玉不在挂《燃藜图》的房间睡觉，后文刘姥姥二进荣国府评价众姑娘房间独不犯宝钗的蘅芜苑,席上众人皆笑刘姥姥独不写宝钗,亦是此等技法也。

而贾母为何非要托贾琏送黛玉呢?昔日子贡问曰:"赐也何如?"孔子曰:"女器也。"子贡接着问:"何器也?"曰:"瑚琏也。"孔门弟子三千,七十二贤人,子贡虽没达到"君子不器",但也是其中非常贤达的一个了,他既是伟大的外交家,又是了不起的儒商。旧时商人,店堂皆悬八个字:"陶朱事业,端木生涯"。陶朱,即范蠡也,端木,即端木赐,子贡也。子贡多次向孔子问政,是孔门的理治贤才。孔子欲托外交之事,众弟子自告奋勇,孔子皆不许,子贡请行,孔子许之。贾琏,亦瑚琏也,亦贾母心中的子贡也。熙凤料理可卿之丧,贾琏料理如海之丧,一明一暗,作者之行文,如罗天星,如布棋局,繁而不乱,严整有法,只可仰望,不能学也。

第七章　清风袭月

一、九月初三之谜

关于可卿之死，红楼原稿原有淫丧天香楼的情节，定稿时又将其删去。作者为什么要写，又为什么要删呢？周有西周、东周，中间有犬戎入镐京，平王东迁；汉有西汉、东汉，中间有王莽篡位，光武中兴；晋有西晋、东晋，中有八王之乱、永嘉南渡；唐自安史之乱，明皇西狩，由盛转衰；宋有北宋、南宋，中间有靖康之变，建炎南渡；明亦有北京、南京，中间有甲申国难，弘光建国。中华文明数次被外族侵略，几欲断绝。《金陵十二钗》以金陵为主，写王朝之重建复兴，《风月宝鉴》鉴古今之得失，如何失国，焉能不写？古今之事虽异，而是一理，是故作者以幻笔将失政之事熔于一炉，落笔在宁国府。遗簪、更衣等情节不但以飞燕、杨妃等写汉、唐故事，更是隐喻清人入关之后剃发易服，令华夏衣冠沦丧。而脂砚斋实不忍也，亦觉如此写法唐突可卿身价，有伤文气，故劝作者删去。所以传世之文中状可卿之死，只是以宋、明参照。然而作者著书之本旨，却由此可知也，《金陵十二钗》之奥义，《风月宝鉴》之苦心，诸君可思也。

天香如何消，国色如何褪，第十三回开篇便以可卿托梦写可卿之死。贾琏送黛玉去扬州，熙凤心中无趣，每到夜间，不过和平儿说笑，胡乱睡了。"胡乱"二字甚奇，前文之种种，便是胡之乱也，五胡乱华，焉能安睡？熙凤日夜悬心，其实既记挂黛玉贾琏之行程，又担心林如海的病。她与平儿日夜计算，正是"计程今日到梁州"之意。

元稹、白居易是中唐时的一对至交好友，二人千里神交，合若符契，金石胶漆，未足为喻。一日，白居易因在长安闲居无事，约弟白行简、李杓直到曲江、慈恩寺游玩，之后至李杓直家饮酒，席间忽然非常思念元稹，写下一诗，云：

> 花时同醉破春愁，醉折花枝作酒筹。
> 忽忆故人天际去，计程今日到梁州。

而元稹在同一天也写下一诗，云：

> 梦君同绕曲江头，也向慈恩院院游。
> 亭吏呼人排去马，忽惊身在古梁州。

元稹诗后的序更令人吃惊，序云：

是夜宿汊川驿，梦。与杓直、乐天同游曲江，兼入慈恩寺诸院，倏然而寤，则递乘及阶，邮差已传呼报晓矣。

元白二人千里唱和，白居易日间之事入元稹夜间之梦，正同曾母啮指，曾子痛心，心意相通，自可千里神交，岂妄言哉！林如海九月初三巳时亡故，应在熙凤梦中可卿托梦，梦一惊醒，可卿已亡，可卿亡期，正在九月初三夜。

为何可卿亡于九月初三夜，有何大喻？诸君且看白居易《暮江吟》诗，其诗云：

> 一道残阳铺水中，半江瑟瑟半江红。
> 可怜九月初三夜，露似珍珠月似弓。

作者化用此诗，便出新意。以日月喻明，真真痛断肝肠也。日已残，水已浸，清朝入北京之意。明为火德，清为水德，江山只存半壁，故曰"半江瑟瑟半江红"也。露似珍珠，而珍珠，真朱也，似是而非，实物似人非也。初三的月亮只如一弯弓，何等苍凉感伤。以此诗喻京畿之失，喻衣冠南渡之苦，家国之情，民族之情，正是"情天情海情幻身"，可谓恰当矣。朱奋失其牛耳，姓名只剩八大，八大山人叹息这半壁江山，虽隔三百余年，耳边犹闻也。

既写可卿托梦，究竟熙凤何梦，所托何事？书中人物入梦，皆恍然不觉，似觉亦似梦。凤姐只觉星眼微朦，可卿从外含笑走来，说："婶子好睡，我今要回去，你也不送我一程。因娘儿们素日相好，我舍不得婶子，故来别你一别。还有一件心事未了，非告诉婶子，别人未必中用。"全是家常口声，是真？是幻？可卿要回去，回哪儿去？可卿是警幻仙姑之妹，从天上来，自然是回天上去，警幻案前待众人，集齐同上情榜。不别一众带冠男子，独别熙凤，凤姐足以托家托国也！

熙凤果是有担当的，并无片刻思虑推辞便问道："有何心愿？你只管托我就是了。"可卿便向熙凤讲了水满则溢，月满则亏之理，言家国将衰，又以登高必跌重警示熙凤，并言我们这种诗书旧族，千万不要落得乐极悲生，树倒猢狲散。世间人人皆患失，熙凤亦不例外，忙问保全之法。可卿笑熙凤之痴，自古否极泰来，荣辱变化，周而复始，何物可得永全？

然而真的没有不变的事或物？天上万星岂无主，世间万象岂无宗？莫失莫忘，仙寿恒昌，恒字又当何解？不离不弃，芳龄永继，永字又有何意？我们且看可卿所托何事。可卿所托，便是无论如何要拿出钱银用度，要保证两件事：一是对祖先的祭祀，二是耕读传子孙。国之大事，在祀与戎；民之大事，在耕与读。可卿之殷殷重嘱，未明而明，明而未明，令人感怀矣。莫失莫忘，莫失者谁，莫忘者何？不离不弃，何为不离，何为不弃？退思华夏五千年文明传承，此问太重，吾不能答也。

可卿又告诉熙凤，不日有一件非常的喜事，真是鲜花着锦，烈火烹油之盛，但不过是瞬息繁华，一时欢乐，万不可忘了盛筵必散的道理。劝熙凤务必谨记所嘱之事，早为后虑，行退步之法，恐临期后悔。另作临别赠语道：

　　三春过后诸芳尽，各自须寻各自门。

闻此二语，想那"三春事业付东风"一句，又想这书中之所有金钗，或梦或觉，或迷或悟，都将走向自己的命运，不由感慨万千。熙凤平生"一从二令三人木"，他日"哭向金陵事更哀"，登金陵凤凰台，又将是何等感慨？李太白有诗为她备得好：

凤凰台上凤凰游，凤去台当江自流。吴宫花草埋幽径，晋代衣冠成古丘。三山半落青天外，一水中分白鹭洲。总为浮云能蔽日，长安不见使人愁。

凤姐还待要问，传事云板连叩四下，不由惊醒，下人来报："东府蓉大奶奶没了。"今夜露浓霜重，今夜月似弯弓，今夜可卿仙逝！

悲乎！

可卿生平为人，周全得体，受众人爱戴，死讯传至，无不悲号痛哭。

宝玉闻讯，急火攻心，血不归经，直喷出一口血来。如果省得神瑛侍者投胎入世之初心，便不奇怪宝玉戳心之痛。一到宁国府，便见府门洞开，两边灯笼照如白昼，人来人往，哭声摇山振岳。尤氏告疾无法料理。而贾家代字辈、文字辈、玉字辈、草字辈的子孙都来了，作者将贾政、贾赦、贾珍等人的姓名夹入其中，将贾族人口约为一总，便是状家族浩大，国之泱泱也。天市垣中，诸侯环列，书中这一众姓名之喻也。

二、潢海铁网山樯木之谜

迎送宾客、钦天监阴阳司择日、停灵、发讣闻、请僧、请道、看板，陆续展开。秦氏葬礼规格极高，如从正面文字看来不但太奢，并且大有僭越之嫌，连贾政也劝，但若看反面文字，知可卿身份，便不足为奇了。停灵天香楼登仙阁，天香国色、登仙之语，亦正称可卿身份，非虚指也。丫鬟瑞珠之触柱殉主，宝珠之摔丧驾灵，足见其忠，也反衬可卿之贤与德。薛蟠之送板，也隐写清朝厚葬崇祯一事。薛蟠所送的板为潢海铁网上的樯木，此处连出三典。潢海者，潢池弄兵，判兵至也。铁网山，典出宋张耒诗"铁网收明月，霜铓倒豫章"，此处亦喻清廷入寇犯大明之境。《神异经》载："东方荒外之地，有豫章焉，树主九州。树高千丈，围百丈，本上三百丈，本始有条枝，敷张如帐，上有玄狐黑猿。枝主一州，南北并列，面向西南。有九力士操斧伐之，以占九州吉凶。斫复，其州有福；迟者州伯有病；积岁不复者，其州灭亡。"倒豫章得樯木，正是神州陆沉，闻之可惧也。樯者，舟具也，以此为棺，舟棺也。薛蟠送板，细思恐极。

可卿之死正如大明鲸落。书中各路人马均来吊唁，其中不乏大量谋求政治资源的。书中又一次写到捐官。

首七第四日，大明宫掌宫内相戴权坐了大轿，打伞鸣锣，亲来上祭。贾珍让至逗蜂轩献茶，打定主意，趁便说为贾蓉捐官之事。大明宫，乃唐之遗址故宫，此三字可思。戴权，大权也。何谓逗蜂轩？宁国府有一园曰会芳园也，另外可卿房中有唐伯虎的《海棠春睡图》，唐伯虎的海棠诗有云："褪尽东风满面妆，可怜蝶粉与蜂狂"，可卿之死恰如"褪尽东风满面妆"，蝴蝶蜜蜂贪恋花容花蜜，如引如逗，"逗蜂"二字可思也。

贾珍一开口，戴权便会意。书中说给贾蓉捐官是为了葬礼上风光好看，真事乎？假语乎？诸君可自思。事有凑巧，戴权手中刚好有两个龙禁尉的名额。据他说，第一个名额给了襄阳侯那边的人，还剩一个，永兴节度使冯胖子要给儿子捐，他没答应，既然贾蓉要捐，便写个履历来就是。诸君，这段文字重点不是写戴权之世故圆滑，而是大有隐喻也，万不可轻忽。襄阳侯何人？永兴节度假何人？贾蓉又喻何人？龙禁尉又何喻？

龙禁尉，在书中虽只是五品虚衔，而"龙禁"二字，却指向九五之尊位，此作者之瞒天过海也。崇祯殉国之后，李自成、张献忠先后称帝。李自成曾在襄阳称新顺王，此襄阳侯之喻也。李自成称帝后帝号为永昌，永兴节度使冯胖子，亦李自成之谓也。二者皆为一人，故占了一个捐官名额。而张献忠又占一员。李自成在西安、北京称制，北京称帝更为正式，国号大顺，帝号永昌；张献忠继李自成后割据四川称帝，国号大西，自称大西皇帝。二人捐官，正如并蒂双花，幻出二日，处处呼应大争之世也。

戎羌之族居于西方。贾蓉、贾蔷二人虽非戎羌外族，因为应西方，故而其名与戎羌谐音。秦人与戎羌杂居，互为通婚，而且张献忠与明朝的关系时战时和，时即时离，时敌时友，故而书中设定贾蓉为可卿之夫。《红楼梦》所谓婚姻及风月，皆政治也。

《商君书》说，始秦戎狄之教，父子无别，同室而居。贾珍溺爱贾蔷，贾蓉又与之相厚，引得诟谇谣诼。贾珍怕口声不好，令他搬出宁府，别院令室，自立门户去了。蓉、蔷二人，指向戎羌，同时亦为一体之二面也。

自贾蓉捐官，便可将可卿的丧仪放笔来写，再无阻滞。而榜书上"四大部州至中之地，奉天承运太平之国"之句读者可从中抠出来仔细阅读、玩味，可卿身份之尊贵、崇高，由此可思也。

贾珍因妻子尤氏病倒，唯恐各诰命来往，亏了礼数，怕人笑话，心中忧闷，宝玉为他荐了熙凤，贾珍立刻转忧为喜。脂砚斋评道："荐凤姐须得宝玉，俱龙华会上人也。"宝玉身份之尊贵无双，读者诸君自思。

贾珍去求凤姐协理宁国府一个月。凤姐一是本身有才,又喜卖弄才干,二是和可卿感情极好,满心愿意,却又不敢自作主张,征求于邢夫人、王夫人。邢、王二夫人首肯,方接对牌。如此写,方是礼仪之邦。凡有本领者,断不越礼。

王熙凤协理宁国府一回书,为熙凤之正传也。凡事预则立,不预则废,《孙子兵法》上说,庙算多者胜,未正式上手之前,凤姐已理出头绪。我堂堂华夏,真历历有人也!

第十四回写凤姐协理宁国府,齐家可推之治国,治国可推之平天下。凤姐理家,严整有法,井井有条,杀伐果断,驭下有术,推之便是出将入相的大才也。凤姐理家文字精彩之极,诸君可详读原文,于管理必有裨益,此不赘论。

三、北静王问玉之谜

可卿停灵日满,终于出殡。吉时已到,六十四名青衣请灵,前面铭旌上大书:"奉天洪建兆年不易之朝,诰封一等宁国公冢孙妇,防护内廷紫禁道御前侍卫龙禁尉享强寿,贾门秦氏恭人之灵柩。"六十四名青衣,应六十四卦循环不息之意。奉天洪建,便隐明太祖朱元璋在南京城外紫金山祭天登基,建立大明,年号洪武。明之一朝,可谓得位极正,正是奉天承运,洪武建国也。兆年,万岁万岁万万岁之意,亦含年启新兆之意。而不易,既有不变之意,另有他意喻焉。左日右月为明,上日下月为易,明即是易,易即是明。不易,即不明。兆年不易,既有称圣万岁不绝,又有国本动摇,忧其国兆之意也。至于"紫禁""龙禁"更是暗应可卿九五之尊的身份。贾门,喻华夏正统,秦氏,喻帝制传承。

可卿之丧,除贾、秦之亲族,亦惊动四王、八公,至于侯、伯、子、男诸爵,皆来路祭,暗含天干、地支之数,可见其规格盛大。而作者着力一写的,便是贾宝玉路谒北静王。

读者诸君着眼,读此书万勿忘记假作真时真亦假,无为有处有还无。东西南北四王中,北静王功最高,实谓实力最强也。北静王祖上与贾府夙有往来,为世交之谊。夙有往来是真,世交世仇亦只是一字之别而已。

北静王世代袭爵，现任北静王水溶年未及弱冠，形容俊美，性情谦和。静水流深，未可笑陆逊黄口孺子也。

北静王想当日贾、水两家祖父相与之情，未以异姓相视，同难同荣，因此不以王位自居，上日也曾探丧上祭，今日又设路祭。北静王为何如此热心可卿之丧仪？北者，水也，水者，北也，北静王水溶，清朝水德之喻也。清朝及其祖后金与大明夙有恩怨，亦夙有交流与战端。而当李自成进犯北京，崇祯帝殉国时，清人趁机入关，宣称"义兵之来，为尔等复君父仇，非杀百姓也，今所诛者惟闯贼。官来归者复其官，民来归者复其业。师律素严，必不汝害"。厚葬崇祯，还下谕说，李自成原本是故明的百姓，竟然敢弑君并暴尸，实在是天人共愤，法不容诛，今天下令官民为崇祯帝服丧三日。此正北静王水溶之谓也。

见水溶路祭，贾赦、贾政、贾珍忙迎上来，以国礼相见。水溶令长府官主祭代奠，便动问道："哪一位是衔玉而诞者"，便要见宝玉。既见宝玉，又托玉于手中，问玉是否灵验。贾政忙说"未曾试过"。书中状水溶谦逊，果谦逊哉？路祭是假，问玉是真。昔日楚庄王（史书论爵称楚子）伐陆浑之戎，陈兵于洛水，观兵于周疆，周定王派王孙满去慰劳，楚王竟问"鼎之大小轻重"。王孙满答"周德虽衰，天命未改，鼎之轻重，未可问也"。今日之事与彼时之事又有何异？大禹铸九鼎，为定国之重器，秦始皇造传国玉玺，为传国之至宝，秦之前以鼎定国，秦之后以玺传国。况贾政，本就字存周，此际正是王孙满之化身也。楚庄王、水溶皆有问鼎中原，入主华夏之意，王孙满、贾政之答皆含"统治天下在德不在鼎（玉）"之意。这一问一答便是机枢。政老，真华夏之股肱也！

宝玉平日里大门不可轻出，二门不可轻迈，拘于内闱闺阁之中。何也？家累千金，坐不垂堂，国之重器，岂可轻易示人？

北静王如何称赞宝玉？一是说宝玉果然如"宝"似"玉"，二是赞他"雏凤清于老凤声"。何为如"宝"似"玉"？传国玉玺的大名为"玺"，却有两个小名，秦始皇称为"玉"，武则天称为"宝"，所以"宝玉"二字正是传国玉玺的小名，传国玉玺，华夏之至宝圣物，岂不如"宝"似"玉"？

李商隐与韩瞻为同年进士，结为世交好友，韩瞻有子韩偓，八岁能即席赋诗，李商隐认为韩偓的诗清新卓越，胜过乃父，于是作诗赞扬，诗中有"雏凤清于老凤声"之句。作者心中以苏轼为天下文宗，故以贾政喻坡仙。借水溶之口，一句"雏凤清于老凤声，未可量也"，便是说这本《红楼梦》的文学成就、思想内涵或许是可以与苏东坡的作品比肩的。《红楼梦》之成书必借天地之灵气，日月之精华，必有神灵暗助。作者非自夸也，是对华夏民族的自尊、自爱也。

　　贾政忙赔笑道："犬子岂敢谬承金奖。赖藩郡余桢，果如是言，亦荫生辈之幸也。"贾政岂有不知水溶之叵测居心的道理，是故谦得极为得体。水溶又劝贾政不可将宝玉拘得太紧，还言他府中高士云集，让宝玉常去，多有进益。贾政只躬身答应。真是"可叹停机德"也，呜呼，北静王之心，司马昭之心也！

　　水溶又从腕上卸下一串鹡鸰苓香念珠赠予宝玉，欲与宝玉结兄弟之好，以此为贺敬之礼。我读书至此，思《诗经》中《常棣》篇"鹡鸰在原，兄弟急难，每有良朋，况也咏叹"，未尝不掩卷感慨矣！后文宝玉将鹡鸰香珠转赠黛玉，黛玉痛斥"什么臭男人的东西，我不要它"，并掷之于地。水溶欲以兄弟之邦，常棣鹡鸰赚宝玉，黛玉却一眼识破，宝玉之慧，不及颦儿多矣，一笑。堂堂贾家，泱泱华夏，家患国危，谁是挺身而出的兄弟？兄弟阋于墙，应止戈而共御外侮，常棣之危，鹡鸰之悲，此《红楼梦》存周继汉之正文也。

　　最后水溶以"逝者已登仙界，非碌碌你我尘寰中之人也"为辞，婉劝贾家接受现实，面对现实。不表。

　　宁国府送殡，一路热闹，沿途同僚属下，俱来接祭。出城之后，径奔铁槛寺大路行来。铁槛寺，乃宁荣二公当日修造，阴阳二宅俱全，以备族中老了人所用，实喻皇陵也。国为城，城外为郭，郭外是郊，郊外是牧，牧外是野，野外是林，林外是鄙。宝玉久拘深宫，未入郊野之地，熙凤恐宝玉有虞，忙命小厮唤他与之同坐车，笑道："好兄弟，你是个尊贵人，女儿一样的人品，别学他们猴在马上，咱们姐儿俩坐车，岂不好？"宝玉之尊贵，自是贵不可言。《金陵十二钗》，女儿最尊贵，所以"女儿一样的人品"，大得宝玉之心。宝玉于是与凤姐乘车同行，后又唤来秦钟。秦钟，太微垣中五诸侯星官也，应帝之友也。

中途凤姐等在一村庄休息。宝玉见锹、镢、犁、锄等物，皆以为奇，问如何使用，庄人告之后便点头感慨："难道古人诗上说，谁知盘中餐，粒粒皆辛苦，正为此也。"又见纺车，便拧转作耍。见此，仿佛再现《礼记月令》所载的"籍田"与"亲桑"，天子亲耕以供粢盛，后亲蚕以供祭服，忆可卿临终托梦熙凤之言，感其德之隆也。

宝玉正拧转有趣，一个十七八岁的村丫头跑来嚷道："别动坏了。"宝玉平生敬爱女儿，忙停手告罪解释。那丫头道："你们那里会弄这个，站开了，我纺与你瞧。"《金陵十二钗》中的女儿，都人品贵重，人品不贵重，作者也不会将她写成女儿。教宝玉纺织的是谁呢？正应先蚕娘娘嫘祖也。因有嫘祖，才有汉服唐装，华夏衣冠，德之浩大，已无须多言。宝玉正要说话，她却被一个老婆子叫走。宝玉怅然若失。直到宝玉登车，仍在围观的人群中搜寻这个叫二丫的女孩的身影。直到车轮转动，才见二丫抱着她兄弟赶来。宝玉恨不得下车跟了她去，料众人不依，少不得以目相送，怎奈车轻马快，一时展眼无踪。观书至此，一叹宝玉有情，二叹人生离聚，时光如箭，不可追也。

四、铁槛寺馒头庵

送殡队伍终于到达铁槛寺。另演佛事，重设香坛，安灵于偏室中。送殡的亲友、公、侯、伯、子、男等一众人或扰饭或不扰饭，陆续散去。只有几个至近亲戚，等三日安灵道场作完方去。熙凤、宝玉、秦钟皆不想就此回去，便在铁槛寺附近馒头庵住下。

铁槛寺与馒头寺两相对应，正应了范成大的一句诗："纵有千年铁门槛，终须一个土馒头。"红尘俗缘，你是一朝天子也好，王侯将相也好，贩夫走卒也罢，若以结果论，哪一个的归宿不是一个像土馒头的坟堆呢？既然如此，我们这一世投身为人的意义又在哪里呢？此问甚大，吾不能答也。

馒头庵，又名水月庵，一切皆是镜中花，水中月，白居易又有诗曰"别时茫茫江浸月"，水月庵之名可思。

而且此时水月庵中，正有一个胡老爷因为府里产了个公子，送来银两，叫几位师傅念三日的《血盆经》。一死一生，一枯一荣，水月庵不但接贾姓之人，还接胡姓之人，一半水，一半月，如同江山之半壁，诸君可思也。

接下来写水月庵中两件事，一是熙凤受住持净虚之托，帮人退脏婚，二是秦钟和智能儿在庵堂"云雨"，正是回目所言"王凤姐弄权铁槛寺，秦鲸卿得趣馒头庵"。

《风月宝鉴》以风月为喻，写尽世间万事，若以为此书是写男女之情、床笫之事，那就是太痴了，亦是正照风月鉴了。好女不二嫁，忠臣不事二主，见异思迁，二姓之人，为作者所不齿也。天下无二道，圣人无二心，作者推崇者，一也。

净虚老尼扯篷拉纤图银子，因受张李二家之请托，便以一事求于凤姐。原来张家有女名金哥，本与长安守备之子聘定。谁知又遇长安府府太爷小舅子李衙内，李衙内欲娶金哥，张家亦慕李衙内家势，便想退婚另作好姻缘。长安守备家不服，定要上告。净虚便求凤姐让长安节度云老爷撮合此事。熙凤开口三千银子，净虚竟也一口应承。熙凤修书托云老爷料理此事，却不知最终张金哥和守备之子双双殉情，张李两家人财两失，又无处理论，熙凤独得三千银子。熙凤说自己"从来不信什么阴司地狱报应"，经此一事，胆气越壮，各种弄权敛财不轨，亦不屑全记。张家择夫须与冯渊薛蟠争英莲作对观看，冯薛从上而争，张家从下而择。张金哥、守备之子之忠烈殉情，令人肃然起敬。老尼之鬼主意似葫芦庙之门子，熙凤之奸雄似雨村，岂可作等闲之文略略而过？

秦钟与智能儿已然熟识相知，秦钟爱智能儿妍媚，智能儿看上秦钟人物风流，两人情投意合，虽未上手，却早已暗通款曲。于是趁夜，秦钟便来到后房，抱住正在洗茶碗的智能儿亲嘴儿。智能儿急得跺脚："这算什么！再这么我就叫唤。"秦钟求道："好人，我已急死了。今日再不依，我就死在这里。"诸君且思，智能儿急，秦钟急，他二人究竟在急什么？智能儿说："你想怎样，除非我出了这牢坑，离了这些人，才依你。"呜呼，原来这水月庵已是牢坑，这里早已不姓贾而姓胡，早已没有月只有水。秦钟满口答应，吹了灯，将智能儿抱到炕上，就云雨起来。智能儿挣扎不起,又不好叫唤,只得依了他。诸君,这究竟是强还是顺?不好叫唤,还是不肯叫唤?《风月宝鉴》写风月,从未如此处香艳,其真的是写风月吗?中华帝制已丧,江山已沦,祖陵已落胡人之手,士人百姓如婴儿之失父母,如羔羊之入狼窝。智能儿虽已剃发为尼,穿上缁衣,在秦钟眼中依然是"好人"。那些被迫剃发易服,身上全是清人标记的汉人,心中依然怀念故明,只想南逃避乱。形势急迫,所以秦钟铤而走险也要来救智能儿。为避文字狱,《风月宝鉴》以风月写历史,实属不得已也,或有人谤秦钟在姐姐丧仪上做不堪之事,是正照风月鉴之故也。作者以家国为怀,以苍生为念,哪里会真的去写那些肌肤滥淫之事?

秦钟正在得趣,只见一人进来,将他二人按住,也不则声,唬得二人一动不动。只听那人撑不住,嗤的一声笑了,却原来是宝玉。书中屡写宝玉捉奸文字,此段最为有趣。宝玉捉奸,并不揭发二人,只是要与秦钟细细算账。因二人同榻睡下,通灵宝玉被凤姐收去保管,二人所算何账,石头未见真切,未曾记得,此系疑案,未敢篡创。如此妙文,只有《石头记》写得出。或有说宝玉断袖之癖者,亦是正照风月鉴的痴人也。

《王凤姐弄权铁槛寺,秦鲸卿得趣馒头庵》,如骈马齐头,类比错综来看,方是善读书者。

第八章 北狩南巡

一、改建大观园

第十六回书，写元春消息动矣。可卿丧事已完，众人各自归家。一日，正是贾政生日，六宫都太监夏守忠传旨，宣贾政入朝，在临敬殿陛见。贾府众人不知是祸是福，从上到下都惶惶不定。宣旨的公公姓夏名守忠，正喻为华夏守忠之意。而翻遍史书，六宫都、临敬殿之名却是见所未见，闻所未闻，何意也？南京又称六朝古都，似有六宫都之意，议事于东宫，大位悬而未决，似有临敬之意也。所隐者，南京之议立新君以奉宗庙社稷也。此时江山只存半壁，南京议立之成败得失，关乎复兴之大业，大位未定，人人自然惶惶不定。

众人皆倚门伫望，有贾母、邢夫人、王夫人、尤氏、李纨、凤姐、迎春姐妹及薛姨妈等。贾家众人之中独多一个薛姨妈，薛姨妈竟也关注此事，诸君自思。有两个时辰工夫，赖大等三四个管家跑回来报喜，说贾家大小姐元春晋封为凤藻宫尚书，加封贤德妃，速请老太太带领夫人们进朝谢恩。贾母等心神方定，喜气盈腮，按品大妆起来。贾赦、贾珍等亦换朝服，侍奉前往。个个得意，言笑鼎沸。此正可卿临终所言之"鲜花着锦，烈火烹油"之非常盛事也。

作者行文至此，仿佛顺理成章要写元妃及贾府之事，谁知作者笔锋一转，写水月庵的智能私逃进城，至秦钟家下看视秦钟。不意被秦业发觉，将智能逐出，将秦钟打了一顿，自己气得老病复发，三五光景呜呼死了。忽然接水月庵，似大脱泄，及至通篇读后，方知为紧收之笔也。此大段有如急歌迫调之际，忽闻戛然檀板截断，真见其大力量处。南京议立新君之际，北方士人百姓却如智能一般，正处水深火热之中，历尽千辛万苦，私逃南奔。及至南境，却以来历不明被拒纳，不但被山川所阻，还被人心所隔，能不悲乎？秦业之逐智能，打秦钟，乃自毁长城，邦业如何久持？于是不久便呜呼死了。秦钟本自怯弱，又带病未愈受笞杖，今见父亲气死，又悔恨不及，更又添许多症候，大去之期亦不远矣。

宝玉是秦钟的知己良友，如何不心痛？所以怅然若失，闻元春晋封，亦未解愁闷。贾母等如何谢恩，如何回家，亲朋如何庆贺，两府如何热闹，众人如何得意，独他一人视有若无，毫不介意。连用五个"如何"，隐去多少繁华势利文。试问若不如此，必种种写到，其死板拮据，琐碎杂乱，何可胜哉！况宝玉的心肠，全和秦钟一样，智能儿之下落，秦钟之病方是心中大事。孟子曰："民为贵，社稷次之，君为轻。"《尚书》有言："民为邦本，本固邦宁。"借宝玉一人如此一写，省却多少闲文，却留多少情义，却有无限烟波。

宝玉真正的知己便只秦钟和黛玉。自己深拘府内，秦钟生病亦不能见，所慰者此时林姑父安葬已毕，黛玉和贾琏回来了。非如此，玉兄何其孤单可怜也！宝黛二人重逢，悲喜交加，宝玉转赠北静王所赠的鹡鸰香珠，黛玉弃而不取，不表。

凤姐为贾琏接风洗尘，虽看似闲文，却从侧面写出省亲之大题目，上用赵嬷嬷讨情作引，下用蓉蔷说事作收，余者顺笔点染，则耀然洞彻矣。大观园用省亲出题，是大关键处，方见是大手笔行文之立意。

作者或摹一人，或摹一事，必惟妙惟肖。琏、凤二人家常的玩笑机锋，诸君可在书中寻索玩味。贾琏问熙凤别后诸事，谢熙凤之操持劳碌，熙凤以自谦之辞而表功，甚是有趣，而其中所言"咱们家这些管家奶奶，那一位是好缠的"却是不假，所列"指桑骂槐、坐山观虎斗、借剑杀人、引风吹火、站干岸儿、推倒油瓶不扶"，都是"全挂子武艺"也非虚言也，既是管家婆子秉性之实描，又是朝廷之宿弊的写照，又为后文"敏探春兴利除宿弊"作伏。

贾琏、王熙凤二人正说着话，因中途平儿回话说香菱来传话，引出二人一通口舌议论。此时香菱已被薛家正式纳妾，二人都赞香菱模样人品，连好多主子姑娘都赶不上，都叹薛蟠玷污了她。我亦叹香菱，堂堂甄家儿女，竟为薛家之妾，末劫来临父母不能保儿女，天子不能护子民，真应怜也！

此时又夹写平儿为熙凤收利钱敛财作掩护一事，可与后文平儿救贾琏作对观看方为有趣，不表。

琏、凤二人对坐饮酒食菜，时贾琏的乳母赵嬷嬷走来，三人一同饮酒。赵嬷嬷因元春封妃晋宫，特为儿子赵天栋、赵天梁谋差事说情而来。席间三人以"内人""外人"为机锋，亦甚有趣味，熙凤贾琏，内人外子，内廷外朝，不正一对内人外人否？贾琏又言到元妃即将回家省亲，以及建省亲别院之事。

凤姐感慨若真如此，此生也算是见了大世面了，言及当年太祖皇帝仿舜帝南巡的事，比一部书还热闹，偏巧自己没赶上。读者诸君着眼，作者此处借省亲写南巡，南巡何意，宜深思细品也。下文赵嬷嬷和王熙凤你一言我一嘴，大意是说南巡之事千载稀逢，贾家接驾过，王家也出过力，独江南甄家接驾四次，银子用得山堆海填似的。赵嬷嬷还赞王家能出大力，说有个口号叫"东海缺少白玉床，龙王来找金陵王"。

欲解南巡，先需详解一下北狩。华夏文明传承，有辉煌灿烂处，亦有屈辱不堪处。中华文明，数次衣冠南渡，其原因皆是胡人侵犯华夏，京畿重地失守，不得已而南迁。而这中间最屈辱的便是皇帝成为胡人的俘虏，史家不忍下笔，故称之为天子北狩。西晋末年，晋怀帝、晋愍帝前后被匈奴掳走，二帝"北狩"之后，匈奴刘聪令他们青衣行酒、端屎端尿，受尽侮辱后均被杀害。北宋末年，金军攻破汴梁，掳走徽、钦二帝，二帝"北狩"苦寒之地，被扒光衣服，披上羊皮，行"牵羊礼"，终死在冰天雪地的五国城中。

"北狩"二字，屈辱之至。而我华夏文明源远流长，虽历经苦难，却也总能坚韧不拔，生生不息。历来多少帝王将相，多少仁人志士，在极悲险的处境下，衣冠南渡，重拾山河，再造乾坤。这便是书中"省亲""南巡"之意也。清朝文字狱横行，若直书其意此书必遭火焚之厄。省亲代南巡，南巡对北狩，元妃省亲即南明复国，其意已明矣！

如果说写贾家是假语存，那隐写的甄家就是真事隐。江南甄家接驾四次正应东晋永嘉南渡，唐明皇避安史之乱西迁成都，南宋建炎南渡及南明南京复国四次也。王家自古多士，东晋建国，多仗王家之力，以至有谚曰"王与马共天下"。东晋太尉郗鉴欲与王家结亲，亲去选婿。王家子弟咸自矜持,唯有一郎在东床上袒腹卧,如不闻。郗鉴大喜,说:"东床袒腹者,正是吾之快婿也!"袒腹者,王羲之也。东海缺少白玉床,龙王来找金陵王,金陵王之东床,乃郗氏之快婿,国家之栋梁也!

大家正说得热闹,贾蓉、贾蔷也来回话,说老爷们已议定修建省亲别院的方案,贾蔷另道去江南采买戏子等事,凤姐借机安排赵嬷嬷之两个儿子,其中射利机锋,事故人情,写得精彩纷呈。而省亲别墅的墙基已定,拆宁国府会芳园垣墙,连荣府东大院,亦有现成的水可引,方案既定,添置修造,便立刻付诸行动。自此,荣府、宁府省亲别墅格局渐成,正应太微垣、天市垣、紫微垣之三垣也。

家中甚忙,宝玉反而乐得清闲,只是悬心秦钟的病。一日闻得秦钟病危,忙回明贾母,带众小厮前往秦钟家。来至门首,悄无一人,叹秦家竟萧条至此;而一入内室,唬得两个远房婶母及弟兄躲之不迭,秦家已失势无人,将成绝户,这些人敢情是来分家产捞好处的,盗自内起,痛我心哉!

秦钟已发两三次昏,移床易簀多时矣,宝玉大呼"鲸兄,宝玉来了!"秦钟早已魂魄离身,只剩一口悠悠馀气在胸,却见许多鬼判持牌提索来捉他。读书至此,不觉失望至极,秦钟应五诸侯之星位,为帝友也,平生并无大过恶,岂堕入地狱道也?看了后面数语,方知作者故意借世俗愚谈愚论,设譬喝醒天下迷人,翻成千古未见的奇文奇笔。此书之鬼非别书之鬼,华为阳,夷为阴,仙为阳,鬼为阴,一思此理,瞬间贯通矣。那秦钟的魂魄哪里肯被这众鬼摄去,又记挂家中无人掌管家务,又记挂父亲尚有积存下的三四千银子,又记挂智能尚无下落,因此百般求告鬼判。秦钟所挂念的家务,乃国事也;银子,乃社稷也;智能儿,乃百姓也。秦钟之求告,不可谓不苦。可鬼判既持牌提索而来,正是欲夺之,欲抢之,哪里有善罢甘休的?果然鬼判反叱秦钟:"亏你还是读过书的人,岂不闻俗语说的:'阎王叫你三更死,谁敢留人到五更。'我们阴间上下都是铁面无私的,不比你们阳间瞻情顾意,有许多的关碍处。"真应了那句"与鬼谈情,甚是荒谬"。

而秦钟听得"宝玉来了",再次央告,当鬼判闻得"宝玉"之名,如雷贯耳,唬得不知所以,与众鬼自相责怪,乖乖放秦钟回去。诸君,

第八章 北狩南巡

中天北极紫微星上统诸星，中御万法，下治丰都，岂虚言哉！那些势利众鬼之态，已被摹尽矣。

秦钟微睁双目，见宝玉在侧，乃勉强叹道："怎么不肯早来？再迟一步也不能见了。"千言万语，只此一句。宝玉携手垂泪道："有什么话留下两句。"知己良朋，彼此心照，只此句便足矣。秦钟道："并无别话。以前你我见识自为高过世人，我今日才知自误了。以后还该立志功名，以荣耀显达为是。"说毕，便长叹一声，萧然长逝了。世间善谤者皆道宝玉秦钟离经叛道，不喜读书，闻此语当醒矣。读书做官，并非宝玉秦钟不喜也，只是不愿为禄蠹也。天行健，君子以自强不息，《红楼梦》从来劝人守正上进，切勿会错意，反为堕落找词也。一生好本领，卖与帝王家。骆宾王在《为徐敬业讨武曌檄》中道："试看今日之域中，竟是谁家之天下？"明白此语，后文竹林七贤之风骨，便已明白无遗矣。

二、大观园对额的寓意

正照风月宝鉴者，往往认为宝玉膏粱纨绔，并无真才实学。而第十七回、第十八回的宝玉却才情惊艳，有连中三元之姿，又似魁星点斗，独占鳌头。试问诸君，哪个是真，又哪个是假？又抑或两个皆真，或两个皆假？

又不知历几何时，园内工程俱已告竣，只剩匾额未题，贾珍请贾政入园，或定匾额，或添置改动。贾政欲召贾雨村来拟，众清客皆言不必，政老自定即好。由此补出雨村的升迁，喻诸多士人因复国大业而平步青云。此亦雨村再一次"好风凭借力，送我上青云"也，雨村名"化"字"时飞"，随时而化，待时而飞，果然名不虚传也。贾政与众清客相公们公议，先公拟匾额对联，暂以灯匾联悬了，待贵妃游幸时，再刻石定名。于是贾政领一众人便开始游园。

而宝玉因思念秦钟，忧戚不尽，贾母令人带他至园中戏耍。宝玉夙畏严父，闻得父亲到来，吓得屁滚尿流，带着奶娘小厮，一溜烟出园来。脂砚斋在此批书，甚是有趣："余初看之，不觉怒焉，盖作者形容余幼年往事。因思彼亦自写其照，何独余哉！信笔书之，供诸大众同一发笑。"原来作者和脂砚斋二人知根知底，且幼年都畏惧严父，见父亲如鼠见猫的狼狈相如出一辙，岂不好玩好笑？非有严父亦不能上进成才，严父教导之德，怀瑾握瑜之才由此而知也。而二人一生如此相识相知，岂不正是一对患难昆仲乎？想八大山人和牛石慧兄弟，朱分八牛，互为扶持，八牛相合，成一朱字，何其契合。《诗经》以《常棣》写兄弟，兄弟之亲爱，未尝不令人神往动容也。同父母者如伯夷叔齐，班超班固，苏轼苏辙；异姓的如伯牙子期，鲍叔管仲，刘关张，阮籍嵇康，李源圆泽。俗语有云，打虎亲兄弟，上阵父子兵，闻其高义，未尝不感慨矣！

宝玉欲逃，却不期正遇父亲。知子莫若父，贾政虽处处骂宝玉、贬宝玉，却深知宝玉。既知其才，又知其德，于是欲考他文章，便令他同行。世人皆称儿子为"犬子"，不欲彰其贵，是想儿子一生平安顺遂也，东坡有语云"但愿我儿鲁且愚，无灾无难到公卿"，正与此意同。政老责之越深，爱之越切，实深爱宝玉也。

宝玉题额作联若要细细写来，必另开新章发长篇大论方洽，一则篇幅有限，二则我水平有限，今只扼其要，作抛砖引玉之想。

作者之才如天高海阔，万不可以管相窥，以蠡相测。作者写《红楼梦》，亦不知用了多少杆笔，笔笔不空，切换自如。以甄士隐、贾雨村为喻出讳笔，明典暗典，正典反典，新典故典，层出不穷；以秦可卿为主应幻笔，既用幻笔，必出梦境、幻境，梦中有梦，幻中出幻；以史太君、史湘云喻史笔，既出史笔，必有史观、史论，必出史家之精神；以宝玉、妙玉、惜春喻佛笔、道笔，既言佛、道，必出佛悟道悟；以探春喻书笔，既出书笔，则必有书史书论；以惜春喻画笔，既出画笔，必出画论，内有画家之魂魄；以宝玉、黛玉喻诗笔，既出诗笔，亦必有诗史、诗论。所以观宝玉题诗题匾，若作泛泛之赏，必小拾而大遗也。

一行人逶迤进入山口，抬头见镜面白石一块，正是迎面留题处，众人题了几十个待选，贾政又命宝玉拟来。宝玉说，古人有云"编新不如述旧，刻古终胜雕今"。我搜尽枯肠，未闻哪位古人说过这两句话，却又似有古人说过。玉兄不但长于引经据典，而且善于现造新典，前文《古今人物通考》便是一例。苏轼殿试作《刑赏忠厚之至论》也假托古人，现造新典，就连当时阅卷的大儒都不知典从何出，而运用之恰当又令人觉得似早有典出一般,真是非奇才旷世不敢为此也。宝玉又道:"况此处并非主山正景,原无可题之处,不过是探景一进步耳。莫若直书'曲径通幽处'这句旧诗,倒还大方气派。""曲径通幽处"一语而双关,既是众人探景之法,又是我们探宝玉后文在主山正景所作对联匾额深意之法也。

众人又至一亭上,众人因欧阳永叔《醉翁亭记》有云:"有亭翼然",便名亭为翼然亭。贾政因此亭压水而成,便提出欧阳公有"泻出于两峰之间",竟用他这一个"泻"字。有一客道:"是极,是极。竟是'泻玉'二字妙。"贾政令宝玉也拟一个来。宝玉说,泻玉虽好,但此处入于应制之例,用此字眼,粗陋不雅,应再拟较此蕴藉含蓄者,莫如"沁芳"二字,岂不新雅?宝玉此论又是双关之语也,不但言景,又言后文所作之对联匾额也。泻者,泄也,玉当藏之,不当泻之,亦不可泄之。诗意太露,还有何奇文可看?诗意太露,不但美感顿失,亦难逃火焚之厄也。春风化雨,滋物无声,意会心到,展颜一笑了之,自是沁芳为上。

贾政又令为此亭题联,宝玉四顾,机上心头,乃念道:

绕堤柳借三篙翠,隔岸花分一脉香。

如此合意应景,如此工对,连一向严苛之极的贾政听了,都点头微笑。

《红楼梦》全书处处回荡着君子之气,既是君子之书,如何能缺了梅、兰、竹、菊四君?众往前行,众人便见一带粉垣,数楹精舍,有千百竿翠竹遮映。后院有大株梨花兼着芭蕉,墙下又开一隙,得泉一派,绕阶缘屋至前院,盘旋竹下而出。东坡曰:"宁可食无肉,不可居无竹。无肉使人瘦,无竹使人俗。"以此处作为未来颦卿的居所可谓至当也,连贾政都赞叹在此窗下月夜读书,不枉此生。众人题匾曰"淇水遗风""睢园雅迹",贾政批之曰"俗",宝玉也认为太过板腐。淇水之地虽好,然而郑卫之声非雅乐,孔子曰:"恶郑声之乱雅乐也",失于淫佚,又如何用得?睢园即梁园,睢园绿竹,文人齐聚,然而梁园虽好,终非久恋之家,用这四字,如何安妥?宝玉道,这里乃是第一处行幸之处,必须颂圣方可,莫若"有凤来仪"四字。果然,双关暗合,如何不妙?我思娥皇女英千里追寻南巡的舜帝，闻舜帝死讯，于湘水边上洒泪成斑之事，睹竿竿翠竹，思有凤来仪，慕作者之仙才，拍案再三。此地后易名为潇湘馆，为黛玉的居所。宝玉又作一联，道：

宝鼎茶闲烟尚绿，幽窗棋罢指犹凉。

我见此文，又再三击节，此联未见一"竹"字，却将竹写尽矣！君子之气，如余音之绕梁，如空谷之回响，如神仙之遗踪，如浩气之弥漫，隽永不尽。想竹林七贤若闻此句，当人人浮一大白。

再往前行，便到了未来李纨贾兰母子的居处了。转过山怀中，隐隐露出一带黄泥筑就矮墙，墙头皆用稻茎掩护。有几百株杏花，如喷火蒸霞一般。里面数楹茅屋。外面却是桑、榆、槿、柘，各色树稚新条，随其曲折，编就两溜青篱。篱外山坡之下，有一土井，旁有桔槔辘轳之属。下面分畦列亩，佳蔬菜花，漫然无际。这里植物众多，稻、杏、柘三植之寓意甚大也。贾政一时有感，说此处虽人力穿凿，却引出他归农之意。作者极热衷以冷笔点出政老之高洁与洞明，由此可见也。苏东坡一生之志便是做陶渊明，但是既入孔门，既担社稷于肩，何来归农之期？更遑论政老生于末世，担风袖月，身为补天之用，何有退步之时？叹叹！

清客们道此处非范石湖田家之咏不能尽其妙，宝玉既然说"编新不如述旧"，此处题"杏花村"三字就妙。贾政却说犯了正名，要用虚的才好。为何犯了正名呢？只因这三个字过露了。"杏花村"三字典出杜牧《清明》一诗，诗云：

清明时节雨纷纷，路上行人欲断魂。
借问酒家何处有，牧童遥指杏花村。

清明节本是慎终追远的时节，而明清易代之时，这两个字何等直白无隐？再结合诗意，怀明之情袒露无遗也，此亦大违诗歌"含蓄蕴藉"的审美也。所以宝玉题"杏帘在望"四字，大家都由衷赞好。众人赞声还未绝，宝玉又冷笑道："村名若用'杏花'二字，则俗陋不堪了。又有古人诗云：'柴门临水稻花香'，何不就用'稻香村'的妙？"众人听了，亦发哄声拍手道："妙！"贾政一声断喝："无知的孽障，你能知道几个古人，能记得几首熟诗，也敢在老先生前卖弄！你方才那些胡说的，不过是试你的清浊，取笑而已，你就认真了！"

宝玉之题，政老之骂，无论正面风月，还是反面春秋，皆绝妙文章也。正面看"稻花香""稻香村"的意境，已觉是圣手妙笔，结合后文"偷香芋"的故事，"盗花香"岂不又是一典？每次宝玉题诗便引政老一骂，前骂"一知充十用""管窥蠡测"，现又骂"无知的孽障"，果真是责宝玉乎？实则爱之至，喜之至也。政老所责所讥者，薛公之子也。薛公有妻子儿女，如果全讥全责则《红楼梦》纯粹沦为讥清悼明的文章，格局境界立刻低下若干矣。独责独讥薛公之子，因薛公之子为孽也，孽者，孽鬼也。若理解为政老问薛公之子："你能知道几个古人，能记几首熟诗，你方才那些胡说的，不过试你清浊。"岂不有趣而且至当？

众人进入茆堂，贾政问宝玉此处如何？宝玉直言不讳地说此处不及"有凤来仪"多矣。贾政又要开骂，先骂"无知的蠢物！你只知朱楼画栋、恶赖富丽为佳，那里知道这清幽气象"，再骂"终是不读书之过"。"朱""清""不读书"显眼，骂宝玉乎？骂薛公之子乎？

稻春村哪里可比潇湘馆？李纨哪里可及林黛玉？宝玉说："此处置一田庄，分明见得人力穿凿扭捏而成。远无邻村，近不负郭，背山山无脉，临水水无源，高无隐寺之塔，下无通市之桥，峭然孤出，似非大观。争似先处有自然之理，得自然之气，虽种竹引泉，亦不伤于穿凿。古人云'天然图画'四字，正畏非其地而强为地，非其山而强为山，虽百般精而终不相宜……"呜呼，宝玉所爱者，天然去雕饰，清水出芙蓉也，亦若嵇康所言"越名教而任自然"，亦若苏轼等人所推崇的尚气文风，尚意书风，犹恶浮巧轻媚，丛错采绣，以及艰深怪僻者。文过饰非，扭捏穿凿，实乃文章之大敌也。口不应心，表里不一，实乃文人之贼也。这哪里是写景，分明是评诗评人。此处已为李纨贾兰下定评矣，我见此评，如重读《与山巨源绝交书》，嵇康那超逸的君子之风已跃然纸上矣。

政老又令宝玉题对，宝玉题曰：

新涨绿添浣葛处，好云香护采芹人。

此处"浣葛""采芹"连用《诗经》中两典。"浣葛"化用《诗·周南·葛覃》中的"薄浣我衣"，看正面文章正切合元春省亲归宁之意，极洽。《诗·鲁颂·泮水》云："思乐泮水，薄采其芹。"采芹人，仕路之喻也，博得功名，得志于泮宫，正是十分切合元春身份。而若看后面文字，知李纨课子，看似梅妻鹤子，却扭捏穿凿，终悖贾珠之志，失却忠贞之名，为荣华富贵投身敌国伪朝也。此处种有柘树，柘地，炎帝故里，朱姓源起。贾珠李纨的婚姻，何尝不是一次木石之盟？李纨应紫微垣中阴德星官，其父也名守中，本应忠贞守节，而判曲批她"不积阴鸷"，何其讽也！贾珠英魂有知，何其惨痛也！

行文至此，读者诸君或许会问，采芹人之意如此，那贾雪芹之芹又有何意何解？我亦不知作者的芹意，但听过美芹献君之典，今将古人的数首古诗辑录如下，诸君自裁之：

尚有献芹心，无因见明主。　　——[唐] 高适
忧国虽忘蒌妇纬，爱君敢进野人芹。——[宋] 陆游
尧民击壤虽难继，芹美怀君未敢忘。——[宋] 陆游

我见上面的诗，想作者无量的慈悲，常自流泪。我别无所长，只可以泪相继，吾之芹意，诸君肯纳否？

贾政听了，摇头说："更不好。"一面引人出来，转过山坡，穿花度柳，抚石依泉，过了荼蘼架，再入木香棚，越牡丹亭，度芍药圃，入蔷薇院，出芭蕉坞，盘旋曲折。忽闻水声潺湲，泻出石洞，上则萝薜倒垂，下则落花浮荡。众人都道："好景，好景！"贾政道："诸公题以何名？"众人道："再不必拟了，恰恰乎是'武陵源'三个字。"贾政笑道："又落实了，而且陈旧。"众人笑道："不然就用'秦人旧舍'四字也罢了。"宝玉道："这越发过露了。'秦人旧舍'说避乱之意，如何使得？莫若'蓼汀花溆'四字。"贾政听了，更批胡说。

诸君，"武陵源"与"秦人旧舍"皆典出陶渊明《桃花源记》，含避秦朝末世之乱之意。众人说极恰，正是点明此书末世的背景。确实太落实，也过漏了。那么"蓼汀花溆"又含蓄在哪里，它又典出哪里呢？"蓼汀"二字典出唐朝罗邺的《雁》一诗：

暮天新雁起汀州，红蓼花开水国愁。

正面文字诸君可自解，反面文字请诸君着眼"水国"二字，结合后文薛宝琴诗"昨夜朱楼梦，今宵水国吟"，可细细体会。暮天，含京畿之失，新雁起汀州，含衣冠南渡之艰涩，红蓼花开隐含再延国祚之意图，水国愁，含清朝对江南之地的关切忧虑。

"花溆"二字典出唐朝崔国辅的《采莲曲》,诗云:
>玉溆花争发,金塘水乱流。
>相逢畏相失,并著木兰舟。

首二句,玉与金相对,花与水相对,争与乱对,发与流对,正如明朝对清廷,势均而力敌。"花溆"二字状出堂皇华夏气象。由此可思后文元春所言"花溆便好,何必蓼汀"的意思深长。

众人想乘船进港洞,贾珍说到采莲船暂未造好,暗点一下花溆之典出自《采莲曲》,即时呼应,真是妙哉。

众人渐至后来宝钗所居的蘅芜苑,对该苑的描述中,"一株花木也无"六字极奇,株者,朱也,花者,华也。众人为此处作对联,宝玉批说此处并无兰麝、明月、洲渚之类,众人堆垒辞藻,均不恰当。而此地之奇,确也惊人骇目。试问天下何处无月?此地之风格与其他地方皆有大不同也。难怪贾政又批"无趣",又言"有趣"。此处异草奇藤之多,真的是将《诗经》《楚辞》《离骚》《三都赋》里所列的香草都搬出来了。异香扑鼻、牵藤布蔓,穿缝缠护,正是拟人之处。宝玉题匾为"蘅芷清芬","清芬"二字出自李太白赞孟浩然之诗,诗中赞孟浩然品性高洁,正合宝钗"山中高士"的品格。开篇二句便是:"吾爱孟夫子,风流天下闻。"宝玉到底爱不爱宝钗呢,此系疑案。此诗末二句曰:

>高山安可仰,徒此揖清芬。

"清芬"二字,前有"高山安可仰"之奇峻问句,后句气势立弱,再加上"徒此揖"三字冠之,便有反用其典之嫌。与袭人"温柔和顺"前冠以"枉自"二字,"似桂如兰"前冠以"空云"之意同。宝玉作联曰:

>吟成豆蔻才犹艳,睡足荼蘼梦也香。

豆蔻含实如少女,上一句有含章可贞,或从王事之意。荼蘼花开,众花皆谢,是阳尽成阴,"睡足荼蘼"是宝钗的梦想。上下联合看似有含章可贞,以待花谢之意也。

贾政笑宝玉此联不过套的"书成蕉叶文犹绿"。宝玉此联确是从《时古类对》中"书成蕉叶文犹绿,吟到梅花句亦香"一联翻出来的,并不是与之争胜,而且欲与之同辉,欲让读者与之结合同赏方妙,此只是读卦之综、错、复、杂之法。书成蕉叶文犹绿写怀素蕉叶作书之事，吟到梅花写林逋之梅妻鹤子，此联对潇湘馆的竹子，稻香村的李纨母子，以及后文怡红院中的芭蕉都有照应。圣人作《易》，弘道启慧。识卦之妙，便在举一反三，触类旁通，一击多鸣，正在此等妙处。

众人笑道："李太白'登凤凰台'之作，全套'黄鹤楼'，只要套得妙。"《登金陵凤凰台》又照应王熙凤，"吴宫花草埋幽径，晋代衣冠成古丘"之句对应大观园今日之盛，惨痛之至也。

接着众人又来到正殿，富丽堂皇之极，书中已尽述，不表。众人惊叹，欲题"蓬莱仙境"四字。宝玉似曾相识，又记不起来此系何处，怔怔发呆。我读书至此，不禁为玉兄一叹，君从天上来，应知天上事，向日所梦之太虚幻境，竟已忘却否？似梦似真，似忘似记，我叹作者之笔，既能写尽顺顺逆逆，千丘万壑，又能横截大江，顿止波澜，真神笔也。

宝玉身份何其贵重？此次游园，宝玉日后所居的怡红院，必是压卷之作。一进院落，便见蕉、棠两植，此二植极妙，红男绿女，君臣际遇，风月春秋尽已喻尽矣。更喜那西府海棠，"其势若伞，丝垂翠缕，葩吐丹砂。"此十二字乃颂圣之文，切勿作泛泛之谈。贾政说此海棠名"女儿棠"，系出"女儿国"。"女儿"二字在《红楼梦》中，何等尊贵？政老识得"女儿"，真乃海棠知音。宝玉也赞此花之色"红晕若施脂，轻弱似扶病"。此十字定评，若海棠有知，必深深谢之。众人有题蕉鹤，有题崇光泛彩的。贾政及众人都赞，好个崇光泛彩！宝玉也道妙，却又说海棠和芭蕉独一不可，"红香绿玉"四字方两全其美。我闻玉兄之题，不由击节赞叹。

天上紫微垣，地上紫禁城。在天为象，在地成形，紫府本无双。书中所写之房中之陈设已入仙格，诸君书中自寻，吾不敢评也。

明朝之时，郑和曾七下西洋，利玛窦等西方传教士也曾远涉中土，中西文化交流频繁。华夏文明，从来是兼容并蓄，并不夜郎自大。写书作文，绝不可以排斥新鲜事物，西洋镜、自鸣钟、怀表、玻璃、眼镜、西洋药等物尽入书中，这样也才不负《红楼梦》一书的格局。君子立身处事，以固本培元为主，非故步自封，亦非邯郸学步，所谓尚古，并不以斥今为要，所谓爱国，并不以排外为先。书中写怡红院中对镜迷路之事，实扣风月宝鉴之"鉴"，又喻识卦学易之法，不可忽也。

从怡红院出来，宝玉才遇赦般离开严父，退出院来。跟贾政的小厮们见宝玉才得了意，都来讨赏，拉拉扯扯地把宝玉所配之物全都解了去。黛玉误会自己所赠宝玉的荷包也被人解了去，谁知宝玉珍藏于内衬之中。二人一段小风波，为后文设伏；不表。妙玉已被下帖请入。不表。一切采买、准备就绪，只待正月十五上元佳节元妃归宁省亲。

三、元妃省亲的诸多隐秘

贾元春为四春之首，其喻甚大也。贾府太祖太爷是正月初一过生日，元春也是正月初一出生。太祖太爷喻华夏先祖，开基定国，定正朔，定服色，国祚延绵，与天同寿。而树大则枝弱，源远则水浊，难免有不祥不虞之事。而纵是京畿有失，衣冠南渡，华夏儿女总在南方复立，以延国祚，开新纪元，此正元妃之大喻也。正月十五，元宵之夜，张灯结彩，魁星点斗，天官赐福，此亦元妃省亲之谓也。以省亲写南巡，正是作者之苦心孤诣也。

元妃省亲，为何从戌时至丑时三刻？又为何要考宝玉及众姐妹的诗才？戌时起更，寅时五更，元妃省亲，正是夜巡。元妃花签为榴花。她以女史入宫，晋封凤藻宫尚书，应其才也，此才为状元之才，以头插榴花的五月花神钟馗为正应，亦含魁星下凡之象。她又加封贤德妃，应其貌也，以穿石榴裙翩然作舞的杨贵妃为正应。杨妃的遭遇应元妃的命运结局，而钟馗之才德便在省亲一回书中有大应。在此书中，华夏为阳为仙，夷狄为阴为鬼。既然要恢复太祖太爷创下的光辉事业，便要驱除鞑虏，北定中原，还于旧都。钟馗在唐明皇的金殿上触柱而亡，发愿为皇帝为国家驱鬼降魔，他本事极大，妖魔鬼怪尽皆胆寒回避，为"镇宅圣君"。然而钟馗也早已不在人界，身归于阴，不能在白昼出没，只在夜间巡游，故而元妃向贾母、王夫人垂泪道："当日既送我到那不得见人的去处，好容易今日回家娘儿们一会，不说说笑笑，反倒哭起来。一会子我去了，又不知多早晚才来！"故而戌时方至，丑时三刻也必须回銮。元妃，也是千千万万为华夏抛头颅，洒热血的健儿的忠魂，我们且看贾政之言，贾政奏道：

"臣，草莽寒门，鸠群鸦属之中，岂意得征凤鸾之瑞。今贵人上赐天恩，下昭祖德，此皆山川日月之精奇、祖宗之远德钟于一人，幸及政夫妇。且今上启天地生物之大德，垂古今未有之旷恩，虽肝脑涂地，臣子岂能得报于万一！惟朝乾夕惕，忠于厥职外，愿我君万寿千秋，乃天下苍生之同幸也。贵妃切勿以政夫妇残年为念，懑愤金怀，更祈自加珍爱。惟业业兢兢，勤慎恭肃以侍上，庶不负上体贴眷爱如此之隆恩也。"

殷殷之嘱，全是公心公义。正如千千万万为了保家卫国送子女上前线的父母一般。贾政之言，约有三层含义：一是父母以你为荣，二是不要以父母为念，三是要以国事为重。而元妃亦曰："只以国事为重，暇时保养，切勿记念。"

父女二人，如千千万万慷慨赴国难的英雄家庭，其凛然大义，无不令人肃然起敬。

元妃之考校宝玉及众姊妹，仿佛金殿之问策，魁星之点斗。元妃见宝玉所暂题的匾额，心中大慰，将几处喜欢的地方赐名，又命旧有匾联不必摘去，亲为省亲别墅作一绝句道：

衔山抱水建来精，多少工夫筑始成。

天上人间诸景备，芳园应锡大观名。

诸君，见此诗必当开胸臆，开巨眼，要作大观也。不作大观，《红楼梦》一书是永远也读不通的。中国古人的哲学观里，我心即宇宙，咫尺即天涯，过去即未来，天人合一，阴阳互抱，大到无外，小到无内，皆是一理。在天成象，在地成形，天上人间诸景备的大观园，正是上应紫微垣，下应紫禁城也。

元妃令迎春、探春、惜春、李纨、薛宝钗、林黛玉分别作一匾一诗，令宝玉就潇湘馆、蘅芜苑、怡红院、浣葛山庄各作一首诗。众人于是伏案作诗，这一刻，何尝不是殿试之再现？元春阅后说，终是薛、林二妹之作与众不同，非愚姊妹可同列者。这又何尝不是皇帝钦点状元、榜眼、探花这前三甲？至于众人诗作的优劣隐喻，若要评去又难免长篇累牍，我们且将李纨所作的诗的其中两句摘出，一起浅析，其诗云：

珠玉自应传盛世，神仙何幸下瑶台。

第八章 北狩南巡

"珠玉"二字,含贾珠、宝玉之名,正是华夏随和二宝之喻,李纨是贾珠遗孀,作"珠玉"之诗更是蕴情蕴义。珠玉传世便点出《红楼梦》之主旨之一也。而神仙何幸下瑶台一句,便正是提示天人之相应,大观园应与瑶台紫府同看,金陵十二钗乃是神仙下凡。这也是作者写书写人的方法之一。阅读《红楼梦》,得其三昧,便在此等细处。

而宝玉却还只作完了两首,正作"怡红院"一首。起草内有"绿玉春犹卷"一句。宝钗转眼瞥见,便趁众人不理论,急忙回身悄推他道:"他因不喜'红香绿玉'四字,改了'怡红快绿',你这会子偏用'绿玉'二字,岂不是有意和他争驰了?况且蕉叶之说也颇多,再想一个字改了罢。"宝玉见宝钗如此说,便拭汗道:"我这会子总想不起什么典故出处来。"宝钗笑道:"你只把'绿玉'的'玉'字改作'蜡'字就是了。"宝玉道:"'绿蜡'可有出处?"宝钗见问,悄悄地咂嘴点头笑道:"亏你今夜不过如此,将来金殿对策,你大约连'赵钱孙李'都忘了呢!唐钱珝咏芭蕉诗头一句:'冷烛无烟绿蜡干',你都忘了不成?"宝玉听了,不觉洞开心臆,笑道:"该死,该死!现成眼前之物偏倒想不起来了,真可谓'一字师'了。从此后我只叫你师父,再不叫姐姐了。"宝钗亦悄悄地笑道:"还不快作上去,只管姐姐妹妹的。谁是你姐姐?那上头穿黄袍的才是你姐姐,你又认我这姐姐来了。"一面说笑,因说笑又怕他耽延工夫,遂抽身走开了。

我们先不必论"绿蜡"和"绿玉"孰优孰劣,应先知道二词典出何处,要表达什么意思。杨万里有诗曰"芭蕉分绿与窗纱",吴伟业有诗曰"绿玉窗前好写书"。

宝玉爱芭蕉,芭蕉一物,正与"绛芸轩"的"芸"字所含"芸香吏"之意同。写书、校书是神瑛侍者、补天余石惭愧之余最大的心愿。

"绿蜡"典出唐钱珝的《未展芭蕉》,全诗云:

　　冷烛无烟绿蜡干,芳心犹卷怯春寒。
　　一缄书札藏何事,会被东风暗拆看。

芭蕉如绿蜡般之"芳心犹卷",正如卷起来的"书札",会被东风吹开,暗里拆看。绿蜡便是芭蕉,便是书札之喻也,和"绿玉"一样正含宝玉作书之喻。我们且看宝玉所作之诗,诗云:

> 深庭长日静，两两出婵娟。
> 绿蜡春犹卷，红妆夜未眠。
> 凭栏垂绛袖，倚石护青烟。
> 对立东风里，主人应解怜。

宝玉前作红香绿玉，言蕉、棠二植缺一不可，非泛泛妄驳他人，此诗起句便双起双敲，颔联绿蜡句言芭蕉，红妆句言海棠，绿蜡句有钱珝诗意，红妆句含东坡"只恐夜深花睡去，故烧高烛照红妆"之诗情。颈联凭栏句是海棠之情，倚石句是芭蕉之神，垂绛袖、护青烟正是著书怀君的衷情。工恰自然，真是好诗，真是好书。宝玉此诗与钱珝芭蕉诗皆言到"东风"，东风暗拆信札，东风无情吹拂，正是清朝之喻也。书札中所藏之事，凭栏倚石所隐之情，不愿东风知，只愿主人怜。对立东风，傲岸之姿，品格立现。叹叹！

宝钗之改诗正喻清朝之改史。明朝永乐年间编修的《永乐大典》，是共二万多卷，数亿文字的皇皇巨著。大典中收录了经、史、子、集等各类文献，大典还广泛收录了天文、地理、阴阳医术、占卜、释藏道经、戏剧、工艺、农艺等各方面的知识。大典始终坚持尊重原文原意，誊抄校对严谨认真，不易一字，欲存文明于万世。而清人入关，改诗篡史，荼毒文明，已是无所不为。宝玉以"一字师"谢宝钗，亦有此讽也。"赵钱孙李"都忘了，亦暗应"白骨如山忘姓氏"之悲。他日宝玉说宝钗体丰怯热像杨妃，宝钗含怒说："我倒想做杨妃，可是没有兄弟做得了杨国忠的。"与"谁是你姐姐？那上头穿黄袍的才是你姐姐"一句作对成双来看，真是相映成趣也。

既然写宝钗"一字师"改诗，又如何能冷落黛玉？黛玉为宝玉捉刀代笔的"杏帘在望"被评为宝玉所呈四首诗之冠首，并复改浣葛山庄为稻香村，"谢女咏絮"之诗才，今日初显峥嵘，后文佳作不断，此处不表。宝玉、黛玉、宝钗可列前三甲，而谁是魁首，无可分证，但宝玉的诗有宝玉的身份，黛玉的诗有黛玉的风致，宝钗的诗有宝钗的态度，作者一笔蓦写，各尽其妙，真奇才旷世也。至此，魁星点斗已写完。

诗既作完，便是看戏，戏子登台，红楼十二官正式亮相矣。十二之数，全书可谓照应不穷。元妃点了四场戏，各为后文设伏，暂不表。元妃看重龄官，龄官恃才而骄，贾蔷也拿龄官无法，亦为后文设伏，暂不表。

接下来便是元妃为众人赐物，正是天官赐福之文也。全府上下，长幼尊卑，各得所赐。此节似无新奇文字可看，但若将后文"享福人福深还祷福"，以及"贾迎春误嫁中山狼"与之合看，再联想小福王朱由崧之"福"，便不由极有况味，令人不禁唏嘘不已。

直到丑时三刻已到，元妃含泪回舆，省亲大戏已就此落幕矣。

第九章　群雄逐鹿

一、窃玉偷香

第十八回中，作者借象说法，学我佛释经，代天女散花，以成此奇文妙趣，又承上启下，为后文立根，为这皇皇巨著定情，笔墨厚重，如千手千眼，事事关照，处处有喻，不可作等闲看。而接下来的第十九回书是袭人与黛玉之正传，一为花解语，一为玉生香。红楼诸艳皆有花签，黛玉生日为二月十二日花朝节，为总花神。花者，华也，各地皆有花神，皆有守护华夏之神，而黛玉为首领、中枢。而袭人生日与之同日，岂无喻乎？

第十九回开篇写袭人母亲接袭人回家吃年茶，晚间才会回来。宝玉正百无聊赖，宁府请他去看戏，观花灯，便移步宁国府。谁想贾珍这边唱的是《丁郎认父》《黄伯央大摆阴魂阵》，更有《孙行者大闹天宫》《姜子牙斩将封神》等类的戏文，倏尔神鬼乱出，忽又妖魔毕露，甚至于扬幡过会，号佛行香，锣鼓喊叫之声远闻巷外。

诸君试想，《红楼梦》书中为何非要写戏子伶人，出红楼十二官？内中所演之戏，究竟何义？先秦散文，汉赋风流，唐诗宋词元曲，既是华夏文化瑰宝，又可助作者文势贯通，出神入化也。《红楼》一书，亦有古文时曲为之添翼也。类《孙行者大闹天宫》《姜子牙斩将封神》者既有虚指，又有实喻也。作者写红楼一梦，并非只呆滞于风月，寓意于春秋，何尝不借神话而传其神？如此方不负"心较比干多一窍"之七窍玲珑心也。凡写神、鬼处，凡言妖、魔之笔，当分处留心，非虚写而有实指也。此书封神之旨，传道之意，昭若日月也。

宝玉不喜这些热闹戏，偏又记挂有个小书房里挂着一位美人，画得极为传神。今日这般热闹，美人定是寂寞的，便要去望慰一回。写宝玉的情不情一至于此！而这书房中，宝玉却捉住茗烟和万儿行警幻所训之事。万儿虽只在书上出现一次，却和后文苏州慧娘应天市垣中的帛度星官也。纺织、刺绣历史源远流长。早在上古时期，先蚕娘娘嫘祖教授百姓织布。而刺绣起源也很早。黼黻絺绣之文，见于尚书。虞舜之时，已有刺绣。东周已设官专司其职，至汉已有宫廷刺绣。唐宋刺绣施针匀细，设色丰富，盛行用刺绣作书画、饰件等。明清时宫廷绣工规模很大，民间刺绣也得到进一步发展，先后产了苏绣、粤绣、陇绣、湘绣、蜀绣，号称"五大名绣"。此外还有顾绣、京绣、瓯绣、鲁绣、闽绣、汴绣、汉绣、麻绣和苗绣等。

茗烟为掩饰已过，便遂宝玉的心，二人一起去找袭人，瞧她在家里做什么。宝玉偷偷出贾府，实是了不得的事情，如此写来便合情合理。

袭人家中，已是济济一堂，母亲、兄长、姨表姐妹，穿红着绿，吃果品茶，虽比不上荣府之盛，却也另有乾坤。见宝玉主仆二人突至，袭人之兄花自芳惊疑，袭人惊慌，众姐妹羞惭。袭人如在贾府侍候宝玉一般殷勤料理，以尽东道之礼。宝玉仍和她说家常话，众人皆见识袭人之身价。袭人摘下宝玉的通灵玉来，传示姊妹，虽设言调侃，但此等炫耀骄傲，令人细思极恐，后背发凉。观此情形，知袭人不同晴雯麝月等人，竟可自立门户也。

逗留片时，袭人一家怕留下不是，让花自芳雇轿将宝玉神不知鬼不觉地送还回去。

因宝玉和袭人不在家，宝玉的乳母李嬷嬷因要来给贾母请安，拄拐进来看视宝玉，却见丫鬟们懈怠无章，房间不成体统，便发了一通议论，又关心宝玉起居之事。众丫鬟知她已解老不管事，都不理她，或埋怨她多事。呜呼，李嬷嬷之心，老臣之心也！自古为政恩威并施，无恩则威不立，无威则恩不济也。灯台不自照，兼听则明，偏信则暗，李嬷嬷之言，果无可采之处乎？

李嬷嬷又见宝玉为袭人预留的酥酪，拿匙就要吃。众人忙要劝止，却被她赌气吃尽，反而大骂袭人狐媚惑主，还说起上次为一杯枫露茶撵茜雪之事。放言"明日有不是，我再来领"，赌气去了。缺点毕露，忠心尽显，作者用一个李嬷嬷，绘尽老臣之像也。金无足赤，人无完人，作者如此写人，方显有血有肉，正是大慈悲处。

少时，宝玉回来，又命人接回袭人。袭人回来后宝玉命取酥酪，丫鬟们说被李嬷嬷吃了。袭人推说自己吃了酥酪会吐，只想吃风干栗子，把这事遮了过去。与前文应承失手坠茶盅之事遥相照应，袭人之贤，亦在此等地方淡淡绘出。袭人铺床，宝玉剥栗，接下来便是"良宵花解语"了。

宝玉一边为袭人剥栗子，一边聊起袭人家中来的姊妹。真好一幅风月图。二人慢慢地聊到姊妹们的婚嫁，袭人叹道："只从我来这几年，姐妹们都不得在一处。如今我要回去了，他们又都去了。"袭人趁机透出家里人要接她回去之意。宝玉见袭人有离开贾府之心，急得不知如何是好。当年先主取西川，实欲取之，却言不取。其实袭人家人叫宝玉待袭人如此，都十分放心满意让她留在荣国府。今日袭人设辞，实非要退步，而是要进一步而已。正巧有赎身之论，故先用骗词，以探其情，以压其气，然后好下箴规。一句"你果然留我，我自然不出去了"，再加一句"我另说出两三件事来，你果然依了我，就是你真心留我了，刀搁在脖子上，我也是不出去的了"便妥妥地将宝玉收服矣。

宝玉生平最厌箴劝，独袭人屡下箴言而宝玉不敢怒，反而俯低就小，足见袭人之贤，宝玉之痴。袭人所箴三事，一是不许说痴妄无稽的话，二是无论是否喜读书，要装出一副爱读书的样子，三是不可毁僧谤道，调脂弄粉，更不许吃人嘴上的胭脂，与那爱红的毛病。袭人又哪里明白宝玉的本心本性，论到知音相契她永远也不如黛玉。宝玉自是热热的答应，却又哪里可以坚持多久？可叹这世上的缘分，有人不需一言而心心相印，有人设语千篇而终究无益。

宝玉刚刚给袭人喊了无数声"好姐姐"，过了一晚，依旧记挂"好妹妹"。脚不知为何就把他带到了黛玉的房中。

黛玉是宝玉心中、作者心中最神圣的那一株海棠花。宝玉进房间，见黛玉睡着，便要推醒她，怕她饭后积食，睡出病来，正是海棠诗上所言的"只恐夜深花睡去"之意。宝玉非要枕黛玉睡过的枕头，还要闻黛玉袖子的香，乍一看艳极淫极，细看却尽是坦荡君子，情意绵绵，思无邪也。黛玉为宝玉拭去脸上的胭脂膏子，并无半句箴劝之词，满是提醒关怀。宝黛之交,又有谁人可比?

黛玉房间很香,其实便是"玉生香"也。正所谓人在气中忘气,鱼在水中忘水,美人忘容,花则忘香,黛玉竟不自知也。宝玉问这房间中香从何来,黛玉便用宝钗的冷香打趣。二人呵口挠痒,情意绵绵。二人和衣躺在床上,宝玉有一搭没一搭地说些鬼话,只怕黛玉睡去。我知作者深爱那海棠啊,我知作者心向那思陵啊,没时敢忘。只恐夜深花睡去,故烧高烛照红妆。怜香惜玉至此,何尝不令人感慨?

宝玉见黛玉不回话,便编个故事来哄她。因说到扬州城,果然引起了黛玉的兴趣。宝玉于是讲了耗子精升堂议事,计划偷窃的故事,尤其以鼠精幻化成香芋之形偷香芋收尾,如相声之包袱,抖得极响,也引得黛玉笑着说要撕烂他的嘴。盗钩者诛,盗国者侯,大盗之移国,又何尝不如是哉?

二人正自笑闹,只见宝钗进来,笑问:"谁说故典呢,我也听听。"以宝钗到来,为二玉作收,真是神妙之文也。沧海明月珠有泪,蓝田日暖玉生烟,此情可待成追忆,只是当时已惘然。叹叹!

二、纷纷之乱

第二十回、二十一回出场的人物极多,关系错综复杂,正是明末各路人马的再现,名为风月写实,实为春秋写意也。

宝黛二人"意绵绵静日玉生香",被宝钗打断,正如当日宝玉宝钗梨香院问冷香被黛玉打断。书名《风月宝鉴》,风月四韵事,不写香不写玉难符"风月"二字,但书中却不见公子"窃玉偷香"。但若说书中没有"窃玉偷香"又不符"风月"二字,所以也窃玉,也偷香,只是此"窃玉"非彼"窃玉",此"偷香"非彼"偷香",终根结底,此"风月"非彼"风月"。《风月宝鉴》写风月否?未写风月否?真风月,假风月,真真假假,假假真真,真妙文也。

宝、黛、钗三人正自相互讥刺取笑,却听得李嬷嬷大声骂袭人"作耗"等语。宝玉亲自分辨,钗、黛二人劝慰,皆解不开。而亏得凤姐到来,大说大笑地将李嬷嬷撮了去了,钗、黛都笑道:"亏这一阵风来,把个老婆子撮了去了。"袭人自委屈不尽。刚讲耗子精偷香芋，李嬷嬷便骂"作耗"，其中神音妙理，诸君可自思也。

宝玉维护袭人，说昨儿不知谁得罪了李嬷嬷，算到了袭人头上。晴雯闻言立刻冷笑批驳，晴、袭之争，自是由来已久。

时袭人病卧，宝玉的丫鬟们又多和贾母的丫鬟鸳鸯、琥珀戏耍去了，独剩一个麝月。麝月忠于职守，实可嘉也。睡觉还早，对坐又无趣，宝玉便开文具镜匣，为麝月篦发。二人一前一后对镜相视，何尝不是一幅美画。自古所传风月四韵事，相如窃玉，韩寿偷香，张敞画眉，沈约瘦腰。昔日张敞为夫人描画，今朝宝玉为麝月梳篦，有何分别？

因正值正月，学中放学，闺房中忌针黹，宝钗、香菱、莺儿赶围棋作耍，贾环也要参加。贾环先赢后输，赢得起输不起，输了便要赖账。莺儿嘟囔自己看不起这种主子，宝钗看宝玉面上，喝止莺儿。莺儿更说宝玉的好，贾环越发忌恨气恼，加之宝玉也说了他几句，只得回去。回去他母亲赵姨娘见状，越发忌恨，指桑骂槐地吵贾环。可巧凤姐听见，"正言弹妒意"，力斥赵姨娘，领走贾环。

呜呼，贾环虽不肖，终究姓贾；宝钗虽贤，终究姓薛。赵姨娘贾环者，家患也，贾门之庶支，后文中贾政称为"曹唐再世"者是也，乱朱之红紫也，正李自成势力之喻也。宝钗、莺儿辈，清朝之势力也。宝钗喻清之开国皇帝皇太极，而又不止于皇太极。皇太极在蒙古林丹汗处获得传国玉玺，于是改金德为水德，建国大清，年号崇德，便是"可叹停机德"之"德"，重用汉人，立志问鼎中原。薛家散播金玉良缘，金钗最终续弦给宝玉，正隐皇太极以得到传国玉玺为名，自称得位之正也。莺儿与贾环之争执，正如清朝与李闯之兵争也。明白其中之喻，《红楼梦》之史笔不难解也。

且说宝玉正如宝钗玩笑，忽听史湘云来了，于是二人同往贾母处见湘云。正值黛玉也在贾母处，见宝玉、宝钗同往，出言讥刺，赌气回房了。宝玉急忙跟来，以"亲不间疏，先不僭后"等语反复解释，以至二人彼此问心。呜呼，宝玉究竟爱宝钗还是爱黛玉？宝钗的花签是牡丹，黛玉的花签是芙蓉。水芙蓉者，莲也。黛玉后来抽到花签很是欣慰。宝玉更爱谁，一篇《爱莲说》已道尽矣。我爱周子文辞美，我爱元公性高

第九章　群雄逐鹿

洁，尚能背诵，《爱莲说》云：

水陆草木之花，可爱者甚蕃。晋陶渊明独爱菊。自李唐来，世人甚爱牡丹。予独爱莲之出淤泥而不染，濯清涟而不妖，中通外直，不蔓不枝，香远益清，亭亭净植，可远观而不可亵玩焉。

予谓菊，花之隐逸者也；牡丹，花之富贵者也；莲，花之君子者也。噫！菊之爱，陶后鲜有闻。莲之爱，同予者何人？牡丹之爱，宜乎众矣！

宝玉黛玉二人偶有小隙，终不需外人解释，皆可自化也。林黛玉说道："你只怨人行动嗔怪了你，你再不知道自己怄人难受。就拿今日天气比，分明今儿冷得这样，你怎么倒反把个青肷披风脱了呢？"真真奇绝妙文，真如羚羊挂角，无迹可寻。一下将醋妒之情转到天气上去了，此段儿女口角之收煞，真可破涕为笑。然而若诸君真以为仅在于此，便又忽略了作者写冷写风之意了。冷者，风者，皆宝钗也。

正在情完未完之际，湘云突入，在"谑娇音"方见，真真"卖弄有家私"之笔也。湘云大说大笑地嚷着要宝玉、黛玉理她一理，黛玉便打趣她咬舌，将"二哥哥"念成"爱哥哥"，"爱""二"不分。此湘云首登场也，状湘云不落别书写美女"蔽月羞花""莺啼燕语"之俗套，反写美人之陋，如太真之肥，飞燕之瘦，西子之病，以"咬舌"加以湘云，是何大法手眼？

湘云说黛玉犯不着见一个打趣一个，敢挑宝姐姐的短处，就算你是好的。黛玉听了，冷笑道："我当是谁，原来是他！"此作者放笔而写，非褒钗贬黛也。

湘云又以"咬舌的林姐夫"为辞与之嬉闹，黛玉追逐，湘云跑开，又遇宝钗，宝玉、黛玉、宝钗、湘云四人难分难解，有人来请吃饭，方往前来。四人皆书中要人，今一起笼住，不知谁远谁近，谁亲谁疏，重作轻抹，消弭无形。

次日天明，宝玉便往黛玉房中来，见黛玉、湘云两姊妹尚卧在衾内，一个安稳合目，一个青丝拖枕，雪臂外露。一塌卧双艳，岂不知他们二人之睡状，一个是海棠睡，一个是刘伶醉。

宝玉叹道："睡觉也不老实。"轻轻为湘云掩被。诸君，宝玉眼中心中，满是怜香惜玉，何尝有邪思妄动？

宝玉借湘云洗脸的残水洗脸，悄悄将胭脂往口里递，看似艳极淫极，殊不知这正是状宝玉的天真之本性。《红楼梦》中，宝玉、通灵宝玉、红楼女儿皆有大喻。"谈笑有鸿儒，往来无白丁"，宝玉不与女儿们厮混，难道与"须眉浊物"为伍？传国玉玺天生喜红，试问哪有印章不喜吃印泥的道理？何况红者，南方诸夏之正色，火德文明也，玉兄之爱红，天经地义也！

宝玉央湘云为自己梳头。湘云编头时发现头上的四颗珍珠有一颗颜色不一，便问宝玉。宝玉说掉了。湘云道："必定是外头去掉下来，不防被人拣了去，倒便宜他。""倒便宜他"，真是湘云的口气。黛玉一旁盥手，冷笑道："也不知是真丢了，也不知是给了人镶什么戴去了！"王莽篡汉，向太皇太后王政君索要传国玉玺，王政君摔玺责莽，传国玉玺缺了一角，王莽以金镶之。金镶玉，玉镶金者，王莽谓之金玉良缘，汉家皆知是为篡逆找说辞也掩丑也。黛玉之冷笑，正为此也。

此时袭人进黛玉房中，欲叫回宝玉侍候梳洗，见此情形，知宝玉已梳洗过，只得忍气回来。忽见宝钗走来，因问道："宝兄弟那去了？"袭人冷笑道："宝兄弟那里还有在家的工夫！"宝钗听说，心中明白。又听袭人叹道："姐妹们和气，也有个分寸礼节，也没个黑家白日闹的！凭人怎么劝，都是耳旁风。"宝钗听了，心中暗忖道："倒别看错了这个丫头，听他说话，倒有些识见。"宝钗便在炕上坐了，慢慢地在闲言中套问他年纪家乡等语，留神窥察，其言语志量深可敬爱。

诸君，袭人冷笑拟言"宝兄弟"之语，哪里是丫鬟身份，甚至已不是姨娘侍妾口气，竟仿佛正妻之醋妒。宝钗闻袭人口声，已知袭人可为己用。自古行间收买之法，便是乘二人之隙而入。宝钗为人，静水流深，今袭人自露其情，宝钗岂能不留意，不殷勤结交？袭人之喻本是一篇大文章，今日初露，待后文大观园作菊花诗，持螯赏桂一回书中再细述方妙，暂不深言。一时宝玉来了，宝钗方出去。宝玉便问袭人道："怎么宝姐姐和你说得这么热闹，见我进来就跑了？"问一声不答，再问时，袭人方道："你问我么？我哪里知道你们的缘故。"宝玉听了这话，见他脸上气色非往日可比，便笑道："怎么动了真气？"袭人冷笑道："我哪里敢动气！只是从今以后别再进这屋子了。横竖有人服侍你，再别来支使我。我仍旧还服侍老太太去。"一面说,一面便在炕上合眼倒下。宝玉见了这般景况,深为骇异,禁不住赶来劝慰。那袭人只管合了眼不理。

宝玉与黛玉,是近中远,宝玉与宝钗,是远中近。宝钗端肃恭严,不可轻犯,近之则不逊,反成远离之端也。袭人醋妒妍憨假态,至矣,尽矣,是醋是谏,不可拘定矣。

宝玉见袭人气性很长,也索性不理她,又因麝月与袭人交厚,也索性不用她。麝月只得笑着唤出两个小丫头进来。宝玉叫其中一个生得水秀,便要她留下伺候。生造出水秀一词,实在有趣活泼,真不知宝玉何等心窍,作者何等笔法?那丫头原名芸香,袭人改为蕙香,宝玉批驳道:"什么蕙香兰气的,哪一个配比这些花?没的玷污了好名好姓。"便将这丫头改名为"四儿"。宝玉此言,花袭人三字在内,说得有趣。袭人和麝月在外间都抿嘴含笑。花,华也。宝玉之爱花爱华,虽文字活泼,意思却深长,切勿泛泛而看。

这一日,宝玉不出房,也不和姊妹、丫头厮闹,还捧出书来看,或弄笔墨,只叫四儿侍候。袭人之箴谏的三条,似已全部奏效。然而至晚饭后,宝玉独对孤灯,如何煎熬?欲唤袭人麝月,又恐她们趁机得了意,欲镇唬责之,又觉无情太甚,只权当她们死了,反无挂碍,夜读《庄子》,了悟参禅。此正《情僧录》之书意出矣。

宝玉所看的《庄子外篇》之《胠箧》一则,何尝不是《石头记》一书的另一种注解?大盗移国、绝圣弃智之文岂可等闲视之?我们且将宝玉所续之文与《庄子》原文对照,《红楼梦》之旨便可推而演之解出八九分矣,可叹世上太多粗心人!叹叹!宝玉续文道:

焚花散麝,而闺阁始人含其劝矣;戕宝钗之仙姿,灰黛玉之灵窍,丧减情意,而闺阁之美恶始相类矣。彼含其劝,则无参商之虞矣;戕其仙姿,无恋爱之心矣,灰其灵窍,无才思之情矣。彼钗、玉、花、麝者,皆张其罗而穴其隧,所以迷眩缠陷天下者也。

女儿、闺阁之意既已言明,此不赘述。《庄子》隽永无穷,可意会不可语达,吾不敢妄注也。读者诸君智慧通达,自可解释。

宝玉爱女儿家,岂有长久斗气的道理?终于还是宝玉俯低就小,跌簪为誓,引得袭人一笑,就此解开,此正是"贤袭人娇嗔箴宝玉"之半回书也。

宝玉之续《庄子》，终被黛玉看见。黛玉何等心窍，与宝玉又是何等知音，文不加点，添笔又续道曰：

无端弄笔是何人？作践南华庄子因。不悔自己无见识，却将丑语怪他人！

颦卿！颦卿！真妙人也！真是打破胭脂阵，坐透红粉关，别开生面，无可评处！

自古国与国之争，绝不限于军事，必涉及政治、文化、经济、外交等方方面面。而两国之战争，也绝不限于战场，战场外的攀附、挑拨、离间、收买、明争暗斗，无所不用其极。食君之禄，担君之忧，此理之常也。人人皆言爱国，而通敌、叛国之丑行，却往往在无意识中犯下，在欲念之前失守。色欲如钢刀，杀人却无形。多姑娘之浸淫贾府，诚可叹也，贾琏与之苟合之丑行，诚可痛恨也！

荣国府内有一个极不成器破烂酒头厨子，名叫多官，人见他懦弱无能，都唤他作"多浑虫"。因他自小父母替他在外娶了一个媳妇，今年方二十来往年纪，生得有几分人才，见者无不羡爱。她生性轻浮，最喜拈花惹草，多浑虫又不理论，只是有酒有肉有钱，便诸事不管了，所以荣宁二府之人都得入手。因这个媳妇美貌异常，轻浮无比，众人都呼她作"多姑娘"。贾琏早就留心这多姑娘，只是内惧娇妻，外惧孪庞，未得便上手，多姑娘亦中意贾琏，只恨没空。因贾琏熙凤之女贾大姐得了天花，家中供奉痘疹娘娘，贾琏搬出来斋戒，二人终于可以云雨于巫山。二人一见面不用情谈款叙，便宽衣动作起来。谁知这媳妇有天生的奇趣，一经男子挨身，便觉遍身筋骨瘫软，使男子如卧绵上，更兼淫态浪言，压倒娼妓，诸男子至此岂有惜命者哉。那贾琏恨不得连身子化在他身上。那媳妇故作浪语，在下说道："你家女儿出花儿，供着娘娘，你也该忌两日，倒为我脏了身子。快离了我这里罢。"贾琏一面大动，一面气喘吁吁地答道："你就是娘娘！我那里管什么娘娘！"那媳妇越浪，贾琏越丑态毕露。一时事毕，两个又海誓山盟，难分难舍，此后遂成相契。

诸君着眼，多姑娘之来历不明，正是行间之人，以身为饵，终成"相契"，正是行间之道。古今敌国间谍，善用此法，古今失节之人，易上此套也。一叶蔽目，不见泰山，人若利欲熏心时，不顾人伦，不顾廉耻，贾琏之丑，不忍卒睹！二人之"相契"，真是可笑可叹，若"相契"如此解，"相契"二字扫地也！

贾琏正是朝廷百官之喻也。荣国府许多人都被多姑娘考试过，贾琏与多姑娘之苟合，正是以一代十，以十代百的笔墨。敌国之行间，可谓无孔而不入。有则改之，无则加勉，修身齐家治国平天下之贤人君子，能不慎乎？

而贾琏终沦为堕落不可救之人乎？非也。上天有好生之德，作者之笔墨慈悲，非常人所能及，"俏平儿软语救贾琏"之半回书目，直道平生之善哉，亦暂赦贾琏之罪，以观后效。古今之书，未见如此至情者也！

贾大姐毒尽癍回，贾琏又搬了回来。平儿收拾衣服铺盖，不料抖出一绺青丝。平儿拿给贾琏看，贾琏知事已泄露，便要夺取。只听凤姐进来，贾琏只有住手，平儿替他遮掩隐藏。凤姐见了贾琏，忽然想起来，便问平儿："拿出去的东西都收进来了么？"平儿道："收进来了。"凤姐道："可少什么没有？"平儿道："我也怕丢下一两件，细细地查了查，也不少。"凤姐道："不少就好，只是别多出来罢？"平儿笑道："不丢万幸，谁还添出来呢？"凤姐冷笑道："这半个月难保干净，或者有相厚的丢下的东西：戒指、汗巾、香袋儿、再至于头发、指甲，都是东西。"一席话，说的贾琏脸都黄了。贾琏在凤姐身后，只望着平儿杀鸡抹脖使眼色儿。平儿只装着看不见，因笑道："怎么我的心就和奶奶的心一样！我就怕有这些个，留神搜了一搜，竟一点破绽也没有。奶奶不信时，那些东西我还没收呢，奶奶亲自翻寻一遍去。"凤姐笑道："傻丫头，他便有这些东西，那里就叫咱们翻着了！"说着，寻了样子又上去了。

好个凤姐，真真绝顶聪明之人，真真辖治贾琏之厉害人！而平儿，上次为凤姐掩饰，这次为贾琏遮羞，其为人也，既行忠道，又行恕道，忠恕之道一以贯之，宁不令人敬爱？

平儿心中存大是大非，她救贾琏，并非媚主。她拿着那绺头发对贾琏说："这是我一生的把柄了。好便好，不好便抖出来。"平儿之震慑弹压贾琏，便要令他改正。而贾琏负我平卿，趁其不备夺下头发。贾琏欲与平儿寻欢，平儿跑开。贾琏向平儿埋怨凤姐道："他防我像防贼似的，只许他同男人说话，不许我和女人说话，我和女人略近些，他就疑惑，他不论小叔子侄儿，大的小的，说说笑笑，就不怕我吃醋了。以后我也不许他见人！"平儿道："他醋你使得，你醋他使不得。他原行的正走的正，你行动便有个坏心，连我也不放心，别说他了。"平儿之言，堂皇正大，正为凤姐正名矣！贾琏亦有琏瑚之才，为何凤姐能入《金陵十二钗》正册，贾琏却只是不入选的"须眉浊物"，由此可知也！

山雨欲来风满楼，明末之时局，便假借这般风月韵事淡淡绘出，终为第二十七回黛玉葬花陈铺。悲哉！痛哉！

三、《寄生草》之谜

第二十二回、二十三回以曲谱入书中。初听不知曲中意，再听已是曲中人。

第二十二回更贴合《情僧录》之书名，悟道参禅之意渐浓也。我见《个山小像》，思情僧之情，情僧之悟，思情僧之因空见色，传情入色，由色悟空，常常泪下如雨也。豫章故郡，洪都新府，星分翼轸，地接衡庐，襟三江而带五湖，控蛮荆而引瓯越。南昌，八大山人的故乡，才子之乡，王孙之乡，我心乡往之。

《红楼梦》一书以女娲补天开篇，黛玉为乾，宝钗为坤，贾家为阳，薛家为阴，正月二十日为天穿节，而薛宝钗的生日在正月二十一日，正是地穿节也。华夷阴阳，严整有序如此，不论阴阳，不知补天补地之旨，何以识《红楼》？

因宝钗正月二十一日过生日，又是十五岁将笄之年，贾母便蠲资二十两，令凤姐主持操办酒戏。与其说是为宝钗庆生，不如说是荣府家宴，除薛姨妈、宝钗、湘云为客，全是自己人。贾母视黛玉如掌上明珠，比亲孙女还亲，黛玉自然不算客居。贾母姓史，湘云亦是史家千金，贾母甚爱湘云，湘云出入贾府无所拘束，也只能算半个客居。所以真正接受庆生的正主，反而是客。

凤姐备好了戏台，昆、弋两腔皆有。昆、弋，皆为南戏。饭后开始点戏，贾母先让宝钗。宝钗为顺贾母，便点了一出《西游记》。贾母又命凤姐点,凤姐知贾母喜谑笑科诨,便点了一出《刘二当衣》。《刘二当衣》一出,便伏出后文凤姐典当、贾芸借香、邢岫烟当衣若干正文,正是灰色草线,伏脉千里也。唐时裴度英雄一世,早年尚有典当衣物之落魄困窘,正所谓人有冲天之志,非运不能自通,阮籍猖狂,岂效穷途之哭。孟子曰:贫贱不能移。世之君子达人,万不可因时之窘迫而堕青云之志也。世上多有类刘二者,如前文之封肃,后文贾芸之舅舅卜世仁,英雄落魄君莫笑,巨眼识人方为高。

接着贾母便命黛玉点。黛玉因让薛姨妈王夫人等。贾母道:"今日原是我特带着你们取笑,咱们只管咱们的,别理他们。我巴巴的唱戏摆酒,为他们不成?他们在这里白听白吃,已经便宜了,还让他们点呢!"说着,大家都笑了。诸君,贾母之言是玩笑,难道就没有真意乎?荣国府姓贾,你自姓薛,岂作一家之谈?卧榻之侧,岂容他人鼾睡哉?

众人点毕让毕,至上酒席,贾母又命宝钗点。宝钗便点了一出《鲁智深大闹五台山》。宝玉不解其中之妙,宝钗便告诉他这出戏是一套北《点绛唇》,里面有一支《寄生草》,词填得极妙。宝玉着急要听,宝钗便念道:

漫揾英雄泪,相离处士家。

谢慈悲剃度在莲台下。

没缘法转眼分离乍。

赤条条来去无牵挂。

那里讨烟蓑雨笠卷单行?

一任俺芒鞋破钵随缘化!

宝玉听了,喜得拍膝画圈,称赏不已,又赞宝钗无书不知。据《水浒传》写道,鲁达为金翠莲打抱不平,三拳打死镇关西郑屠,惹上人命官司,从此走上逃亡之路。后蒙赵员外收留,但风声渐漏,赵员外只有让他去五台山投靠智真长老避祸,此正是"漫揾英雄泪,相离处士家。谢慈悲,剃度在莲台下"。在五台山,成为鲁智深的鲁达却又不能戒持,因醉打山门事件,智真长老只能另荐大相国寺,此正是"没缘法,转眼分离乍"。鲁智深只身一人,浴雨栉风,芒鞋破钵乞食,正是"赤条条来去无牵挂"。我见此曲,我见做了两个和尚的鲁智深,知它亦正是作者身世写照，感曲中之意，早已泪下如泉也！

我正魂不守舍，只听书中黛玉在说："安心看戏罢。还没唱《山门》，你倒《妆疯》了。"说得湘云也笑了，宝玉也便规矩老实，大家安心看戏。

至晚散时，贾母因深爱那扮小旦和小丑的两个小戏子，便令人叫前来打赏。凤姐笑道："这个孩子扮上活像一个人，你们再看不出来。"宝钗、宝玉都猜着了，一个不肯说，一个不敢说。倒是史湘云心直口快，笑道："倒像林妹妹的模样儿。"宝玉听了，忙把湘云瞅了一眼，使个眼色。众人却都听了这话，留神细看，都笑起来了，说果然不错。一时散了。

宝玉这个眼色，同时惹恼了湘云，唐突了黛玉。湘云不喜看别人眼色，黛玉怨宝玉不知她的心量。宝玉在黛玉身旁低声下气的赔礼，分证自己既没有比，也没有笑。黛玉道："你还要比？你还要笑？你不比不笑，比人家比了笑了还利害呢！"正所谓官断十条路，民有九不知，宝玉闻言，不可分辩，不则一声。黛玉又怨宝玉拿自己作情说事，质问道："我若恼湘云，与你何干？湘云若得罪了我，又与你何干？"

宝玉本想两处调和，结果黛玉并不恼湘云，湘云也没得罪黛玉，反是自己多事，落得两处贬谤。正合着前日所看《南华经》上，有"巧者劳而智者忧，无能者无所求，饱食而遨游，泛若不系之舟"，又曰"山木自寇，源泉自盗"等语。因此越想越无趣。

诸君，这桩公案又如何来解呢？作者写小戏子扮上像黛玉又有什么深意吗？红楼十二官，既有对五代史中伶人做官的再次诠释，更是以戏子的生旦净末丑等脸谱警读者也。黛玉也好，宝钗也罢，书中任何一支金钗也罢，皆是以类取相，龄官是正旦，黛玉也是正旦，所以才"像"，万不能执名着相，按图索骥。《红楼梦》多用类、比、综、错之法，书中写神话也好，写红楼十二官也好，都是为十二钗增色。因为此书行文隐晦艰涩，作者为照顾读者，也为终有一天此书书义得以发扬光大，处处在书中留余地，让读者去自证、自悟。作者正是借此公案在问读者诸君，既然有小戏子扮上像黛玉，那黛玉又像何人？又为何宝钗、宝玉心中都明白？又为何一个是不肯说，一个是不敢说？又为何作者偏偏让湘云说出来？这才是我们要参的"禅"，也是窥破《红楼梦》隐笔玄机的地方。在文字狱盛行的清初，《红楼梦》一书传书极难极险，试问就算明白了书义，哪一个汉家儿女敢说？哪一个清朝皇帝肯说？野史皆可焚，《红楼梦》不能毁，若有一天史笔被史家发现、认可、传播，试问十二金钗在天之灵是欣慰还是气恼？史湘云生来英豪阔大宽宏量，好一似霁月光风耀玉堂，我深深敬爱之。

宝玉之心，实乃圣人之心，他一直想调停宝钗、黛玉，不忍让火水未济之末世出现。今天见自己周全湘云、黛玉尚不能，又如何能让水火相容，水火既济？闻黛玉"与你何干"四字，又思那支《寄生草》中"赤条条来去无牵挂"之句，不禁大哭起来，伏案写下一偈云：

　　你证我证，心证意证。

　　是无可证，斯可云证。

　　无可云证，是立足境。

宝玉写下偈语，自以为悟了，了无挂碍，安心睡去。谁知次日，宝钗、黛玉、湘云一起笑嘻嘻地来找他。三人一起，便未分崩，正是文章的妙处。黛玉见门就笑道："宝玉，我问你：至贵者是'宝'，至坚者是'玉'，尔有何贵？尔有何坚？"宝玉竟不能答。不知诸君可答否？我闻黛玉之言，知宝玉至贵至坚，想神瑛侍者当日立下下凡历劫之决心，感慨不已。宝玉之至贵至坚非我等凡夫俗子所能梦见者。

宝玉未答，三人拍手笑道："这样钝愚，还参禅呢。"黛玉又道："你那偈末云，'无可云证，是立足境'，固然好了，只是据我看，还未尽善。我再续两句在后。"因念云："无立足境，是方干净。"黛玉之续，又深一层，令人拍案叫绝。宝钗道："实在这方悟彻。当日南宗六祖惠能，初寻师至韶州，闻五祖弘忍在黄梅，他便充役火头僧。五祖欲求法嗣，令徒弟诸僧各出一偈。上座神秀说道：'身是菩提树，心如明镜台，时时勤拂拭，莫使有尘埃。'彼时惠能在厨房碓米，听了这偈，说道：'美则美矣，了则未了。'因自念一偈曰：'菩提本非树，明镜亦非台，本来无一物，何处染尘埃？'五祖便将衣钵传他。今儿这偈语，亦同此意了。只是方才这句机锋，尚未完全了结，这便丢开手不成？"

想《红楼梦》作者早已超凡入圣，证悟大道，为觉人觉世，开方便之法门,降阶而说法,前以道,今以佛,诚可敬也!

宝玉自己以为觉悟,不想忽被黛玉一问,便不能答,宝钗又比出"语录"来,此皆素不见他们能者。自己想了一想:"原来他们比我的知觉在先,尚未解悟,我如今何必自寻苦恼。"想毕,便笑道:"谁又参禅,不过一时玩话罢了。"说着,四人仍复如旧。想作者作文,也只能如此,如果此刻全都大彻大悟了,《情僧录》一书可不就此杀青付梓,还有什么后文可言?一笑。

四、第一次葬花

因尚在正月,元春在宫中传灯谜与众亲眷姐妹互猜。众人所做的灯谜,皆是伏谶。前文略已表过,此不表。元妃又怕大观园封禁闲置,花草寂寞,从宫中传谕令宝玉及众姊妹进驻。于是薛宝钗住了蘅芜苑,林黛玉住了潇湘馆,贾迎春住了缀锦楼,探春住了秋爽斋,惜春住了蓼风轩,李氏住了稻香村,宝玉住了怡红院。至此,大观园的重要建筑都物得其主,大观园又与天上紫微垣相应。正是建筑人格化,金钗神格化。元、迎、探、惜四春正是元亨利贞,应时为春夏秋冬,应位为东西南北,元春不长居此处,为虚应。黛玉为中枢,与四春共为五帝内座之格局。书中所录宝玉的春夜、夏夜、秋夜、冬夜之诗,正是警读者也。宝钗为传舍星官之应,主胡人入华。李纨贾兰母子为阴德星官之应。宝玉为紫府之应。宝玉的丫鬟袭人、晴雯为左辅右弼,加之麝月、秋纹,正应四辅星官之数。作者以此格局作书,若不详阅星图,不如此解来,《红楼梦》一书万万解释不通。

宝玉进入大观园后十分快乐。这一日正当三月中浣,早饭后他携了一套《会真记》到沁芳闸桥边桃花底下一块石上坐看。本回的回目是《西厢记妙词通戏语,牡丹亭艳曲警芳心》。按回目及书中正文,宝玉带的书应该是《西厢记》才对。《会真记》虽然和《西厢记》的故事大体雷同,但成书一前一后,隔了几百年,若书也有前生今生的话,则《会真记》是前世,《西厢记》是今生。一为短文,一为戏曲;一为悲剧,一为大团圆。作者可将书中曲文信手拈来,自是熟读二书,故意混用,必有个缘故。《会真记》出一真字，会真，甄废，"甄士隐"，必有真事隐也。

宝玉正看到"落红成阵"，只见一阵风过，把树头上桃花吹下一大半来，落的满身满书满地皆是。宝玉要抖将下来，恐怕脚步践踏了，只得兜了那花瓣，来至池边，抖在池内。那花瓣浮在水面，飘飘荡荡，竟流出沁芳闸去了。回来只见地下还有许多，宝玉正踟蹰间，只听背后有人说道："你在这里做什么？"宝玉一回头，却是林黛玉来了，肩上担着花锄，锄上挂着花囊，手内拿着花帚。宝玉笑道："好，好，来把这个花扫起来，撂在那水里。我才撂了好些在那里呢。"林黛玉道："撂在水里不好。你看这里的水干净，只一流出去，有人家的地方脏的臭的混倒，仍旧把花糟蹋了。那犄角上我有一个花冢，如今把他扫了，装在这绢袋里，拿土埋上，日久不过随土化了，岂不干净。"

这是黛玉第一次葬花，书中明确写时间是三月中浣，一月有上、中、下三浣，中浣便是十一日至二十日，却不写具体哪一天，正是"隐笔"也。花者，华也，崇祯十七年，岁在甲申，三月十九日，李自成率起义军攻入北京城，崇祯帝于煤山上吊殉国。桃花飘落，流水无情，颦卿葬花，一片痴情！

《西厢记》和《牡丹亭》是中国戏剧艺术长廊中的"双璧"，"待月西厢下，迎风户半开。拂墙花影动，疑是玉人来。"《西厢记》之情，愿天下有情人终成眷属。《牡丹亭》之情，至情至性，情不知所起，一往而深。生者可以死，死可以生。生而不可与死，死而不可复生者，皆非情之至也。梦中之情，何必非真，天下岂少梦中之人耶？《红楼梦》一书，海纳百川，有容乃大。《红楼梦》又名《风月宝鉴》，也是一部"情"书，既以"风月"切题，岂有不取法《西厢记》《牡丹亭》的？作者采古今之典，天下之书，万古之情，集大成于《红楼梦》一书，包罗万象，开新篇章，换新眼目，开新境界，可谓壮哉！

黛玉与宝玉桃花树下共读《西厢》，两情互证，心意相通，何其唯美！宝玉那句"等你明儿做了一品夫人病老归西的时候，我往你坟上替你驮一辈子的碑去"更是令人泪目。空对着，山中高士晶莹雪，终不忘，世外仙姝寂寞林。三月十九，黛玉在书中第一次葬花，作者却将三月十九刻在心上，用一生为思宗垒坟，为华夏驮碑。叹叹！

厚地高天，堪叹古今情不尽，痴男怨女，可怜风月债难偿。叹叹！

第九章 群雄逐鹿

第十章　黛玉葬花

一、贾芸借香

第二十四回以贾芸借香写崇祯借饷，第二十五回以马道姑入荣国府写闯王入京，第二十六回以薛蟠骗宝玉写多尔衮入京，皆史笔也。至第二十七回方出《葬花吟》，严丝合缝，整整有序也。

贾氏子孙极多，岂能都如荣宁二府富贵繁华的？那些远支、庶出，渐渐败落为寒门的也不在少数，此书也不可不写也。贾芹、贾芸皆为贾氏远支，二人皆求告于琏、凤夫妇二人，想谋些事情做做。贾芹谋事成功，叫上大叫驴，带上省亲时买来的十二个小沙弥、十二个小道士往家庙铁槛寺去了。十二，天数也，铁槛寺，皇陵也。国之大事，一祀一戎。看守皇陵，非小事也。

贾芸住在荣国府后廊上，父亲排行第五，正应太微垣垣外郎将星官，喻将得位五子中郎，应戎事也。贾芸乖觉伶俐，因宝玉开口说起认儿子，便不论年齿，认宝玉为父。贾琏熙凤夫妇也拟让他负责大观园东北角种松柏花草之事，只是还没定下来。《红楼梦》中的一草一木，皆已人格化，后文宝玉说："松柏不敢比。连孔子都说：'岁寒然后知松柏之后凋也。'可知这两件东西高雅，不怕羞臊的才拿他混比呢。"武侯祠前的柏，武穆坟前的松，何等尊崇贵重！大观园东北种松柏，便是诸葛亮、岳飞北伐之戎事也。兵马未动，粮草先行，打仗最迫切首要的便是备足兵饷，无饷无法使兵。所以贾芸见了贾琏回来，便想到去借香，香者，饷也。

随着李自成的军队攻陷洛阳，逼近北京，关外辽东的战事也日益吃紧，国库已经空虚，大明王朝已摇摇欲坠。面对时局，崇祯皇帝不得不秘密命人将宫中之物拿出去典当。典当也无以为继时，不得不号召大臣富户捐资助饷。所捐所助也非常有限,崇祯帝竟放下皇帝之尊,亲自向大臣借钱助饷。为作表率,他自己率先拿出五万两。而大臣们一听借钱,尽皆哭穷,甚至故意穿破旧衣服,食糠咽菜。崇祯帝知自己的老丈人周奎是巨富,便向他提出借十万两,战事平息税收上来时立即偿还。周奎竟拿出家中不值钱的破旧物品当街变卖,以示自己的穷困。周皇后知皇上想让自己的父亲立个标杆,便偷偷拿出五千两给父亲周奎。而周奎拿到银子后竟扣下两千两,只借给皇帝三千两。国丈尚如此,其他的大臣更可想而知了。崇祯所筹,不过区区二十万两。后来李自成的军队攻入北京,见国库空空如也,大吃一惊。李自成的大将刘宗敏便向京中官员按品索饷,又向富户逼捐,周奎不愿捐钱,被严刑拷打,最终家中搜出百万两之巨,周奎叹曰:早知如此,何必当初!刘宗敏共搜刮七千万两之巨,与崇祯所募的二十万两霄壤之别。覆巢之下,焉有完卵?国破则家亡,士大夫受国恩最重,本应忠君爱国,为国分忧。阐明末崇祯借饷之事,未尝不叹息怅恨矣!

贾芸向开香料铺的母舅卜世仁求赊香料之事,便喻崇祯借饷一事。卜世仁便喻周奎,卜世仁,不是人也,作者亦痛骂周奎丧天理,灭人伦也!贾芸不但没借到香,还落得母舅一阵奚落。贾芸毕竟是有志气的,抬脚便走。而这时卜世仁却虚留他吃饭,一句未完,只见他娘子说道:"你又糊涂了。说着没有米,这里买了半斤面来下给你吃,这会子还装胖呢。留下外甥挨饿不成?"卜世仁说:"再买半斤来添上就是了。"他娘子便叫女孩儿:"银姐,往对门王奶奶家去问,有钱借二三十个,明儿就送过来。"夫妻两个说话,那贾芸早说了几个"不用费事",去得无影无踪了。人事冷暖,世态炎凉,一至于此,怎不可叹?

正所谓仗义多是屠狗辈,负心多是读书人。正当贾芸一筹莫展之时,却一头碰到了一个醉汉,却是紧邻倪二。倪二虽然是个放重利债的泼皮破落户,对贾芸极为恭敬友好。闻知卜世仁之事,说道:"要不是令舅,我便骂不出好话来,真真气死我倪二。"当下拿下一锭大银给贾芸,竟不要利钱,也不要贾芸写借据,趔趄着醉步而去。真是醉金刚轻财尚义侠!我知明末之时,亦有许多类醉金刚倪二的侠义之士,作者因故不能写其芳讳,我等读书至此,为醉金刚等人深深抱拳作揖致敬!

贾芸终于谋得大观园东北角种树一事。因连续两次向宝玉请安不遇，反遇宝玉的丫鬟红玉，由此引出"痴女儿遗帕染相思"。我们且留到第二十七回再表。

二、马道婆进门

第二十五回以马道婆入荣国府之事喻写李闯入北京。宝玉与贾环，是同父异母的兄弟，一为嫡出，一为庶出，一个堂皇贵气，一个人物委琐，一个喻雅乐，一个喻郑声，一个是红之正色，一个是乱红之紫。《金陵十二钗》中，宝玉与众金钗皆有大喻，正面写实风月之笔已是游刃有余，反面写意春秋之笔更是出神入化，若作者仅仅用以人喻人的模板去套，那作者之笔便是落入窠臼成呆笔笨笔了。物可喻人，人可喻物，一人可喻多人，多人可喻一人，类比综错，羚羊挂角。明白作者笔下之神妙，方不会只以按图索骥之法去误读误解也。

譬如北辰，众星拱之，国公府里几乎人人都喜爱宝玉。而赵姨娘贾环母子，因自身行为放诞乖张，几乎在府中上上下下皆不得人心。第二十回中莺儿褒玉贬环，凤姐"正言弹妒意"已令母子二人怀恨在心，只是敢怒不敢言而已。第二十四回中，邢夫人在贾环面前爱抚宝玉，又令贾环无比醋妒。这一日贾宝玉等皆不在家，王夫人令贾环抄个《金刚经》唪诵。贾环一时得了意，拿出主子的款儿来，命令金钏、玉钏、彩云众丫鬟。惟彩霞真心对贾环好，便悄悄地向贾环说道："你安些分罢，何苦讨这个厌那个厌的。"贾环道："我也知道了，你别哄我。如今你和宝玉好，把我不搭理，我也看出来了。"彩霞咬着嘴唇，向贾环头上戳了一指头，说道："没良心的！狗咬吕洞宾，不识好人心。"凤姐屡言贾环"上不得高台盘"，果然一得意便短处毕现矣。叹世间风月之情，"惺惺惜惺惺"，皆从业障中来，蠢妇配才郎者不少，然俏女慕村夫者犹多。所谓业障牵魔，不在才貌之论。

一时凤姐、宝玉相继回来。王夫人见了宝玉便丢下贾环，又是爱抚又是关心，还令彩霞去服侍。贾环的醋妒到了极点，毒计顿生，因与宝玉近，假装失手将蜡灯推向宝玉，意图弄瞎宝玉。

宝玉被油泼了左脸，疼痛不已。王夫人一边令人照料宝玉，一边大骂贾环，并叫来赵姨娘，一顿训斥。赵姨娘忍气吞声，心内已怀不轨之心，毒辣之情。母子二人不再只想伤其皮肉，更要谋其性命，不但要多谋家私财物，而且开始觊觎整个荣国府。李闯之蚕食藩镇，兼并州县，得陇、晋之地，继而逼近神京，正此之谓也。

黛玉癖性喜洁，见宝玉烫伤，不避肮脏，十分关心，亲来看视。不表。

又一日，马道婆进了荣国府。马进门，"闯"祸至也。作者将马道婆之贼心贼行描蓦得毕肖。口念阿弥陀佛，心生毒计歹念，前赚老太君的灯油钱，后敛赵姨娘之财帛。

马道婆为宝玉的记名干娘。干娘而且只是记名，其恩其情已薄，而生辰八字，身世根底皆知，欲相害却极易也。紫非正色，近之于红，却不是红，但可以乱红夺朱也。劝世之君子达人，害人之心不可有，防人之心不可无。当赵姨娘微露其意，马道婆立即想到暗害宝玉和熙凤之法，二人一拍即合。待赵姨娘许以金帛，写下欠契，马道婆便拿出十个小鬼，欲以五鬼害二人。随身携带五鬼，何其现成，马道婆所害之人何其多也，而入荣国府难道不是处心积虑吗？五鬼者，亦可解为李自成之五营二十二将也。

黛玉见宝玉被贾环烫伤，总是心绪不宁，信步来到怡红院。却见凤姐、李纨、宝钗皆在。凤姐说起前日送茶之事，黛玉独赞味轻正好。南方有嘉叶，其名为茶。却不知绛珠嫩叶红心，正是一株仙葩好茶也。凤姐打趣黛玉道："你既吃了我们家的茶，怎么还不给我们家做媳妇？"引得众人一齐笑了。可见贾府上下，皆信定二玉是一段好夫妻。一会儿众人皆去，只剩二玉。宝玉嘻嘻而笑，黛玉脸红，却不知宝玉已被邪祟所镇，乱跳乱嚷。加之凤姐受镇，一并发作。合府慌忙，乱成一团。

别人慌张自不必讲，独有薛蟠更比诸人忙到十分去：又恐薛姨妈被人挤倒，又恐薛宝钗被人瞧见，又恐香菱被人臊皮——知道贾珍等是在女人身上做功夫的，因此忙的不堪。忽一眼瞥见了林黛玉风流婉转，已酥倒在那里。在这不容针之际，却将薛蟠着力一写，何也？清朝时刻关注明朝，螳螂捕蝉，黄雀在后。红紫乱朱在前，蟾宫折桂在后，清风袭月亦不远矣!

亲戚看视,荐医荐道,却并不见效。看看三日光阴,那凤姐和宝玉躺在床上,亦发连气都将没了。合家人口无不惊慌,都说没了指望,忙着将他二人的后世的衣履都治备下了。贾母、王夫人、贾琏、平儿、袭人这几个人更比诸人哭的忘餐废寝,觅死寻活。赵姨娘、贾环等自是称愿。赵姨娘假意劝慰贾母,被贾母一通臭骂,有人送来棺材,贾母气得要将送棺材的拉来打死,祖母之爱孙一至于此!华夏文明传承数千载,气数岂如此而绝?每当面临苦难,我华夏儿女,皆有一执念,文明之火,哪怕如风中残烛,总会留有一灯,传递后世。每当民族危亡,文明之火将熄之际,总有祖先神灵保佑,总有大仁大义,大智大勇者以身翼蔽火种,以待他日复明。此正是天佑中华!

正闹得天翻地覆,没个开交,只闻得隐隐的木鱼声响,念了一句:"南无解冤孽菩萨。有那人口不利,家宅颠倾,或逢凶险,或中邪祟者,我们善能医治。"一僧一道再次现身矣!不用丝毫勉强,轻轻收住数百言文字。《石头记》以幻作真,以真为幻,得力处全在此处。

只见那和尚鼻如悬胆两眉长,目似明星蓄宝光。破衲芒鞋无住迹,腌臜更有满头疮。

那道人一足高来一足低,浑身带水又拖泥。相逢若问家何处,却在蓬莱弱水西。

一僧一道告诉贾政,通灵宝玉可治得二人。贾政忙取下来递上去。那和尚接了那玉,擎在掌上,长叹一声道:"青埂峰一别,展眼已过十三载矣!人世光阴,如此迅速,尘缘满日,若似弹指!"见此一句,可叹可惊,不忍再往下读也。想《僧圆泽传》中,李源圆泽在南浦生死契阔,灵隐寺再遇已是隔世重逢,南浦一别,亦是十三载矣!我常徜徉在南浦三生石下参玄悟道,渐知《红楼梦》之机栝,耳边常闻圆泽所化的牧童在说"李公真信士!"闻言几乎下泪也。今闻"青埂峰一别,十三载矣",泪不能禁矣!

那通灵宝玉本能除邪祟,被声色货利所迷,故而不灵。只听那僧叹道:

天不拘兮地不羁,心头无喜亦无悲;

　　　　　却因锻炼通灵后，便向人间觅是非。

可叹你今日这番经历：

　　　　　粉渍脂痕污宝光，绮栊昼夜困鸳鸯。
　　　　　沉酣一梦终须醒，冤孽偿清好散场！

　　念毕，又摩弄一回，说了些疯话，递与贾政道："此物已灵，不可亵渎，悬于卧室上槛，将他二人安在一室之内，除亲身妻母外，不可使阴人冲犯。三十三日之后，包管身安病退，复旧如初。"说着回头便走了。贾政赶着还说话，让二人坐了吃茶，要送谢礼，他二人早已出去了。贾母等还只管着人去赶，哪里有个踪影。

　　通灵宝玉除祟，通部大书只此一见，何得再言。僧道萍踪虚实，幻想幻笔，写幻人于幻文也。我观此回书，便想起秦始皇当日之"定风波"，与之相类也。秦始皇二十八年，秦始皇乘龙舟过洞庭湖，风浪骤起，龙舟将倾，秦始皇慌忙将传国玉玺抛入湖中，祈求神灵镇浪。果然风浪立止，而玉玺由此失落。八年后，当秦始皇出行至华阴平舒道时，有人持玉玺站在道中，对始皇侍从说："请将此玺还给祖龙。"言毕不见踪影。传国玉玺又归于秦。呜呼，通灵宝玉，传国玉玺，孰幻孰真？

　　那宝玉、熙凤二人果真醒来，并说腹中饥饿，开始渐进饮食，邪祟渐退。一家人方才心安，黛玉情不自禁，念了声"阿弥陀佛"，引得宝钗一阵打趣。周德虽衰，天命未改，天不绝我华夏，"莫失莫忘，仙寿恒昌"，我华夏万年！

三、薛蟠生日之谜

　　第二十六回以薛蟠设宴写多尔衮进京，蟾宫已被折桂，清风已然袭月，胡人已问鼎中原矣。

　　宝玉养过了三十三天之后，不但身体强壮，亦且连脸上疮痕平服，仍回大观园内去。一日，宝玉因懒懒歪在床上，似有蒙眬之态，袭人便劝他出去逛逛。宝玉只说舍不得袭人，袭人道："你出去了就好了。只管这么葳蕤，越发心里烦腻。"此时之袭人，像极一个人，至于像谁，诸君可先自思，后文再表。

宝玉出来，却巧遇贾兰拿着小弓追射小鹿。文中写贾兰处极少，第九回书茗烟大闹学堂时，贾兰对贾菌说："好兄弟，不与咱们相干。"看似胆小怕事，今却见"逐鹿"之心，判若两人，不但令宝玉一惊，亦令我一惊。从来盖棺论定，未及盖棺，评人之时实不可轻言妄语。

宝玉顺着脚一径来至一个院门前，只见凤尾森森，龙吟细细。举目望门上一看，只见匾上写着"潇湘馆"三字。宝玉信步走入，只见湘帘垂地，悄无人声。顺脚、信步，将宝玉对黛玉之情、之思淡淡绘出，却意蕴深长。"凤尾、龙吟"四字，更见黛玉所谓帝王身份，既有崇祯帝之喻，也有五帝中枢之职也。湘帘垂地，悄无人声，海棠睡去否？睡否？醒否？亦幻亦真！走到窗前，觉得一缕幽香从碧纱窗中暗暗透出。宝玉便将脸贴在纱窗上，往里看时，耳内忽听得细细的长叹了一声道："'每日家情思睡昏昏'。"宝玉听了，不觉心内痒将起来，再看时，只见黛玉在床上伸懒腰。宝玉在窗外笑道："为什么'每日家情思睡昏昏'？"一面说，一面掀帘子进来了。

李闯入京，先帝已殉国。"每日家情思睡昏昏"状出海棠之睡态妩媚，又状出思海棠之无限情思，一击而多鸣。而这一句又是《西厢记》之曲文，曲牌名正是《油葫芦》，油葫芦，有胡虏，胡虏将至也！

宝黛之交，非常人所能明白，非常人所能比拟。因爱黛玉之故，宝玉也甚爱紫鹃，因谢紫鹃倒茶，不由笑道："好丫头，'若共你多情小姐同鸳帐，怎舍得叠被铺床'。"以《西厢记》之红娘比紫鹃，正为后文《慧紫鹃情辞试莽玉》作伏也。一句戏文引得黛玉擦脸生气，宝玉忙赔不是。

而正在此时，袭人走来说道："快回去穿衣服，老爷叫你呢。"宝玉听了，不觉打了个雷的一般，也顾不得别的，急忙回来穿衣服。出园来，只见焙茗在二门前等着，宝玉便问道："你可知道叫我是为什么？"焙茗道："爷快出来罢，横竖是见去的，到那里就知道了。"一面说，一面催着宝玉。

突然生此变故，迅雷不及掩耳，不但宝玉一惊，黛玉也不免一咢。今日之袭人、焙茗，全不似往日之袭人、茗烟。自第二十四回起，宝玉的贴身小厮茗烟不见了，成了焙茗。焙茗，背明也。也不知是换了一个名字，还是换了一个人，这还是第九回书中那个指着金荣大骂"姓金的，你是好小子，出来动动你茗大爷！"的豪奴健仆吗？茗烟青，茗烟青，当年的茗烟投了清。叹叹！

转过大厅，宝玉心里还自狐疑，只听墙角边一阵呵呵大笑，回头只见薛蟠拍着手笑了出来，笑道："要不说姨夫叫你，你那里出来的这么快。"焙茗也笑道："爷别怪我。"忙跪下了。宝玉怔了半天，方解过来了，是薛蟠哄他出来。薛蟠连忙打躬作揖赔不是，又求"不要难为了小子，都是我逼他去的。"宝玉也无法了，只好笑问道："你哄我也罢了，怎么说我父亲呢？我告诉姨娘去，评评这个理，可使得么？"薛蟠忙道："好兄弟，我原为求你快些出来，就忘了忌讳这句话。改日你也哄我，说我的父亲就完了。"

宝玉道："嗳，嗳，越发该死了。"又向焙茗道："反叛肏的，还跪着做什么！"焙茗连忙叩头起来。薛蟠道："要不是，我也不敢惊动，只因明儿五月初三日是我的生日，谁知古董行的程日兴，他不知哪里寻了来的这么粗这么长粉脆的鲜藕，这么大的大西瓜，这么长一尾新鲜的鲟鱼，这么大的一个暹罗国进贡的灵柏香熏的暹猪。你说，他这四样礼可难得不难得？那鱼、猪不过贵而难得，这藕和瓜亏他怎么种出来的。我连忙孝敬了母亲，赶着给你们老太太、姨父、姨母送了些去。如今留了些，我要自己吃，恐怕折福，左思右想，除我之外，唯有你还配吃，所以特请你来。可巧唱曲儿的小么儿又才来了，我同你乐一天何如？"一面说，一面来至他书房里。只见詹光、程日兴、胡斯来、单聘仁等并唱曲儿的都在这里，见他进来，请安的，问好的，都彼此见过了。吃了茶，薛蟠即命人摆酒来。说犹未了，众小厮七手八脚摆了半天，方才停当归座。宝玉果见瓜藕新异，因笑道："我的寿礼还未送来，倒先扰了。"薛蟠道："可是呢，明儿你送我什么？"宝玉道："我可有什么可送的？若论银钱吃的穿的东西，究竟还不是我的，惟有我写一张字，画一张画，才算是我的。"

薛蟠笑道："你提画儿，我才想起来。昨儿我看人家一张春宫，画的着实好。上面还有许多的字，也没细看，只看落的款，是'庚黄'画的。真真的好的了不得！"宝玉听说，心下猜疑道："古今字画也都见过

第十章 黛玉葬花

些,那里有个'庚黄'?"想了半天,不觉笑将起来,命人取过笔来,在手心里写了两个字,又问薛蟠道:"你看真了是'庚黄'?"

薛蟠道:"怎么看不真!"宝玉将手一撒,与他看道:"别是这两字罢?其实与'庚黄'相去不远。"众人都看时,原来是"唐寅"两个字,都笑道:"想必是这两字,大爷一时眼花了也未可知"。薛蟠只觉没意思,笑道:"谁知他'糖银''果银'的。"

诸君,上面这些文字,我之所以大段原文摘录,正是因为其中太多"真事隐"矣,不得不摘也。内中既隐藏着崇祯十七年甲申岁五月初二多尔衮入京事,又隐藏着作者太多的秘密。"唐寅"二字被薛蟠讹为"庚黄",实在有些匪夷所思。庚黄,更皇也。那一天,紫禁城里换了皇上。薛蟠说,谁知他糖银果银,如果只比唐字读错,便是庚寅,那年五月初三日,正是庚寅日,五月初二日,正是己丑日。薛蟠说,明儿五月初三是他生日,那么今儿就是五月初二。为什么明明写五月初二,偏偏要从五月初三上往回推一天呢?因为在这书页里,在字里行间,作者悄悄地盖了的一方沉甸甸的印章。

八大山人一生有许多印章。我最爱他那枚小小的"廿日"章,像一只木屐,像一艘小船。三月十九,是崇祯皇帝殉国的日子,也是八大山人永远纪念永志不忘的日子,在他的许多画作中,我都看见一个奇怪的花押,细辨方才看出是三月十九四个字的复写。廿日,就是十九日的翌日。说文解字上讲,萌,昱日之意也。刻上二十日是为了记住十九日,昱日为萌,萌者,上亡下明也,正是亡明之意。我称这枚廿日章叫昱日章,又叫亡明印。多尔衮进京,正是亡明也,不写五月初二,却写明儿是五月初三,正是为了章上这一方亡明印也。

李自成自三月十九日占领北京,却因在一片石大战中大败,于四月三十日仓皇逃离北京。这时北京城中传言,五月初二日,关宁军大将吴三桂将拥立太子朱慈烺回京即位。北京城中人心振奋,一大早官员和百姓都备好卤簿、龙辇在朝阳门外跪地迎接。而这却是八旗军和吴三桂令人散布的假消息。吴三桂早已降了清,非诏不能入京。他们哪里等得来关宁军,只迎来了穿着奇装异服,拖着金钱鼠尾辫的八旗军。城中全无守城准备,只有将错就错把龙辇让多尔衮坐了。于是多尔衮率八旗军队不血刃进了北京城，多尔衮当天便在武英殿召见了明朝在京的大臣。

薛蟠正多尔衮之谓也。古董行的程日兴正与古董行的冷子兴遥遥一对。书中的古董商人最知兴衰更替，最懂做投机生意，见风使舵。程日兴所进献的鲟鱼又称中华鲟，鲟皇鱼，正是龙辇、帝座之意，而暹罗猪正是朱明之喻，至于莲藕，便是大明之子民，亦是英莲之喻也，瓜者，瓜分天下，正是江山社稷也。华夏江山，竟拱手送人！詹光、程日兴、胡斯来、单聘仁，乃沾光、承日兴、胡来、善骗人之谓也，这些人转舵投城本不足为奇，最可恨焙茗竟利用袭人替薛蟠骗出宝玉来，不是反叛又是什么！自古皇帝开基定国皆想向天下昭示自己得位之正，要上祭天帝，下安黎民。宝玉的通灵宝玉正喻传国玉玺，宝玉更兼紫微太一帝星之尊，所以薛蟠才会说："左思右想，除我之外，唯有你还配吃。"薛蟠问宝玉有什么送他的，正是向天帝讨封之意。宝玉说，"唯有我写一张字，画一张画，才算我的"，那究竟宝玉送字送画了没有呢？书中没有写，而我知道其实书中写了，是不写之写，宝玉的确送去了画。我见过八大山人画的鱼，瞪着令人胆寒的白眼，我也见过八大山人画的西瓜，其中一幅是《瓜鼠图》，一只贪得无厌贼眉贼眼的小老鼠，正站在西瓜上试图偷走这只大瓜。世人只知八大山人善画，却不知八大山人画中有书，《红楼梦》书中有画。真士大隐于世，一隐三百余年，世人浑然不知，奇哉！壮哉！

四、冯紫英的隐喻

正说着，小厮来回"冯大爷来了"。宝玉便知是神武将军冯唐之子冯紫英来了。薛蟠等一齐都叫"快请"。说犹未了，只见冯紫英一路说笑，已进来了。众人忙起席让座。冯紫英笑道："好呀！也不出门了，在家里高乐罢。"试问冯紫英是受邀而来，还是不请自来？一派英武之气，跃然纸上，大有侠士之风。宝玉薛蟠问安"老世伯"，紫英答道："家父倒也托庇康健。近来家母偶着了些风寒，不好了两天。"两天前的四月三十日，正应李自成仓皇离京，"偶着风寒"所喻极当。

薛蟠见他面上有些轻伤，便笑道："这脸上又和谁挥拳的？挂了幌子了。"冯紫英笑道："从那一遭把仇都尉的儿子打伤了，我就记了再不怄气，如何又挥拳？这个脸上，是前日打围，在铁网山教兔鹘捎一翅膀。"宝玉道："几时的话？"紫英道："三月二十八日去的，前儿也就回来了。"宝玉道："怪道前儿初三四儿，我在沈世兄家赴席不见你呢。我要问，不知怎么就忘了。单你去了，还是老世伯也去了？"紫英道："可不是家父去，我没法儿，去罢了。难道我闲疯了，咱们几个人吃酒听唱的不乐，寻那个苦恼去？这一次，大不幸之中又大幸。"此段文字亦有"真事隐"也。李自成的大顺军三月十九日进北京城之后，北方仍有吴三桂统率的关宁军和清朝八旗军的威胁。吴三桂在"和顺"和"降清"之间举棋不定，最终被劝降投清。三月二十八日，李自成抱着"志在必得，攻则必克"的信念，统帅军队前往山海关。他本打算坐镇北京，让心腹大将刘宗敏统军，而刘宗敏当庭怒怼道："你我都是强盗出身，凭什么你当皇帝享清福，让我去卖命？"李自成为稳军心，遂亲征。刘宗敏见状，也只好随军。大顺军与关宁军在山海关一片石地区激战，大败，撤退时又遇关宁军和八旗军的伏击与追击，损兵折将，伤亡惨重，大将刘宗敏亦负伤。出征时号称十万大军，回到北京城仅七千余人。李自成在北京匆匆办完登基大典后便仓皇而逃。苏门四学士张耒有诗云："铁网收明月，霜铓倒豫章。"冯紫英所言"铁网山打围"，正是山海关大战也，此战之后，清兵南指，正是"收明月""倒豫章"之痛也！神武将军冯唐者，李自成也，冯紫英者，刘宗敏也。兔鹘者，既是白鹰，又是契丹人、女真人之束带也。冯紫英铁网山打围被兔鹘所伤何意，不言而自明也。

薛蟠等众人请冯紫英且入席细讲，冯紫英却"果然不能遵命"，只是自领两大海，站着一气而尽。英豪爽直之人，令人羡煞。作者写冯紫英，贬中出褒也。宝玉定要冯紫英讲完"不幸而大幸"方走，冯紫英说他日特治一东专门来讲，说罢出门上马而去。此正为第二十八回书宝玉见蒋玉菡作伏。侠士之潇洒，一至于此。众人回来，依席饮了一回方散。

宝玉醉熏熏地回到怡红院，袭人接着。此时已是夜间，宝钗却突然造访。何喻也？薛蟠字文龙，却是蟠龙而非真龙，多尔衮为清朝的睿亲王，虽位极人臣，代行皇帝之事，却终身未登九五，并非天子。清朝的帝位，正应在薛宝钗身上。无论是清太宗皇太极还是顺治帝福临，皆需宝钗方来因应。薛宝钗进怡红院，正对应清朝皇帝入主北京城。只见宝钗走进来笑道："偏了我们新鲜东西了。"宝玉笑道："姐姐家的东西，自然先偏了我们了。"宝钗摇头笑道："昨儿哥哥倒特特的请我吃，我不吃，叫他留着请人送人罢。我知道我的命小福薄，不配吃那个。"说着，丫鬟倒了茶来，吃茶说闲话儿，不在话下。"配吃"之语，正照应薛蟠"唯有宝玉配吃"之前言。

更皇，更皇，北京城自此易姓矣！

且说黛玉见宝玉突然而去，心中也替他忧虑。至晚饭后，闻听宝玉来了，心里要找他问问是怎么样了。一步步行来，见宝钗进宝玉的院内去了，自己也便随后走来。刚到了沁芳桥，只见各色水禽都在池中浴水，也认不出名色来，但见一个个文采炫耀，好看异常，因而站住看了一会。水禽者，皆满臣也，人非物换，黛玉如何叫得出名来？再往怡红院来，只见院门关着，黛玉便以手叩门。捷足以先登，京畿已再失，叹叹！

谁知晴雯和碧痕正拌了嘴，没好气，忽见宝钗来了，那晴雯正把气移在宝钗身上，正在院内抱怨说："有事没事跑了来坐着，叫我们三更半夜的不得睡觉！"晴雯之怨宝钗，正是华夏身份。忽听又有人叫门，晴雯越发动了气，也并不问是谁，便说道："都睡下了，明儿再来罢！"晴雯勇直则勇直，然而浮躁多气，正是其短也。林黛玉素知丫头们的性情，他们彼此玩耍惯了，恐怕院内的丫头没听真是他的声音，只当是别的丫头们来了，所以不开门，因而又高声说道："是我，还不开么？"黛玉知晴雯为华夏之忠魂也。

晴雯偏生还没听出来，便使性子说道："凭你是谁，二爷吩咐的，一概不许放人进来呢！"黛玉不由气怔，又听见宝玉宝钗笑语之声，于是躲在花荫下，独自哭泣。可叹这世上许多事，皆从误会中来。

黛玉之哭，惊动花鸟，花魂默默无情绪，鸟梦痴痴何处惊，花魂鸟魂皆有喻也，与八大山人花鸟画合看，更见其妙。不明此回书，不知黛玉为何葬花。《葬花吟》字字泣血，非虚言也。

五、昱日章、亡明印与黛玉葬花之谜

《红楼梦》典太多,需用经史子集五车的书方可省得,《红楼梦》情太重,需用痴男怨女一生的泪方可解得。读第二十七回未下泪者,与此书无缘也。

此回书中点明"至次日乃是四月二十六日,原来这日未时交芒种节。"诸君可能会问,明明头天是五月初二日,怎么次日就是四月二十六日了?作者是否留下了一个天大的破绽?第一回开篇便说此书并无地舆邦国,朝代年纪。无为有处有还无,明写处必另有意旨。此书既以情入幻,我们何不如学庄叟之豁达,随作者之笔邀游天地,穿越时空,入这奇幻玄妙之境,何必对此拘泥执着,耿耿于怀?

至次日乃是四月二十六日,原来这日未时交芒种节。正是作者又悄悄盖了一枚昱日章,亡明印也。写次日是四月二十六日,便是让我们记住四月二十五日。芒种节,众花皆卸,芒便成亡也,芒种,亡种也。亡明亡种,何其悲也。午时一阴生,未时,阳消而阴长也。

至次日乃是四月二十六日,原来这日未时交芒种节。尚古风俗:凡交芒种节的这日,都要设摆各色礼物,祭奠花神,言芒种一过,便是夏日了,众花皆卸,花神退位,须要饯行。然闺中更兴这件风俗,所以大观园中之人都早起来了。那些女孩子们,或用花瓣柳枝编成轿马的,或用绫锦纱罗叠成千旄旌幢的,都用彩线系了。每一棵树上,每一枝花上,都系了这些物事。满园里绣带飘摇,花枝招展,更兼这些人打扮得桃羞杏让,燕妒莺惭,一时也道不尽。

虽然有无尽的悲凉,作者却将朝代更迭,华夷交变写得如此浪漫,海棠有知,必深深谢之。从未见何地有祭花神的风俗,但经作者写来,却似有此俗一般。作者最长于用典,亦长于现造今典,无论典与不典,今取其韵也。花者,华也,花神者,华夏之神也。清朝正式入主中原,正是众花皆卸,花神退位也。

本回书中主要写了四件事:宝钗扑蝶、探春求贤、小红朝凤、黛玉葬花,而黛玉葬花是本回以及全书的一个高潮。我们先看宝钗扑蝶。

宝钗刚要寻别的姐妹去，忽见前面一双玉色蝴蝶，大如团扇，一上一下迎风翩跹，十分有趣。宝钗意欲扑了来玩耍，遂向袖中取出扇子来，向草地下来扑。只见那一双蝴蝶忽起忽落，来来往往，穿花度柳，将欲过河去了。倒引得宝钗蹑手蹑脚地，一直跟到池中滴翠亭上，香汗淋漓，娇喘细细。宝钗也无心扑了，刚欲回来，只听滴翠亭里边嘁嘁喳喳有人说话。宝钗平素稳重端庄，扑蝶可是知书识礼女夫子行止？贾母口中常言"两个玉儿""一对冤家"，这一对玉色蝴蝶岂不是宝黛二玉之化身？蝶舞比翼蹁跹，何其浪漫？蝴蝶美丽却脆弱，岂经得住用团扇一扑？宝钗虽想扑，而蝴蝶灵巧，加之花柳掩护，竟穿花度柳而去。二玉身边，岂能无人哉？宝钗一时兴起扑蝶，但毕竟是大家闺秀，已然香汗淋漓、娇喘细细了，自然也就罢了，安有久扑之理？被说话声打断，正是"横截"法也。

从第二十四回书开始，书中陆续写出红玉与贾芸相遇、遗帕、相思、互恋之事。《风月宝鉴》写风月处，皆有大喻也。红玉自负才能，极想在怡红院出头，却被晴雯秋纹等一众元老打压，遇贾芸便染相思。贾芸被宝玉收为义子，郎将星官也，正是五官中郎将之谓，戎事之谓。红玉相思贾芸，贾芸亦留意红玉，正是红玉想总揽戎事，戎事又嘱意此人才之意也。红玉在怡红院有志难伸，甚为苦闷，却遇贾芸拾帕，并托坠儿归还，如何不喜。此际红玉和坠儿正在说此机密事，却恐外人听见。偏偏隔壁有耳，全被宝钗听得真切。

自古聆人之密，既是行间的最好时机，又是取祸的源头。宝钗在外面听见这话，心中吃惊，想道："怪道从古至今那些奸淫狗盗的人，心机都不错。这一开了，见我在这里，他们岂不臊了。况才说话的语音，大似宝玉房里的红儿的言语。他素昔眼空心大，是个头等刁钻古怪东西。今儿我听了他的短儿，一时人急造反，狗急跳墙，不但生事，而且我还没趣。如今便赶着躲了，料也躲不及，少不得要使个'金蝉脱壳'的法子。"犹未想完，只听咯吱一声，宝钗便故意放重了脚步，笑着叫道："颦儿，我看你往那里藏！"一面说，一面故意往前赶。那亭内的红玉、坠儿刚一推窗，只听宝钗如此说着往前赶，两个人都唬怔了。宝钗反向他二人笑道："你们把林姑娘藏在那里了？"坠儿道："何曾见林姑娘

第十章　黛玉葬花

了"。宝钗道:"我才在河那边看着林姑娘在这里蹲着弄水儿的。我要悄悄地唬他一跳,还没有走到跟前,他倒看见我了,朝东一绕就不见了。别是藏在这里头了。"一面说一面故意进去寻了一寻,抽身就走,口内说道:"一定是又钻在山子洞里去了。遇见蛇,咬一口也罢了。"一面说一面走,心中又好笑:这件事算遮过去了,不知他二人是怎样。宝钗这招"移祸江东"之计可谓绝妙毒辣,既为自己洗脱嫌疑,嫁祸于人,又有离间乱敌之奇效。想那林黛玉受此不白之冤,不但不能解释,连冤气、怨气从何来都不知道。崇祯帝与袁崇焕二人之相疑、决裂,皆从皇太极之离间计上来。君臣相猜,大事不济也!

红玉姓林,林红玉因与宝玉、黛玉的名字犯重,便改叫小红了。袁崇焕之名亦与崇祯的年号犯重也。小红正有袁崇焕之喻也。凤姐在山坡上见了小红,让她帮自己办事。而小红办得十分周全,便要认她做干女儿,并问小红是否愿意跟自己。凤姐干儿子干女儿干孙女的一大堆,正如"九千岁"魏忠贤收义子义孙门客众多。呜呼,小红朝凤正补明袁崇焕拜魏忠贤为义父而发迹之事也。袁崇焕官至辽东巡抚、兵部尚书兼右副都御史、督师蓟辽兼督登莱天津军务、太子太保等。取得宁远大捷、宁锦大捷,令关外之人为之胆寒,一生战功无数。然而他的发迹、败亡,全在这数回书中写尽矣!

我们再看探春求贤。贾政有一妻二妾。夫妻二人有一文一武,出将入相之喻。政之所及,有中央,有地方。正妻在中央,二妾在地方。二妾为周氏及赵氏,皆州郡藩镇之喻。周氏质朴无闻,正是君子周而不比,赵氏爱搬弄是非,时时肇事,正是小人比而不周。赵姨娘生一女一子。女曰探春,庶出却有理家之事,喻远支皇亲登九五之位。男曰贾环,品行低劣,粗俗不堪,正"家患"也。探春如光武再临,贾环如曹唐再世。

探春托宝玉帮她买东西,她说:"你拣那朴而不俗、直而不拙者,这些东西,你多多的替我带了来。我还像上回的鞋做一双你穿,比那一双还加工夫,如何呢?"至于什么是朴而不俗,直而不拙,探春说:"像你上回买的那柳枝儿编的小篮子,整竹子根抠的香盒儿,胶泥垛的风炉儿,这就好了。"是购物乎?是求贤也!是购物之标准乎?是求贤的标准也。第二十七回前多着笔薛林，至此渐出"三春"也。三春事业，复业大兴，不可不查也。宝玉的衣帽鞋袜从不让公中做，全是心腹人所做，探春为宝玉做鞋一事，宝玉需在贾政处隐讳，又被赵姨娘怨谤，正是写出庶出之难，旁支血亲得位创业之艰也。

宝玉因不见黛玉，便在大观园里登山度水来寻她。因见石榴凤仙等落花满地，便兜在怀里，奔黛玉葬桃花的花冢而来。却听得黛玉一边葬花，一边悲歌：

花谢花飞花满天，红消香断有谁怜？
游丝软系飘春榭，落絮轻沾扑绣帘。
闺中女儿惜春暮，愁绪满怀无释处，
手把花锄出绣闺，忍踏落花来复去。
柳丝榆荚自芳菲，不管桃飘与李飞。
桃李明年能再发，明年闺中知有谁？
三月香巢已垒成，梁间燕子太无情！
明年花发虽可啄，却不道人去梁空巢也倾。
一年三百六十日，风刀霜剑严相逼，
明媚鲜妍能几时，一朝飘泊难寻觅。
花开易见落难寻，阶前闷杀葬花人，
独倚花锄泪暗洒，洒上空枝见血痕。
杜鹃无语正黄昏，荷锄归去掩重门。
青灯照壁人初睡，冷雨敲窗被未温。
怪奴底事倍伤神，半为怜春半恼春：
怜春忽至恼忽去，至又无言去不闻。
昨宵庭外悲歌发，知是花魂与鸟魂？
花魂鸟魂总难留，鸟自无言花自羞。
愿奴胁下生双翼，随花飞到天尽头。
　　天尽头，何处有香丘？
未若锦囊收艳骨，一抔净土掩风流。
质本洁来还洁去，强于污淖陷渠沟。
尔今死去侬收葬，未卜侬身何日丧？

第十章　黛玉葬花

侬今葬花人笑痴,他年葬侬知是谁?

试看春残花渐落,便是红颜老死时。

一朝春尽红颜老,花落人亡两不知!

黛玉为何葬花?因为这一天是五月初三日,是清朝入主中原的第二日;是扬州十日的昱日;是永历帝遇难的昱日。昱日主祭,国祚已移,亡种亡明,能不祭乎?黛玉为总花神,必当由她主祭方妥。花者,华也,葬花即葬华也。一篇《葬花吟》,一文祭三事。神工妙笔,唯有双圈不尽,何敢用点金成铁之笔无知妄评?我观八大山人之花鸟画,感《葬花吟》中花魂与鸟魂,再将昱日章亡国印与《葬花吟》合观,泪下不止也!花影不离身左右,鸟声只在耳东西。此二句可解《葬花吟》,可解《红楼梦》,可解作者之密,可作禅语参。

国破山河在,城春草木深。感时花溅泪,恨别鸟惊心。黛玉葬花是一段难以解释的悲伤,而作者借宝玉来解释是最恰当的。当我们读出江山易姓之悲,亡国亡种之痛,便似目睹那千红一哭,万艳同悲,白骨露于野,千里无鸡鸣,惨绝人寰的乱离末世。这时对应原文,个中状味便可一一对应,榫楔不差。

原文道:林黛玉只因昨夜晴雯不开门一事,错疑在宝玉身上。至次日又可巧遇见饯花之期,正是一腔无明正未发泄,又勾起伤春愁思,因把些残花落瓣去掩埋,由不得感花伤己,哭了几声,便随口念了几句。不想宝玉在山坡上听见,先不过点头感叹,次后听到"侬今葬花人笑痴,他年葬侬知是谁""一朝春尽红颜老,花落人亡两不知"等句,不觉恸倒山坡之上,怀里兜的落花撒了一地。试想林黛玉的花颜月貌,将来亦到无可寻觅之时,宁不心碎肠断!既黛玉终归无可寻觅之时,推之于他人,如宝钗、香菱、袭人等,亦可到无可寻觅之时矣。宝钗等终归无可寻觅之时,则自己又安在哉?且自身尚不知何在何往,则斯处、斯园、斯花、斯柳,又不知当属谁姓矣!——因此一而二,二而三,反复推求了去,真不知此时此际欲为何等蠢物,杳无所知,逃大造,出尘网,使可解释这段悲伤。正是:花影不离身左右,鸟声只在耳东西。

原文之"无明"二字,读者可双圈,再三再四领会。不写无明之火,只有"无明"二字,必有深意。无即亡也,无明,亡明也,崩也。

或有无知无畏者以为黛玉作《葬花吟》乃无病呻吟，闻"发泄无明"，当明白《葬花吟》写作之旨也。泪目！叹叹！

六、配药的秘密

第二十八回主要写了三件事，一是宝玉为黛玉配药，二是冯紫英设宴，蒋玉菡情赠茜香罗，三是元春赐端午节礼，薛宝钗羞笼红麝串。我们且先看宝玉配药。入芝兰之室，久闻不知其香，入鲍鱼之肆，久闻不知其臭。王太医换成鲍太医，老祖宗和黛玉立刻感觉不好，黛玉仍然吃王太医配的药。宝玉却告诉王夫人，有一副丸药可以令黛玉一料不完就好了。群药是头胎紫河车，人形带叶参，龟大的何首乌，千年松根，茯苓胆之类，君药则是唬人得很，是古坟里的珍珠，至少也是别人头上戴过的珍珠。药方已够荒诞无稽，更荒诞无稽的是宝玉没有配成，倒是薛蟠求了宝玉二三年，又向凤姐求来了珍珠，竟然配成了。对于古坟珍珠，王夫人也感叹："阿弥陀佛，不当家花花的！就是坟里有这个，人家死了几百年，这会子翻尸盗骨的，做了药也不灵！"此药方如此奇怪，必有大喻，而有何隐喻呢？

书中凡医单药方，皆非医病医人，而是医国也。医家皆言官策士也。宝玉亲自开方，所喻便极大。黛玉之病，乃不足之症。紫河车、带叶参等，皆滋补之药，群者，臣也。而君药为珍珠，君者，帝也。皇帝姓朱，加以群臣戮力同心，则故国复振，百疾皆去也。此宝玉药方之喻。宝钗的药是冷香丸，此药当为暖香丸。一笑。

为何薛蟠也配成了呢？薛蟠者，多尔衮之喻也。翻尸盗骨，偷梁换柱，转移矛盾，笼络人心，正清朝入京之后的好手段也。进入北京城后，多尔衮等人皆震惊于华夏文明的堂皇正大，由衷感佩。正如薛蟠见了林黛玉，不由酥倒。进京的第二天，多尔衮除了下令安抚百姓之外，还办了一件重要的事情，就是下令为崇祯皇帝发丧。

为了此事，他还于五月四日这天，专门以顺治皇帝的名义，向大明的遗老遗少以及官员、军民下了一道谕旨，写道："流贼李自成原系故明百姓，纠集丑类，逼陷京城，弑主暴尸，括取诸王、公主、驸马、官民财货、酷刑肆虐，诚天人共愤，法不容诛者。我虽敌国，深用悯伤，今令官民人等为崇祯帝丧服三日，以展舆情，著礼部、太常寺，备帝礼具葬。"

但多尔衮的目的只是为了"配药治病"，收买人心，虽说"备以帝礼具葬"，但却不愿意拨银子，何况修故明的皇陵，修好了不为功，修坏了不为过，自然拖拖拉拉。前明宦官曹化淳向多尔衮及顺治帝请求负责修陵。多尔衮正巴不得有这个人。曹化淳得到同意后向明朝的遗臣遗民募捐，终于筹得资金，在督工督办下，明思陵虽然较其他帝陵寒酸，却渐有规制。明末许多遗臣遗民因帝陵为清朝所建，期待河山光复，不愿称之为思陵，而仿南宋攒宫制，称崇祯的墓葬为"攒宫"。

宝玉在王夫人处吃了饭，着急忙慌的要去见黛玉，却被凤姐拉住写个单子，单子内容为"大红妆缎四十匹，蟒缎四十匹，上用纱各色一百匹，金项圈四个。"宝玉道："这算什么？又不是账，又不是礼物，怎么个写法？"凤姐道："你只管写上，横竖我自己明白就罢了。"宝玉只得写了。明白了曹化淳募集物资修陵的缘故，就知那些募集的财物采买的丧仪之物，不敢乱书名讳用度，便成了"又不是账，又不是礼物""横竖我自己明白就罢了"的单子了。

宝玉去见黛玉，黛玉却在裁剪。堂堂大家闺秀，如何亲操裁剪之事？裁红布乃葬仪之俗也。宝玉配药，黛玉剪裁，正与昱日之祭，一脉相承也。

七、蒋玉菡之谜

宝玉本想和黛玉多说话，却被冯紫英差人请去赴宴。在冯紫英还席宴上，薛蟠已在那里久候，还有唱小旦的蒋玉菡、锦香院的妓女云儿。《风月宝鉴》是假风月，真春秋，冯紫英还席一段却是少见的真风月也。冯紫英的"又不幸又大幸"究竟是什么，不但薛蟠宝玉为之悬想，我等读者亦想快快揭晓也。

冯紫英脸上被兔鹘捎了一翅膀，是不幸也，此刻他的座上宾中有蒋玉菡，正是他的"大幸"也。后文邢岫烟说妙玉僧不僧，俗不俗，女不女，男不男，虽是《西厢记》中的旧话，却是此书的大机栝也。假作真时真亦假，女为男时男为女。《红楼梦》的女儿何等贵重，作者不是借喻为君王，便是借喻为将相。而真风月出现时却只有将女子写成男子了，所以书中男风之事极多。蒋玉菡，艺名琪官，妩媚温柔，名驰天下，正喻秦淮八艳也，主喻陈圆圆也！秦淮八艳虽为名妓，但个个才貌俱佳，深明大义，侠骨丹心，与当时的名士多有风流佳事，所行之义事，所秉的德操，让许多束发带冠的男子都自愧不如，不敢因是女流贱籍而轻之。她们个个忠君爱国，急公好义，后人闻其名亦当钦佩敬服才是，她们是：柳如是、李香君、董小宛、顾横波、陈圆圆、卞玉京、寇白门、马湘兰。

　　陈圆圆，名沅，字畹芬，江苏武进县金牛里人。父亲被称作陈货郎，家境清寒，后流落到苏州为妓。在梨园之中，无论是外貌还是曲艺，陈圆圆都十分出众，曾出演《红梅记》《西厢记》等。明末文人吴伟业所作《圆圆曲》，记述了陈圆圆与吴三桂的爱情故事，诗中"冲冠一怒为红颜"一句更是成为广为流传的点睛之笔。崇祯十六年，田弘遇设宴款待吴三桂，席间安排了陈圆圆作陪。吴三桂十分喜爱陈圆圆，田都督便将陈圆圆赠予吴三桂。吴三桂临行时留下千金为聘。闯王李自成率领大顺军进京后，为了招降吴三桂，将吴三桂全部家属收系作为威胁，包括其父吴襄。其麾下外都督刘宗敏好女色，听闻陈圆圆貌美，便派人寻找她，掠得陈圆圆。作为威胁，李自成领导下的大顺政权将吴氏家眷赶尽杀绝，并欲杀陈沅。然而，面对着李自成，陈圆圆却毫不畏惧，据理力争道："我听闻吴将军已经在披甲赶回的路上了，何必只是为了妾身而兴师动众一番。如今杀了妾身没有什么值得可惜的，只是恐怕妾身的死会不利于大王！为了大王谋划，应当让妾身来留住吴将军的心，我会劝说吴将军不要开战。"陈圆圆实盼吴三桂以"和顺"之名速速回京，荡平贼寇，拥立太子，再延大明国祚，万不可背明而降清。而吴三桂权衡利弊后，拒绝"和顺"，引清兵入山海关，多尔衮携顺治帝入主中原矣！吴三桂降清，是再三斟酌之后的身谋之法，他自己无君无父，岂是"冲冠一怒为红颜"？陈圆圆一介女流，心怀家国，含耻忍辱，侠骨丹心可敬可佩，却被说成红颜祸水，岂不冤哉？

　　冯紫英、宝玉、薛蟠、蒋玉菡、云儿等入席，滥饮无趣，宝玉行酒令，于是众人皆说曲儿唱曲儿。宝玉是令官，便先说道：

女儿悲,青春已大守空闺。女儿愁,悔教夫婿觅封侯。女儿喜,对镜晨妆颜色美。女儿乐,秋千架上春衫薄。

此《女儿曲》正是薛宝钗婚姻的伏谶。先续弦宝玉,后又续弦贾雨村,后文自有分晓。

云儿弹琵琶,宝玉又唱道:

滴不尽相思血泪抛红豆,开不完春柳春花满画楼,睡不稳纱窗风雨黄昏后,忘不了新愁与旧愁,咽不下玉粒金莼噎满喉,照不见菱花镜里形容瘦。展不开的眉头,挨不明的更漏。呀!恰便似遮不住的青山隐隐,流不断的绿水悠悠。

此《红豆曲》正是为黛玉而唱。王维有诗云:红豆生南国,春来发几枝,愿君多采撷,此物最相思。加上酒底"雨打梨花深闭门"所隐含的"行也思君,坐与思君"的诗句,表达着宝玉对黛玉深深的相思之情,"君"者,国君也。西北望长安,可怜无数山。作者一生怀念故国、先皇,用一生去垒坟,用一生去驮碑,真的是"空对着,山中高士晶莹雪,终不忘,世外仙姝寂寞林"。

秦淮八艳中的柳如是与钱谦益有一段风月佳话,钱谦益为柳如是修绛芸楼,又名我闻室,取《金刚经》"如是我闻"之意,又曾住红豆山庄。宝玉住绛芸轩,作《红豆曲》。作者对秦淮八艳的敬重由此可见,蒋玉菡之喻义由此可见。

冯紫英者,刘宗敏之喻也。他一生征战,先反明后反清,最后兵败被杀。他的酒底"鸡声茅店月"出自温庭筠的《商山早行》,此诗写尽征夫离人之情,又透出刘宗敏对陈圆圆的眷念与不舍。

薛蟠所说的曲虽粗鄙不堪,疑含嘲笑神武将军冯唐为乌龟,冯紫英为马猴之意。不表。

而蒋玉菡的酒底,却很值得玩味。他拿起席上一枝木樨说道:"花气袭人知昼暖"。木樨者,桂花也。我们皆知袭人姓花,却不知是什么花。袭人判词有云:"枉自温柔和顺,空云似桂如兰。堪羡优伶有福,谁知公子无缘。"判词中之"似桂"与席上之木樨,皆将袭人指向一个人,正是山海关总兵吴三桂是也。吴三桂曾想"和顺",后弃"和顺"之策而降清,亦正是"枉自温柔'和顺'"也。花袭人本为宝玉的准姨娘，最后"嫁"给蒋玉菡，正喻吴三桂之背明，以及与陈圆圆之事，正是"堪羡优伶有福，谁知公子无缘"。宝玉袭人互换汗巾，而宝玉的汗巾原是袭人的，蒋玉菡的汗巾后又系在袭人腰间，袭人蒋玉菡姻缘由此而成，宝玉正是媒红也。呜呼，观《红楼梦》，应识其类比综错，假作真时真亦假，无为有处有还无，男作女时女作男，嫁为娶处娶为嫁。

袭人之喻甚大，花珍珠，右衽袍之华夏，花袭人，左衽袍之夷狄。袭者，偷袭也。华夏之股肱重臣，失节而投夷狄。非只喻一人一事，实喻一干易姓的二臣叛将也，而吴三桂最为典型，为主喻也。

袭为钗副，袭人虽在宝玉身边，然而蟾宫已被折桂，袭人之心处处向着宝钗，时时事事皆维护金玉良缘。元春端午节赐节礼，惟宝玉和宝钗的是一样的，黛玉与三春姐妹的是一样，袭人也有意无意让宝玉作"元妃赐婚"之想。端午，恶月恶日也，五月初五日，楚大夫屈原哀郢怀君而投江，孝女曹娥投江寻父，伍子胥被含屈沉江，这一日乃忌日也，只宜驱邪去秽，怎宜议论婚嫁？

元春，贾家之正人，驱鬼镇宅之正神，况元、迎、探、惜四春与黛玉为华夏五帝座之局，更是同气连枝，岂会主张金玉良缘？

宝玉与黛玉孩提时同息同止，同卧同坐，青梅竹马，总角之交，这才有夫妻之喻。元春分别赐予宝玉和宝钗芙蓉簟、凤尾罗，各自归寝，恰似春云秋水，则有管宁与华歆割席断交之意，又怎能会是赐婚呢？

宝玉的情榜为情不情，见宝钗戴着元春所赐的红麝串，便忍不住要看。麝香最是催情之物，是故宝玉见宝钗之酥臂，不由想入非非，恰如黛玉所言之"呆雁"。而黛玉的情榜为"情情"，花签为芙蓉。宝钗的情榜虽是"无情"，却是脸若银盆，眼似水杏，唇不点而红，眉不画而翠，花签为富贵之极的牡丹，比林黛玉另具一种妩媚风流。罗隐有诗说得极好，诗曰："似共东风别有因，绛罗高卷不胜春。若教解语应倾国，任是无情亦动人。芍药与君为近侍，芙蓉何处避芳尘。可怜韩令功成后，辜负秾华过此身。"秦观秦少游秦太虚有词说得极好，词曰："妙手写徽真，水翦双眸点绛唇，疑是昔年窥宋玉。东邻，只露墙头一半身。往事已酸辛，谁记当年翠黛颦，尽道有些堪恨处。无情，任是无情也动人。"将钗、黛二人尽入词中，钗黛合一，真有太虚幻境之妙也。叹叹！

八、清虚观打醮之谜

第二十九回"享福人福深还祷福"可与第十八回"天官赐福"及第七十三回"懦小姐不问累金凤"及第七十九回"贾迎春误嫁中山狼"合看。五月初一至初三,清虚观打平安醮,正是"真事隐"也。清虚观打醮,贾府主子丫鬟管家小厮几乎合府出动,连薛姨妈宝钗母女都去看戏,足见此次打醮规模之大,规格之高,远非普通的祷福法事。道家有罗天、周天、普天三大醮,均需天子批准,其中周天、普天大醮更是需天子亲临主祷,祈五谷丰登,国泰民安,并占问国运。清虚观打醮的主事法官张道士是当年荣国公的替身,先皇亲呼"大幻真人",掌管"道录司",今封为"终了真人",王公藩镇呼为"神仙",正应他是道门中地位最高的紫袍道人,正应此次打醮之规格。宝钗、黛玉出行共乘的翠盖朱缨八宝车,迎春、探春、惜春共乘的朱轮华盖车皆为龙凤之车,指向天子銮舆,岂可轻乎?

剪烛花的小道士乱窜,与凤姐撞个满怀,实为不祥之兆。贾珍责骂贾蓉等人不守规矩,令小厮啐他,诸君或谓贾珍教子无方,面啐太过,实不知法事庄严,贾珍身为族长,不可不训斥警戒。

此次打醮,究竟有何深喻?虽经甲申国变,神京陷落,君王死节,然而江南广大地区以及江北四镇,仍在明朝的控制之下,半壁江山犹在。南京作为明朝的副都,一直有一套健全的官制体系。国不可一日无君,南京的官僚开始议立新帝。因崇祯帝的太子及其他儿子下落不明,新君人选便有很大争议。彼时,存在两个认同较为广泛的主张,一是福王朱由崧继承大统,二是应该册立明神宗之侄潞王朱常淓。四月二十六日,张慎言、高弘图、姜曰广、李沾、郭维经、诚意伯刘孔昭、司礼太监韩赞周等在朝中会议,李沾、刘孔昭、韩赞周议立福王,议遂定以福王继统,告庙并修武英殿。这正是张道士口中的"四月二十六日遮天大王圣诞"。五月初一日,在南京的众臣躬迎福王朱由崧,五月初三日,朱由崧正式称监国。这便是清虚观打醮祷"福",祷的正是"福王",元春正月十五"天官赐福",赐的也正是"福王"。五月十五日,朱由崧正式即皇帝位,次年改年号为弘光。

五月初一日清虚观打醮有一插曲,便是张道士为宝玉提亲。张道士为主事法官,作者并无褒笔,亦无贬笔,诸君切不可误读。宝玉有紫微太一之喻,他的尊贵无可比拟,钗黛以及四春姐妹虽有皇帝之喻亦不能及,更遑论祖母的其他儿孙。所以张道士说"宝玉有国公爷的稿子"。王朝开基,皆须祷告上苍,"受命于天",方为得位正,方可"既得寿昌"。妾可多位,妻只一名。张法官所谓提亲,自是指向宝钗。然而法官不敢造次,必先指示贾母。宝钗黛玉,谁才是正宫呢?清朝与南明并立,谁才是正统呢?宝钗、黛玉、贾母、薛姨妈皆在现场,气氛顿时有些暗流涌动,剑拔弩张。贾母以和尚说宝玉不宜早娶轻轻化去,熙凤以大姐的记名符发问轻轻岔开,提亲之事便就此绾住。

张道士向宝玉请玉,后又还玉,送上各种法器,正是"祷福"的程序也。请玉,弘光朝方名正言顺,还玉上,送上法器,正是祷告上苍之意。贾母、宝玉本不愿收礼,终归却不过,勉强收了。

众人在神前点戏,又是有大喻的文章。

贾珍向贾母回话,共点了三本戏。第一本戏是《白蛇记》。《白蛇记》讲的是汉高祖斩蛇方起首的故事。汉高祖刘邦为泗水亭长时,押送徭役去骊山修陵,走到丰西泽,酒醉,因念到大家此去九死一生,便叫众人各自逃命,自己也准备逃命了。而有十几名壮士愿意跟随。路遇大白蟒蛇拦路,众人皆要退,刘邦说:"壮士行何畏?"乘醉拔剑将大蛇斩为两段。走了几里地,刘邦醉得倒地而卧。而后到者却遇一老婆婆当路哭泣,诉说她儿子是白帝子,化为白蛇,却被赤帝子斩了。众人皆知刘邦为赤帝子。后刘邦亡秦灭楚,建立大汉王朝。然而白蛇虽被斩杀,常思报仇,寻思道:"你将我从中斩为两段,我也将你汉室江山从中斩为两段。"于是西汉末年,便有王莽建立新朝篡汉。此正"白帝子复仇"也。然而王莽不得天意人心,不久便有刘邦的后人刘秀,这位位面之子光武中兴,再延汉祚。汉朝国祚约四百年,西汉东汉各占约两百年,新朝王莽正好从中而断。传说汉光武帝乃紫微星临凡,书中贾府之先贾复便是光武帝麾下云台二十八将之一。云台二十八将,正对应天上二十八宿。这存周继汉的故事,对南明实是一种鼓舞。汉为火德,明朝亦为火德。甲申国难，国祚虽被李闯的大顺所篡，若南明在南京还能延二百余年国祚，倒也十分可喜。

第二本戏是《满床笏》。唐朝汾阳王郭子仪出将入相，既富贵又寿考，七子八婿，皆为朝廷显官。子仪公做寿那天，家人拜寿时把笏放在两边桌上，竟致堆满。后人将此编为戏曲，剧目就叫《满床笏》。安禄山起兵叛乱，郭子仪任朔方节度使，在河北击败史思明。肃宗即位，郭子仪任关内河东副元帅，配合回纥兵收复长安洛阳，因功升中书令，后进封汾阳郡王。代宗将升平公主许配给子仪公六子郭暖为妻。他功盖天下而主不疑，位极人臣而众不疾，穷奢极欲而人不非，年八十五而终。德宗尊他为"尚父"，追封他为太师，赐谥"忠武"。其将佐致大官、为名臣者甚众。汾阳王"满床笏"故事是许多仁人志士忠君报国的崇高理想。神前点戏《满床笏》，仿佛预示南明朝廷将出郭子仪一般的中兴名臣，戡平叛乱，亦吉兆佳谶也。

前两本戏本已极佳，奈何第三本戏是《南柯梦》。淳于棼做梦到大槐安国做了南柯郡太守，享尽富贵荣华，醒来才知是一场大梦，大槐安国就是住宅南边大槐树下的蚁穴。贾母听《南柯梦》之名，便不言语。南明终究不是东汉，亦不如东晋和南宋。三春事业付东风，明月梅花一梦。叹叹！

且说宝玉将张道士所送的一盘子贺物翻与贾母看。贾母因看见有个赤金点翠的麒麟，便伸手拿了起来，笑道："这件东西好像我看见谁家的孩子也带着这么一个的。"宝钗笑道："史大妹妹有一个，比这个小些。"贾母道："是云儿有这个。"宝玉道："他这么往我们家去住着，我也没看见。"探春笑道："宝姐姐有心，不管什么他都记得。"林黛玉冷笑道："他在别的上还有限，唯有这些人带的东西上越发留心。"宝钗听说，便回头装没听见。宝玉听见史湘云有这件东西，自己便将那麒麟忙拿起来揣在怀里。一面心里又想到怕人看见他听见史湘云有了，他就留这件，因此手里揣着，却拿眼睛瞟人。只见众人都倒不大理论，唯有林黛玉瞅着他点头儿，似有赞叹之意。贾、薛、王、史，虽不似贾薛二家阴阳之喻，然史家自成一家，亦必有大喻也。此段伏第三十一回后文。

众人正看戏，贾珍贾蓉媳妇婆媳去而复返，冯紫英也来送礼。何喻也？除清朝皇帝、南明皇帝外，李自成、张献忠皆称皇帝，人人皆想

"受命于天""奉天承运"。大争之世，日月双悬，幻日幻月，大乱如此，悲哉！哀哉！

宝玉因嗔着张道士与他说了亲，口口声声从今以后不见张道士了，别人并不知是什么缘故，黛玉回家又中了暑，因此二事，第二天贾母也执意不去了。凤姐只好带其他人去。清观虚打醮，本是大适意事，偏生出种种不适意事来。此皆天然至情至理必有之事。二玉各怀心事，相互试探印证，本是求近之心，反弄成疏远之意。因黛玉言及金玉之论，宝玉发狠，摔玉砸玉，赌身发誓，黛玉伤心痛哭，病势日沉。因袭人一句"你不看别的，你看看这玉上穿的穗子，也不该同林姑娘拌嘴"，黛玉便不顾病剪了那穗子。正为第三十五回"黄金莺巧结梅花络"作伏。终因贾母一句"不是冤家不聚头"，二人一个在怡红院，一个在潇湘馆，各自如参禅般悔悟。此正是"痴情女情重愈斟情"也。

至于弘光一朝如何，便需与第七十三回和第七十九回写迎春的文章合看方妙。迎春正应弘光朝的皇帝宝座，迎春二月初二生，春信已至，一阳复始，气象更新，却始终失之以懦，加之遇人不淑，不得亨通也。

迎春一生的命运，仿佛令人拨弄的算珠，让人拿捏的棋子，懦而无刚。她的婚事，可谓毫无征兆，突然而至，迅疾无比，争议颇多，却又匆匆了事。迎春嫁给了孙绍祖。而孙绍祖，正朱由崧之谓也。朱由崧，又称小福王，为明神宗万历皇帝朱翊钧之孙，老福王朱常洵之子。万历皇帝在位时，因立太子之事，出现了著名的"国本之争"。明神宗不喜欢王恭妃所生的皇长子，却加倍宠爱郑皇贵妃，并且有意立其子皇三子朱常洵为太子，却受到大臣与慈圣皇太后极力反对。明神宗与群臣争论达十五年之久。直到万历二十九年，朱常洛才被封为太子，朱常洵被封为福王。但是福王迟迟不离京就任藩王。直到万历四十二年，李太后病逝，舆论对郑贵妃不利后，福王才离京就藩，太子朱常洛的地位也因而稳固。梃击、移宫、红丸三大疑案皆发生在朱常洛身上，仿佛是国本之争的余波。《红楼梦》书中开篇不久便以贾敏之"密"喻之。国本之争，开启了东林党争的序幕，南明时期，朝堂之上，依然是党争不息。南京议立新帝，亦是争论不休。小福王朱由崧因是神宗万历帝之孙，血缘最近而被拥立，孙子因祖父而立，是谓"孙绍祖"也。第七十九回迎春误嫁的中山狼孙绍祖正喻弘光帝朱由崧。南京兵部尚书史可法、户部尚书高弘图、吏部尚书张慎言、兵部侍郎吕大器及姜曰广一班大臣认为：朱由崧是神宗孙子，论序当立，但他亦有七不可立，贪、淫、酗酒、不孝、虐下、不读书、干预有司。是故关于迎春的婚事，贾母不十分称意，贾政深恶孙家，历数不可嫁的道理，两次劝谏贾赦。无奈迎春的生父贾赦不听，只得作罢。贾赦邢夫人，正是南京朝廷将相之喻也，而贾赦将迎春许给孙绍祖正喻权臣马士英拥立朱由崧登帝位也。拥立大功，大赦天下，故名"赦"，与皇帝有恩，故字"恩侯"，贾赦，正马士英之喻也。第八十回迎春回娘家，哭哭啼啼的在王夫人房中诉委屈，说孙绍祖"一味好色，好赌酗酒，家中所有的媳妇丫头将及淫遍。略劝过两三次，便骂我是'醋汁子老婆拧出来的'。又说老爷曾收着他五千银子，不该使了他的"。正是状出弘光帝朱由崧的七不可立，以及朱由崧与马士英的利益交换。呜呼，尊贵崇高之帝位，由此亵渎，复兴之大业，由此开端，不亦悲乎！

第十一章　竹林隐士

一、金钏投井

　　木石前盟，虽小隙嫌猜，终情出自然，金玉良缘，虽明媒暗保，终牵强斧凿。当老祖宗婉拒婚姻，关心二玉，当二玉重归于好，当凤姐让二玉对赔不是，倒像"黄鹰抓住了鹞子的脚"，两个都扣了环了，宝钗之心情何以堪？所以当宝玉找她陪话，她胸中之热毒上涌，心中之怒意便几乎不可遏止。没有眼色的小丫头靛儿找扇，像往常一样和宝钗笑道："必是宝姑娘藏了我的。好姑娘，赏我罢。"宝钗便借机发散热毒，双敲二玉，指她道："你要仔细！我和你顽过，你再疑我。和你素日嘻皮笑脸的那些姑娘们跟前，你该问他们去。"宝钗乃大家闺秀，举止言行自有风度，醋妒失态，通部书只此一写。藏扇，藏善也，黛玉平素认为宝钗伪善藏奸，常出言讥刺，宝钗心知肚明，却藏愚守拙，不愿将不满说出，此际盛怒之下方才道出。通部书也只此一处。薛林并称，明满对立，水火不相容，实难调停。偏生宝玉有求水火既济之痴病，烦恼由是多矣。

　　宝玉不是一不小心得罪了颦儿，就是得罪了宝儿，不是怕颦儿多心，就是怕宝儿多心，实在辛苦。于是来到王夫人房里找金钏陪话。

　　宝玉上来便拉着金钏的手，悄悄地笑道："我明日和太太讨你，咱们在一处罢。"金钏儿不答。宝玉又道："不然，等太太醒了我就讨。"金钏儿睁开眼，将宝玉一推，笑道："你忙什么！'金簪子掉在井里头，有你的只是有你的'，连这句话语难道也不明白？我倒告诉你个巧宗儿，你往东小院子里拿环哥儿同彩云去。"宝玉笑道："凭他怎么去罢，我只守着你。"只见王夫人翻身起来，照金钏儿脸上就打了个嘴巴子，指着骂道："下作小娼妇，好好的爷们，都叫你教坏了。"宝玉见王夫人起来，早一溜烟去了。

王夫人这一巴掌打金钏，与后文宝玉那一脚踢袭人可以互照也。北京危急之时，崇祯帝连下三道谕令吴三桂火速回京勤王救驾，两天的路程吴三桂磨磨蹭蹭走了十八天，说什么"你忙什么，金簪子掉在井里了，有你的只是有你的"，还说什么"去拿环哥儿和彩云"，走到半路，皇帝早被李闯逼得自尽了。婢女恃宠而骄，权臣恃势挟主，如何不令王夫人动怒？后文金钏投井，宝钗献衣做妆裹，正喻吴三桂投清之事也。投井，投清也。薛家，夷狄也。夷狄着左衽袍，死人妆裹亦为左衽袍，金钏生时就曾穿过宝钗的衣服，死后以宝钗之衣做妆裹，甚当也。《红楼梦》书中，鬼者，夷狄也，非神魂俱灭也。他日大观园鬼魂作祟，正金钏之谓也。不解其意，错会宝玉淫乱母婢，王夫人刻薄寡恩，皆正照风月鉴也。

　　龄官划蔷一段需与后文"识分定情悟梨香院"同解作注方妥，此处不表。

　　伏中阴晴不定，片云可以至雨，忽一阵凉风过了，唰唰地落下一阵雨来。看似写天气，实状时局风云诡谲。宝玉淋得落汤鸡一般跑回怡红院，而怡红院中众丫鬟和众戏子正与水禽玩耍。水禽者，八旗子弟之喻也。主导者，袭人也。不令开门者，袭人也。终于还是袭人发现是宝玉开了门，而宝玉这一脚刚刚踢上。王夫人掌掴金钏，宝玉脚踢袭人，大异平常之行为。然全在一回书中，深意寓焉。金钏与袭人，二人哉？一人哉？冤哉？不冤哉？

　　爱众不常，多情不寿。风月情怀，醉人如酒。

二、晴雯撕扇

　　我读第三十一回书，时时感念作者的满腔赤诚，心内感佩不已。作者不但自己悟道，亦在引领万千读者一起悟道，作者不但自己阅人阅世、超凡入圣，亦在引领万千读者阅人阅世、超凡入圣。随作者之笔证悟《红楼梦》，便是学《易》证卦，便是格物致知、参玄悟道。作者慈悲无量，弘法普世，令人无限神往钦敬。

　　第三十一回前半部"撕扇子作千金一笑"，若只以周幽王千金买褒氏一笑的典故来解宝玉晴雯这对主仆，便入迷津死地也。第三十回靛儿疑宝钗藏扇，第三十一回便出晴雯撕扇，岂无玄机可参？一阴一阳之谓道，晴雯勇直，一心一意，喻束发右衽之华夏，袭人曲佞，三心二意，成披发左衽之夷狄。晴为黛影，袭为钗副，晴雯之撕扇，若不类比综错来看，或有牵强附会之解，小失而大遗，必不可得正解也。

宝玉"无意"踢中袭人软肋，袭人由是吐血。袭人见了自己吐的鲜血在地，也就冷了半截，想着往日常听人说："少年吐血，年月不保，纵然命长，终是废人了。"想起此言，不觉将素日想着后来争荣夸耀之心尽皆灰了，眼中不觉滴下泪来。中华民族的生死观里，有些人虽死犹生，可永垂不朽，永享祭祀；而有些人虽生犹死，会遗臭万年，生时已担无尽骂名。袭人软肋被踢，吴三桂汉奸之名被坐实，纵有百年之寿，亦是千夫所指，生不如死，恶名远扬，纵有锦衣玉食，也只是未埋入土的废人一个。

袭人也好，吴三桂也罢，何尝不想自己有个好名声？是故袭人被踢，又羞、又气、又痛，置身无地。及至吐血，不愿声张，只想神不知鬼不觉的悄悄调治。

晴雯跌扇之日正是五月初五日端午节，蒲艾簪门，虎符系臂。这个五月，真乃多事之秋也，合府上下老少人等因近日所发生的事都"很没有意思"，宝玉更是闷闷不乐。晴雯不防将扇股跌折，宝玉因叹道："蠢才，蠢才！将来怎么样？明日你自己当家立事，难道也是这么顾前不顾后的？"宝玉素日怜香惜玉，对丫鬟们也愿俯低就小，晴雯不过跌了扇子，为何说得如此严重？补天济世，需用大才，袭人晴雯为左辅右弼，袭人眼见不可指望，如何不重寄于晴雯？寄望越重，责之越苛也。"当家立事"四字，谓希望晴雯将来能独当一面，岂可马虎看过？

晴雯勇直，敢于犯颜回怼宝玉，多言及袭人之事。袭人出来解劝，因言及"好好的，又怎么了？可是我说的'一时我不到，就有事故儿'。"，以及自称"我们"，引得晴雯一顿冷笑与批驳。如果奶妈李嬷嬷骂袭人是人身攻击，而袭人则是历数其罪，并说"我倒不知道你们是谁，别教我替你们害臊了！便是你们鬼鬼祟祟干的那事儿，也瞒不过我去，那里就称起'我们'来了。明公正道，连个姑娘还没挣上去呢，也不过和我似的，那里就称上'我们'了！""鬼鬼祟祟"四字，藏着多少秘事。袭人示人以温柔和顺，晴雯偏偏点出"枉自"二字，袭人示人似桂如兰，晴雯偏偏揭穿"空云"二字。《红楼梦》中的"姑娘"，皆为帝王化身，帝王方可称朕，方可称孤道寡，"姑娘还没挣上，就称我们"，直言袭人僭越之大罪。

晴雯之言，切中要害，果真让袭人羞愧得满脸紫胀，想一想，原来是自己把话说错了。宝玉一面说："你们气不忿，我明儿偏抬举他。"清朝康熙皇帝平定三藩时，吴三桂果在衡阳称帝，国号大周，暗应此语。

宝玉、袭人、晴雯三人竟闹得不可开交。倒是黛玉到来，解开三人。她不劝宝玉、晴雯，却呼袭人为"好嫂子"。想那袭人再怎么得势，此时岂敢觊觎成为宝玉之正妻，蟾宫之桂岂敢与木石前盟、金玉良姻争衡？

一时黛玉去后，就有人说"薛大爷请"，宝玉只得去了。原来是吃酒，不能推辞，只得尽席而散。宝玉晚间回来，千方百计哄晴雯，为博晴雯一笑，便拿自己的扇子让她撕，还拿麝月的扇子给她撕。其实晴雯的撕扇，不在此时，反而在于日间的怼宝玉、讥袭人也，撕开那遮遮掩掩，撕开那鬼鬼祟祟，撕开那二臣本心，晴雯正勇直之忠臣也。晴雯并不是胡搅蛮缠不识进退的愚婢蠢臣，见宝玉让她撕扇，已知宝玉之心，心满意足，适可而止，此事就此绾住。

三、史湘云论阴阳

次日，王夫人、宝钗、黛玉及众姐妹在贾母处，听闻史湘云来了。大家欢欢喜喜地迎接她，你一言我一语地打趣她爱穿别人的衣服。"历史是任人打扮的小姑娘"，正史湘云之谓也。后文宝钗和袭人议论说，史湘云在史家一点也做不了主。真实的历史要写下来会受太多的政治干扰，史官多有不敢做主、不能做主的地方，信史之留传实难。尤其是朝代更迭大争之世，篡史改史毁史之事层出不穷。因修史而取祸横死者也不可胜计。正因为如此，书中的史湘云才更加可爱，更加了不起。众人还说史湘云最爱说话，咭咭呱呱，笑一阵，说一阵，也不知哪里那么多话。众人口中所描所绘，皆史家的特点也。史湘云还爱和别人同住，爱和姑娘们、丫鬟们玩耍，与南安太妃等也非常熟悉。正如当年太史公司马迁不但阅读群书，而且足历天下，遍寻遗迹，感受风俗，收集放失旧闻，这一切都为求得信史。太史公宁受宫刑之辱而不死，知死有重于泰山，亦有轻如鸿毛者，传史之大任，胜于生命，是忍辱含耻也要背负之重也。将史书藏之名山备其份，万不让其泯灭于后世也。史湘云有中华史官之重喻，亦是作者之史笔也。

湘云此来，还为荣府的四位大丫鬟带来了礼物。这四位分别是贾母的大丫鬟鸳鸯，王夫人的大丫鬟金钏，宝玉的大丫鬟袭人，凤姐的大丫鬟平儿。这四人在荣国府除主子之外地位举足轻重，仿佛房子的四梁八柱。湘云所带来的礼物乃是绛纹石戒指。绛者，红也，朱也。纹者，文采也。金玉追炼约于指间曰戒指。戒指，约也，止也，戒止也，有自持自戒之意，且警示他人勿动非分之念，如秦罗敷之却使君"使君自有妇，罗敷自有夫"。湘云之送戒指，物虽微意思却深长也。

湘云离了贾母处，见了凤姐，又见了李宫裁，放了随行众奶娘、丫头的假，只令翠缕服侍，往怡红院找袭人。

翠缕向湘云问起荷花，并赞起大观园的榴花楼子上起楼子。唐李建勋有《重台莲》诗写荷花起楼子，其中有两句曰："自为祥瑞生南国，谁把丹青寄北人"。明朝衣冠渐已南渡。榴花为五月花神，荷花为六月花神，在《红楼梦》中，皆寄托着作者的无尽深意。我常观八大山人画中的荷花、榴花、海棠、梅花，再听湘云所言"花草同人一样，气脉充足，长得就好"，参红楼花语，悟以花拟人、以花传情之意，常常不禁下泪也。

湘云说："天地间都赋阴阳二气所生，或正或邪，或奇或怪，千变万化，都是阴阳顺逆。多少一生出来，人罕见的就奇，究竟理还是一样。"此论可与第二回书中贾雨村《正邪两赋论》合看。湘云耐心地和侍儿翠缕论阴阳，灵活宛转之笔，却是在向读者讲此书写作之法，亦是捧出赤心来传道也。细细冥思，便可见《红楼梦》之机栝。写《红楼梦》亦是解《易》，读《红楼梦》亦是参《易》也。《红楼梦》之弘道普世，正如太一之精向刘向讲天地未分之前，讲天人合一，传《洪范五行》之书。作者之心，何等慈悲！作者殷殷之情，盼有知音，几乎泣

第十一章　竹林隐士

血，我等读者岂能一直梦而不觉，迷而不悟？

讲了半天，翠缕终于拍手笑道："是了，是了，我今儿可明白了。怪道人都管着日头叫'太阳'呢，算命的管着月亮叫什么'太阴星'，就是这个理了。"湘云笑道："阿弥陀佛！刚刚的明白了。"日月双星，正是明也，正是易也。谁说《易》不可以普世，翠缕亦可识阴阳，天下人人皆可读《红楼》也！各得其时，各正其位，风调雨顺，物阜民丰，天下皆安，圣人之愿也！

有其主必有其仆，憨湘云的话多，翠缕的话也不少。翠缕问阴阳，从物问到人，又从人问到物。渐渐问到了金麒麟。湘云说飞禽走兽皆分阴阳，雄为阳，雌为阴，牝为阴，牡为阳。而至于自己所配的金麒麟是公是母，她自己也说不清。此正为"拾麟"作伏。作者上下文的承接真是妙绝。

二人一面说，一面走，在蔷薇花架下捡到宝玉遗失的那只又大又有文彩的金麒麟，翠缕笑道，这下可分出阴阳了。龙、凤、龟、麒麟，为"四灵"。麒麟，瑞兽也，又喻经史，其中雄为麒，喻经，雌为麟，喻史。麒麟的出现是天下一统、太平兴盛的祥瑞象征。春秋之后，麒麟的现世与否甚至被作为判定君王德行的标准，古人认为若君王不施德政，则麒麟不现；麒麟现世，则表示君王贤德、政治清明。而此处之拾麟，却含"获麟绝笔"之意。

鲁哀襄公二十二年，孔子之母颜征在怀孕后祈祷于尼丘山，遇一麒麟而生孔子。鲁哀公十四年，鲁公与大臣狩猎，捕获一头异兽，已受重伤，奄奄一息。孔子往视之，麟也。天下有道，则凤凰来仪，麒麟在郊。孔子看到麒麟负伤，悲痛不已，感慨万端，叹曰："唐虞世兮麟凤游，今非其时来何求？麟兮麟兮吾心忧。"不久，麒麟不治而亡。孔子痛哭道："河不出图，洛不出书，吾道穷矣。"孔子遇麟而生，又见麟亡，从此辍笔不再写《春秋》。那年，孔子七十一岁，以后不再著书。两年后，孔子去世。李白《古风诗》曰："希圣如有立，绝笔于获麟。"《风月宝鉴》亦《春秋》，今见拾麟，想麟凤现于末世，"凡鸟偏从末世来"，想当日作者心中发"吾道穷矣"之叹，心常耿耿。

四、宝黛之交

嵇志清峻，阮旨遥深。第三十二回出嵇康也。

宝玉和湘云相见，便要将麒麟给她看，摸掏半天却原来早被湘云捡到。史湘云拿出那大金麒麟来，笑道："幸而是这个，明儿倘或把印也丢了，难道也就罢了不成？"宝玉笑道："倒是丢了印平常，若丢了这个，我就该死了。"官员丢了官印，可是了不得的大事，轻则罚俸，重则贬官入刑。而宝玉本无心仕途，故而"丢了印平常"。麒为经，麟为史，宝玉湘云正是经史的守护者，所以"若丢了这个，我就该死了。"因麒麟伏白首双星，一生守护经史者，正宝玉、湘云也。诸君细思，前出秦钟、鲸钟，又出金锁，今又出金麒麟，怀金悼玉，究竟怀的何金？悼的何玉？

袭人恭喜湘云大喜，暗示湘云被提亲。而湘云脸色羞红不语，暗示湘云对婚事之不喜。女儿未嫁将未降，所谓婚姻者，往往谓屈身失节于人，诸君千万留意。湘云亲手为袭人送戒指，而袭人却早得了。湘云前些日曾托人给住在贾府的姐妹们送来了戒指，不想宝钗早转赠给了袭人。宝钗重人而轻物，如此待袭人，粗看可敬，细思恐极。湘云、袭人于是在宝玉面前论及钗、黛二人。

湘云是史家之客，袭人是贾府之婢。而黛玉乃贾母认定之贾府正主，宝钗乃久留不去之客。湘云论林论薛乃史家秉直之笔，袭人褒薛贬林乃吃里爬外之心，湘云袭人初心不一，立场各异，不可混同，读书时能不慎识乎？

湘袭二人正说着，有人来回说："兴隆街的大爷来了，老爷叫二爷出去会。"宝玉听了，便知是贾雨村来了，心中好不自在。袭人忙去拿衣服。宝玉一面蹬着靴子，一面抱怨道："有老爷和他坐着就罢了，回回定要见我。"

史湘云一边摇着扇子，笑道："自然你能会宾接客，老爷才叫你出去呢。"宝玉道："那里是老爷，都是他自己要请我去见的。"湘云笑道："主雅客来勤，自然你有些警他的好处，他才只要会你。"宝玉道："罢，罢,我也不敢称雅,俗中又俗的一个俗人,并不愿同这些人往来。"湘云笑道:"还是这个性情不改。如今大了,你就不愿读书去考举人进士的,也该常常的会会这些为官做宰的人们,谈谈讲讲些仕途经济的学问,也好将来应酬世务,日后也有个朋友。没见你成年家只在我们队里搅些什么!"宝玉听了道:"姑娘请别的姐妹屋里坐坐,我这里仔细污了你知经济学问的。"

《红楼梦》之反面写意春秋,真真灵活之笔,写呆笔滞文的三家村老学究,又如何能梦见作者之境界?宝玉有紫微太一之尊,又有竹林隐士之志,二者相叠,毫无违和。朝代更迭,世情动荡,更见隐者之德。《红楼》文章,渐出魏晋风骨。竹林七贤作文,多用比兴、象征之法,多借神仙之事而道世情,《红楼梦》作文亦时时师之,时时宗之。此亦《红楼梦》作书之密钥,读者诸君可深思细品之。

宝玉诗文独步,才情旷世,却标榜不喜读书,只因无意浊世功名之故。流连于胭粉裙钗以自戕,徜徉于山水竹林以怡情,正活脱脱一个嵇康也。昔者钟会正被司马氏宠命优渥,权势倾天,深慕嵇康之名,礼冠华服,亲往拜会,嵇康自顾打铁,视若无睹。钟会站在一旁,进不可进,退不可退,臊得很没有意思。伫立良久,钟会终于失去耐心告辞。此时嵇康方开口言道:"何所闻而来?何所见而去?"钟会答道:"闻所闻而来,见所见而去。"言毕,拂袖而回府。从此,钟会对嵇康渐起杀心。嵇康何尝不知得罪钟会的后果,但名士高风,赤子心性,虽死不悔,刑场一曲《广陵散》,千古余音,英魂如在。今日之雨村访宝玉,何尝不是昔日钟会拜嵇康?宝玉之贵重,岂是媚俗之人所能懂得?高山仰止,景行行止,我等禄禄尘寰之人,实不敢妄言非议!

诸君或许会问,书中从未正面写雨村访宝玉发生了什么,你又如何得知?呜呼,书中已借宝钗劝宝玉道尽矣。袭人道:"云姑娘快别说这话。上回也是宝姑娘也说过一回,他也不管人脸上过得去过不去,他就咳了一声,拿起脚来走了。这里宝姑娘的话也没说完,见他走了,登时羞的脸通红,说又不是,不说又不是。""钗于奁内待时飞",宝钗续弦宝玉之后又续弦雨村,岂虚言哉?岂不知彼时的宝钗便是此时的雨村,此时的雨村便是彼时的宝钗也。

袭人何尝懂得宝玉，继续说道："幸而是宝姑娘，那要是林姑娘，不知又闹到怎么样，哭的怎么样呢。提起这个话来，真真的宝姑娘叫人敬重，自己讪了一会子去了。我倒过不去，只当他恼了。谁知过后还是照旧一样，真真有涵养，心地宽大。谁知这一个反倒同他生分了。那林姑娘见你赌气不理他，你得赔多少不是呢。"宝玉道："林姑娘从来说过这些混账话不曾？若他也说过这些混账话不曾？若他也说过这些混账话，我早和他生分了。"袭人和湘云都点头笑道："这原是混账话。"花爱水清明，水怜花色鲜。浮落虽同流，空惹鱼龙涎。相识满天下，知音有几人？

不料这些话竟被黛玉在门外听见。林黛玉听了这话，不觉又喜又惊，又悲又叹。所喜者，果然自己眼力不错，素日认他是个知己，果然是个知己。所惊者，他在人前一片私心称扬于我，其亲热厚密，竟不避嫌疑。所叹者，你既为我之知己，自然我亦可为你之知己矣，既你我为知己，则又何必有金玉之论哉；既有金玉之论，亦该你我有之，则又何必来一宝钗哉！所悲者，父母早逝，虽有铭心刻骨之言，无人为我主张。况近日每觉神思恍惚，病已渐成，医者更云气弱血亏，恐致劳怯之症，你我虽为知己，但恐自不能久待；你纵为我知己，奈我薄命何！想到此间，不禁滚下泪来。待进去相见，自觉无味，便一面拭泪，一面抽身回去了。

欲将心事付瑶琴，弦断有谁听？宝玉诉心事，黛玉已旁听矣。晋国高官俞伯牙琴技高绝，却难觅知音。一个月夜，俞伯牙在汉阳江口鼓琴，弦为之断，伯牙心惊，知有知音旁听。果然，一樵夫在岸边现身施礼道："先生，吾乃楚国樵夫钟子期，闻先生奏孔子赞颜渊之曲，不由入迷，扰先生雅致，望乞宽恕。"伯牙大喜，邀子期上船听琴。子期见伯牙之琴，赞道："此瑶琴也，昔伏羲氏所制。"伯牙方鼓琴而志在太山，子期曰："善哉乎鼓琴，巍巍乎若太山。"少选之间而志在流水，子期又曰："善哉乎鼓琴，汤汤乎若流水。"伯牙与子期约，两年后再见。两年后伯牙赴约，却闻子期病死，伯牙至子期坟，破琴绝弦，终身不复鼓琴，以为世无足复为鼓琴者。宝玉黛玉，亦伯牙子期者。木石前盟，本为婚约，及黛玉死，宝玉一生之知音已亡，为之弦断。后文黛玉死后托梦，嘱宝玉续弦宝钗者，闻之无尽之悲。

知己心契，如观肺腑，又何须多言？所以当宝玉出门见黛玉远去，他追上欲诉心事，黛玉那一句"有什么可说的，你的话我早知道了"，二人已契如一人矣！宝玉是嵇康，黛玉亦是嵇康，你知我，我知你，你是我，我是你，不必多说。

袭人、宝钗闻金钏死，皆有文章。袭人、金钏为一人之二影，同气连枝，自然有狐兔之悲。宝钗招降纳叛，自然乐于捐衣收殓。前文已述，不再赘论。荣国府内、大观园中，一半衣冠已沦丧，见披发左衽之人在园中来去，能不悲乎！

五、宝玉挨打

一切有为法，皆为虚妄。《红楼梦》是弘道之书，作者希冀世人识其书中格物致知之密钥，参玄悟道之机栝，自证自醒，自悟自了，天地无言，圣人亦无为也。多读老庄之书，好解其中之义，熟识《胠箧》篇，第三十三回至第三十六回，可迎刃而解也。

然而《红楼》确实也不好解也。不但有"真事隐"，还有"假语存"，作者行文曲折幽深，要明辨真假，也实非易事。

第三十三回为《手足耽耽小动唇舌，不肖种种大承笞挞》。此回出兄弟、出父子。《常棣》言兄弟之爱，《蓼莪》言父母之德。而贾环之屡害宝玉，陷父兄于不义，如象之害舜，乃家患也，恶红紫之乱朱也，恶利口之覆邦家者。而宝玉之挨打，却不可误读也。"他日趋庭，叨陪鲤对"，贾政与宝玉，何尝不是孔子与孔鲤？《论语·季氏》有云："未也。尝独立，鲤趋而过庭。曰：'学诗乎？'对曰：'未也。'曰：'不学诗，无以言。'鲤退而学诗。他日，又独立，鲤趋而过庭。曰：'学礼乎？'对曰：'未也。'曰：'不学礼，无以立。'鲤退而学礼。"父责子以杖，又有何不可？孝子虽受杖，并无怨言也，小杖则受，大杖则走，皆父子之义也。《红楼梦》从来对君父之德眷眷无穷，无知误读实乃南辕北辙也。

忠顺王府长史官来贾府索要琪官，有据有证，指向宝玉在外流荡优伶、表赠私物。宝玉见雨村时拖拖拉拉，葳葳蕤蕤，贾环又摇唇鼓舌，污蔑宝玉强奸母婢未遂，以至宝钗跳井，指向宝玉在内荒废学业、淫辱母婢。步步逼之，能不使人肝胆愤烈，以成下文之严酷耶？忠顺王之索琪官，正如吴三桂以陈圆圆红颜被玷为辞，作冲冠一怒状，行六军倒戈之事。金钏之投井，如吴三桂等重臣要员之投清，血不兵刃，江山易主，大盗移国，只在顷刻。庄子《胠箧》曰："绝圣弃知，大盗乃止；摘玉毁珠，小盗不起；焚符破玺，而民朴鄙；掊斗折衡，而民不争。"事迫势急，宁为玉碎，不为瓦全，于是便有了"摘玉毁珠，焚符破玺"的"宝玉挨打"事件。

贾政因要送客，让宝玉在厅中等着挨打。宝玉不知是小杖还是大杖，不知是该受还是该走，唯有让贾母和王夫人来救自己最妥当。想去捎信，偏生没个人，连焙茗也不知在哪里。正盼望时，只见一个老姆姆出来。宝玉如得了珍宝，便赶上来拉他，说道："快进去告诉，老爷要打我呢！快去，快去！要紧，要紧！"宝玉一则急了，说话不明白，二则老婆子偏生又聋，竟不曾听见是什么话，把"要紧"二字只听作"跳井"二字，便笑道："跳井让他跳去，二爷怕什么？"宝玉见是个聋子，便着急道："你出去叫我的小厮来罢。"那婆子道："有什么不了的事？老早的完了。太太又赏了衣服，又赏了银子，怎么不了事的！"

《红楼梦》第二回，贾雨村在智通寺见一老僧，既聋且昏，所答非所问。今日之老姆姆与那老僧如何？此皆既证之后的大慧之人，诸君不可等闲看过。金钏投井，王夫人心中难受，宝钗曾解劝道："姨娘是慈善人，固然这么想。据我看来，他并不是赌气投井。多半他下去住着，或是在井跟前憨顽，失了脚掉下去的。他在上头拘束惯了，这一出去，自然要到各处去玩玩逛逛，岂有这样大气的理！纵然有这样大气，也不过是个糊涂人，也不为可惜。"吴三桂之投清，他或怪罪李自成刘宗敏之逼迫，或怪罪明朝之不容，不过掩盖他自己审时度势后不可告人的目的罢了，所谓"冲冠一怒为红颜"，只是托词而已。金钏自投井，吴三桂自投清，与他人无尤，所以老姆姆说："跳井让他跳去，二爷怕什么？"此事早已了了，所以老姆姆又说："有什么不了的事？老早的完了。太太又赏衣服，又赏了银子，怎么不了事的！"其实就是提点宝玉，老爷今天打你，与宝钗、琪官并没有关系。老爷打你，是你命中该有此劫，老爷是要打给别人看，老爷做事自有分寸，你就受着吧。

贾政要打宝玉，他说的话也极为奇怪，他说："今日再有人劝我，我把这冠带家私一应交与他与宝玉过去！"冠带家私送人倒也罢了，连宝玉也一起交过去，当作何解？第二十一回宝玉夜读庄子《胠箧》篇，并为之续，难道只是没有意义的虚写吗？《胠箧》篇及宝玉的续文，正是通部大书的又一大密钥、大机栝处，岂可泛泛而过？昔者姜太公治齐，井井有条，而数代之后田成子杀君夺位，一朝代之，田齐沿袭姜齐的一切，依然强盛于诸侯。盗钩者诛，盗国者侯。窃国大盗环视左右，贾政便要"擿玉毁珠""焚符破玺"以明其志，宝玉这顿打就在所难免了。国之利器，不可轻示于人，贾政时时责骂宝玉，实则爱之至深也。若曲解严父之心，吾实为政老不平也。

贾政并不问宝玉任何是非曲直，来龙去脉，只喝令："堵起嘴来，着实打死！"小厮们不敢违拗，只得将宝玉按在凳上，举起大板打了十来下。贾政犹嫌打轻了，一脚踢开掌板的，自己夺过来，咬着牙狠命盖了三四十下。此何意也？说与不说，这顿打都免不了，那便不由分说的好，免得于心不忍，下不了手。宝玉孝顺，自然明白父亲的苦心。明朝因大臣之忤逆上位，皇帝偶施廷杖之刑。廷杖高高仰起，重重放下，多打在屁股上。而如何打却暗藏玄机，廷杖一头重，一头轻；一头实，一头空。若授意"着实打"，施刑人便握住实心的灌有金属的一头打，落板却是轻的，只是作势惩戒，并不易致伤致残。但若是授意"用心打"，施刑人便握住空心的轻的那一头，用重的灌有金属的那一头落板，连皮带网都会拉起一层来，不出三五板便可致伤致残，再往下打极易致死。所以说"着实打"为可受的小杖，"用心打"却为不可受的大杖。贾政虽作盛怒之状，说"着实打死"，其实乃是虚张声势也。打板子的施刑人身上都有功夫，力道不轻，贾政夺板自打，力道反而不如小厮们。宝玉挨打，我们只见板子高高举起，重重落下，却不知父亲之苦心，更有人不明觉里，妄责贾政，可叹也哉！我见大板挥舞，更见政老老泪纵横，心常恻然。政老施刑，不情中十分用情，打在儿身，痛在父心，父母之恩，昊天罔极！众门客见打的不祥了，忙上前夺劝。贾政哪里肯听，说道："你们问问他干的勾当可饶不可饶！素日皆是你们这些人把他酿坏了,到这步田地还来解劝。明日酿到他弑君杀父,你们才不劝不成!""弑君杀父"四字,暗含凶事,触目惊心,弑君杀父者,非贾环而谁何?

众人觅人报信,王夫人不敢先回贾母,匆匆赶到,抱着大板要救宝玉,又因宝玉而痛哭贾珠。李宫裁想起亡夫,亦放声大哭。其间贾政数度下泪。珠、玉为华夏之至宝,珠已亡,惟玉尚存,毁珠摘玉,何其悲也!

继而贾母到来,深责贾政。书中之刻画描写,入微入细,入骨入髓,当双圈不止,叹赏不绝。祖母之爱宝玉如命,令人闻之伤心,见之下泪。贾母又道:"我猜着你也厌烦我们娘儿们。不如我们赶早儿离了你,大家干净!"说着便令人去看轿马,"我和你太太、宝玉立刻回南京去!"家下人只得干答应着。此乃"真事"也,勿做"假语"看。自此而后,汉家王气已南移,明朝衣冠渐南渡。

一时贾府所有下人、亲戚全来看视宝玉。至此,宝玉挨打已被宣扬出去,这段打便不算白挨也。

六、莲叶羹与黄金络

第三十四、第三十五回是宝玉挨打之后文。宝玉挨打,必是贾府的大新闻。次序探病宝玉,必是合府上下人等要做的大事。宝玉被抬回怡红院自己床上,袭人才插得上手来服侍,一边哭着查看伤情,一边叹道:"你但凡听我一句话,也不至到这步地位。"正劝着,宝钗来送药,探问之后也劝道:"早听人一句话,也不至于今日。"果然是袭为钗副,钗、袭二人同出一心,所言如出一辙,一箴一劝,描摹如绘。

一时宝钗去了,宝玉昏昏默默,如见琪官和金钏,梦中惊醒过来,却见黛玉在他床边无声而泣,眼睛肿得桃儿一般。宝玉欲起,却又疼痛,支持不住,叹了一声,说道:"你又做什么跑来!虽说太阳落下去,那地上的馀气未散,走两趟又要受了暑。我虽然挨了打,并不觉疼痛。我这个样儿,只装出来哄他们,好在外头布散与老爷听,其实是假的。你不可认真。"假作真时真亦假,宝玉关心黛玉,必是真情,而所言之"装出来哄他们",却未免是假的,只是不一定是布散给老爷听,而是布散给众人听。政老爷打他的意思，他自然明白，也只能向黛玉道出。作者书中太多真真假假之文，该认真的认真，不可认真的切勿认真。诸君读书时不可泛泛而过。

宝黛知己之交，又有何人可比？黛玉听了宝玉这番话，心中虽然有万句言语，只是不能说得，半日，方抽抽噎噎的说道："你从此可都改了罢！"宝玉听说，便长叹一声，道："你放心，别说这样话。就便为这些人死了，也是情愿的！"宝玉情不情，不可救药。牵连不断以思婢，有恩处一等无恩。亲优溺婢，总是乖淫。蒙头花柳，谁解春光？跳出樊笼，一场笑话。我为情至无情者一叹！

合府上下纷纷探病，不表。

袭人向王夫人回话，全是维护宝玉之情义，深得王夫人之心，从此另眼相待。袭人越发尊荣。

宝玉满心记挂黛玉，只怕袭人，便先让袭人去向宝钗借书。支走袭人，便让晴雯送两张半新不旧的手帕给黛玉。"旧（就）帕拭泪，但无二新（心）""不写情词不写诗，一方素帕寄心知。心知接了颠倒看，横也丝（思）来竖也丝（思）"，黛玉会意之后，神魂驰荡，惊喜交织，面上作烧，挥笔题帕题，写下三绝句，以寄相思。宝黛心意，已彼此互照矣。

因焙茗窥度琪官之事所以泄露多半因薛蟠醋妒乱言所致，袭人告知宝钗，宝钗便认可此言，便因之向薛蟠下箴规。野史中陈圆圆与崇祯、李自成、吴宗敏、多尔衮都有风月故事传出，真假实在难辨。薛蟠心直口快，不喜藏头露尾之事，加之吃了酒，有些醉了，立刻与薛姨妈、宝钗分证。谁知越解释越解释不清楚，他便急了，先是要去打死宝玉以证清白，后又不顾轻重，说道："好妹妹，你不用和我闹，我早知道你的心了。从先妈和我说，你这金要拣有玉的才可正配，你留了心。见宝玉有那劳什骨子，你自然如今行动护着他。"把宝钗气怔了，薛姨妈也气得乱战。薛蟠自后悔不迭。

金玉良缘，是薛家极力促成的一件重大事情。薛蟠顶撞妹妹，醒过来之后无比后悔第二天赶紧向母亲和妹妹赔不是，赌身发誓再不吃酒乱言，又是要给妹妹炸金项圈，又是要给妹妹添办衣物。薛姨妈、宝钗欣慰而笑，一家人和好如初。

金玉良缘，实在是皇太极改国号以来最重大的国策。清朝若只想在关外一隅藩镇称王，自不需多作设想。但若想问鼎中原，开基定国，长治久安，则非"金玉良缘"不可。得位不正，后患无穷，而若有"正统"之封，上可得天佑，下能安黎民，方可国祚延绵。皇太极一代雄主，高瞻远瞩，见识非凡，多尔衮虽战功奕世，亦是倾心拜服。薛蟠虽粗俗，亦是深敬母亲和妹妹。

黛玉想这宝钗，尚如《西厢记》中双文尚有孀母弱弟，而自己如今孤身一人，无父无母，无兄无弟，真的是孤家寡人，无人扶持，便调养鹦哥，教这鸟儿说话做戏。

颦儿之可怜，玉兄在怡红院亦能感知。当王夫人问宝玉想吃什么时，他便说倒是莲叶羹不错。莲者，怜也。我爱莲之中通外直，不蔓不枝，香远益清，亭亭净植，观八大山人画中之荷，想见其风骨，想见末世之际遇，既敬之，又怜之。

《红楼梦》一书，以花喻华，以家喻国。四时四方，皆有花喻。薛姨妈先把那做莲叶羹的样子接过来瞧时，原来是个小匣子，里面装着四副银模子，都有一尺多长，一寸见方，上面凿着有豆子大小，也有菊花的，也有梅花的，也有莲蓬的，也有菱角的，共有三四十样，打的十分精巧。凤姐吩咐做了十来份，让众人皆尝。而小姐中黛玉、迎春未至。黛玉花签为芙蓉，迎春住紫菱洲，他们本为莲、菱之命，自不必品尝。在贾母处尝过荷叶汤的有：贾母、薛姨妈、王夫人、王熙凤、薛宝钗、李纨、探春和惜春，共八人。在怡红院品尝荷叶汤的是宝玉与玉钏。玉钏是金钏的妹妹，因金钏投井之事恼怒宝玉，但宝玉千哄万哄，终于让她有了三分喜色，还骗她吃了一口莲叶羹。第三十五回目前半句为"白玉钏亲尝莲叶羹"，可见这一"尝"之寓意重大。玉钏能为金钏之事释怀，便在这一尝。尝遍国家之艰，尝遍生民之苦。一碗莲叶羹，藏着作者之血泪，可与千红一窟茶，万艳同杯酒共品。满纸荒唐言，一把辛酸泪。都云作者痴，谁解其中味？

宝钗的大丫鬟莺儿为宝玉打络子，论及配色，皆五行之大学问也。宝钗让莺儿以金丝黑线打络子络玉，弃红色而不用，正是以清之金德、水德代明之火德络玉也。第三十五回目后半句正是"黄金莺巧结梅花络"。黄裳，元吉。黄者，阴阳之过渡，四色之中合，黄金莺配色高手，名副其实也。薛宝钗正色、杂色之论，不可泛泛看过。青赤白黑黄，为五正色，其余皆杂色。贾薛二家木石前盟与金玉良缘乃正色之争，非贾环、贾蓉等杂色之乱可比也。明、清这华夷交变的风月故事，虽有大顺、大西割据一方，而大顺、大西终非主流，可算是红紫乱朱也。

宝玉挨打，宝钗第一时间送药。黛玉曾奚落宝钗："姐姐自己保重些吧，哭出两缸眼泪来，也医不好棒疮。"宝钗所关心的，正是"金玉良缘"。宝玉一日不好，他的婚姻大事便不会被议及。眼见宝玉一日好似一日，贾母依然是让小厮们统一口声，说打重了需要休养，并且星宿不利，祭了星，不能待宾接客，不能见外人。至此，贾政打宝玉的苦心，在文中通过贾母之语淡淡透露出来。

而宝玉本就懒与士大夫诸男人接谈，又最厌峨冠礼服贺吊往还等事，今日得了这句话，越发得了意，不但将亲戚朋友一概杜绝了，而且连家庭中晨昏定省亦发都随他的便了，日日只在园中游卧，不过每日一清早到贾母、王夫人处走走就回来了，却每每甘心为诸丫鬟充役，竟也得十分闲消日月。当日嵇康写下《与山巨源绝交书》，言自己有七不堪二不可，杜绝仕路，隐居不出，不正今日之宝玉乎？改朝换代，新君多以尧舜禹之禅让，或以汤伐桀，武伐纣，表其得位之正，又以周公孔子所作之礼乐教化世人，以掩篡立之实。嵇康何尝不尊周敬孔，但因大盗移国，文过饰非，故意非汤、武而薄周、孔。作者状宝玉，正按嵇叔夜之神而描摹，诸君其无意乎？大隐隐于市朝，小隐隐于山野，宝玉虽有紫微太一之尊，亦当世之大隐也。

而宝玉能杜绝宝钗乎？如宝钗辈有时见机导劝，他便生起气来，只说"好好的一个清净洁白女儿，也学的钓名沽誉，入了国贼禄鬼之流。这总是前人无故生事，立言竖辞，原为导后世的须眉浊物。不想我生不幸，亦且琼闺绣阁中亦染此风，真真有负天地钟灵毓秀之德！"因此祸延古人，除四书外，竟将别的书焚了。众人见他如此疯癫，也都不向他说这些正经话了。独有林黛玉自幼不曾劝他去立身扬名等语，所以深敬黛玉。

呜呼，读书至此，如何不深爱嵇康，深爱宝玉？嵇康身长七尺八寸，风姿特秀。见者叹曰:"萧萧肃肃,爽朗清举。"或云:"肃肃如松下风,高而徐引。"山公曰:"嵇叔夜之为人也,岩岩若孤松之独立。其醉也,傀俄若玉山之将崩。"

八大山人爱画西瓜,曹雪芹爱写西瓜。画中有书,书中有画。八大山人《瓜鼠图》《分瓜图》《瓜月图》在《红楼梦》书中皆一一有应,寓意甚重。这一日,黛玉一人与薛家母女二人在王夫人处吃西瓜,凤姐来商议金钏归阴之后补缺及月例之事。结果玉钏得了双份儿,袭人成了准姨娘,绝了那些想拣"巧宗儿"的丫鬟们的路。众人吃了西瓜,各自散去。

宝钗从王夫人处出来后,欲往怡红院找宝玉闲聊以解午倦。怡红院中鸦雀无声,连仙鹤都睡着了。丫鬟们横三竖四睡着午觉,宝玉也睡着只余袭人在宝玉塌前做针线。袭人见宝钗来了,因脖子酸痛告乏出来走走。房中惟余宝玉宝钗,一男一女,一睡一醒,真香艳之极。宝钗见那鸳鸯戏莲的针线活着实可爱,便不由坐在袭人刚才的位置,拿针代刺。真是少女心事,闺阁情怀,此情此景,真堪入画也。

袭人言,怡红院近水,又有花香,故招虫至,一种看不见的小虫,冷不丁叮咬人一口,故宝玉案头置一白麈尾拂尘。蘅芜苑亦近怡红院,而不期宝钗至也。宝钗赞鸳鸯戏莲活计鲜活,因而绣之。鸳鸯者,水鸟也,雄为鸳,雄为鸯。而莲者,黛玉之比托。宝钗心中,何尝不遐想与宝玉一起为鸳鸯,戏黛玉于水间。红楼世界,托物言志,小中出大,不但清风明月,四时四方有喻指,花鸟虫鱼,行坐起卧皆有寄托。不可深说,深说则有穿凿附会、强词夺理之嫌;不可不说,不说则负作者雕文刻镂、锦绣纂组之用心,品赏玩味,在于会心一笑,在于会意一叹之间。以赏写意丹青之法,品此写意春秋之文,妙哉!

这里宝钗只刚做了两三个花瓣,忽见宝玉在梦中喊骂说:"和尚道士的话如何信得?什么是金玉姻缘,我偏说是木石姻缘!"薛宝钗听了这话,不觉怔了。以梦言志,去伪存真,乃画骨之法。宝钗闻得宝玉真心实意,又如何不怔,如何不惊?此正第三十六回"绣鸳鸯梦兆绛云轩"也。

袭人成了宝玉的准姨娘,月例也大涨了,宝钗、黛玉、湘云纷纷祝贺。晚间,宝玉和袭人谈起女儿,进而谈起"女儿死",便引出了宝玉关于"文死谏,武死战"的一大段议论来。

宝玉道:"人谁不死,只要死得好。那些个须眉浊物,只知道文死谏,武死战,这二死是大丈夫死名死节。竟何如不死的好!必定有昏君他方谏,他只顾邀名,猛拼一死,将来弃君于何地!必定有刀兵他方战,猛拼一死,他只顾图汗马之名,将来弃国于何地!所以这皆非正死。"

袭人道:"忠臣良将,出于不得已他才死。"宝玉道:"那武将不过仗血气之勇,疏谋少略,他自己无能,送了性命,这难道也是不得已?那文官更不可比武官了,他念两句书汗在心里,若朝廷少有疵瑕,他就胡谈乱劝,只顾他邀忠烈之名,浊气一涌,即时拼死,这难道也是不得已?还要知道,那朝廷是受命于天,他不圣不仁,那天地断不把这万几重任与他了。可知那些死的都是沽名,并不知大义。比如我此时若果有造化,该死于此时的,趁你们在,我就死了,再能够你们哭我的眼泪流成大河,把我的尸首漂起来,送到那鸦雀不到的幽僻之处,随风化了,自此再不要托生为人,就是我死的得时了。"袭人忽见说出这些疯话来,忙说困了,不理他。那宝玉方合眼睡着,至次日也就丢开了。

自古以来,真正的忠臣良将,必是宗庙之臣,社稷之臣,为天下计,为万世谋。真正的忠臣良将自当忠君爱国,而不是矜名嫉能。明末之时,党争不断,朝堂争吵不休,许多文官邀名逐利,不顾时局,不计后果,胡弹乱谏,许多武将贪功慕名,逞匹夫之勇,妄起战端,身亡失城。却不知死一将便是败一阵,死一官便是丢一城,无谋枉死,于国于家无益。皇太极屡次与明廷议和,崇祯帝为之动心,而一班大臣却不顾内忧外患之危局,以不可示弱于夷狄为由连日谏阻,说得慷慨激昂,而清人入关,马上剃发易服的往往是这些人。李自成直逼京城,欲求封王,退守自治,大臣们不顾京畿之危,誓言宁为国死绝不纵寇,说得义正词严,而贼兵至时,他们逃得比谁都快。朝廷见形势不利,动议南迁,又有一班大臣死谏,要随天子守国门,誓与京城共存亡,京城陷落时这班人却又无影无踪。那些死谏死战者,只顾自己沽名钓誉,不知变通从权,犯颜直谏,而又无一治国之策,将国家陷入万劫不复的境地,诚可痛哉!

"龄官划蔷痴及局外"半回书与"识分定情悟梨香院"半回书大有深意。《红楼梦》讲存周继汉,反清复明,自然与复唐故事相通。红楼十二官所住的梨香院，正应唐明皇李隆基所设的"梨园"。龄官相思贾蔷，在地上划蔷字。宝玉数了许多遍，刚好十八画。十八画之男子，为十八子，正应一个李字。唐明皇李隆基建梨园而荒废国政，后唐庄宗李存勖重用伶官而失国。贾蔷，正李隆基、李存勖之谓也。龄官，正是贾雨村《正邪两赋论》中黄幡绰、敬新磨之喻。伶人黄幡绰被李隆基宠信，伶人敬新磨被李存勖宠信。

沙陀人朱邪赤心因军功被唐朝皇帝赐姓李。其后代李克用、李存勖父子更是被唐昭宗青眼相加。韩愈在《原道》一文中借《春秋》阐发儒家"以文化论华夷"的观念，强调文化认同高于血统和地域。李存勖虽是沙陀族，但有功于社稷，接受中华礼乐文明，则被视为"中国"。反之，中原诸侯若行夷狄之俗，则被贬为夷狄。贾蓉贾蔷之名有"戎羌"之音，含"戎羌夷狄"之意。贾蓉虽是贾府族人，却不守礼而入于"戎羌夷狄"。贾蔷虽不是贾珍的亲儿子，却被视为己出。

唐亡之后，李存勖灭后梁，灭桀燕，逐契丹，恢复唐之官制礼制，建立后唐，还矢告庙，何其雄哉！但后来却骄于骤胜，逸于居安，允许后宫伶人乱政，身死政亡，成为天下笑柄，悲哉！前车之覆，后车之鉴，观《风月宝鉴》，后世之人能不鉴之？

第十二章　海棠诗社

一、海棠诗的隐喻

第三十七回开篇，写贾政又点了学差，择于八月二十日起程赴外任，是日拜过宗祠及贾母，众人相送至洒泪亭。何喻也？贾政，即坡仙之喻也。北宋元丰二年八月二十日，苏轼被正式提讯，著名的乌台诗案发生了。乌台诗案是北宋著名的文字狱。乌台诗案中苏轼虽保住了性命，却最终以犯官身份贬谪黄州。文中以贾政之外放喻写清朝之文字狱。清朝曾屡次兴起文字狱，荼毒之深，迫害之惨，史所罕见。康熙年间发生在南浔的"庄氏明史案"，因其刑狱血腥残酷，牵连人员众多，与"吕留良案"、戴名世的"南山集案"并为清初三大文字狱。康熙二年五月二十六日，山清水秀的杭州城发生了一场血溅人间天堂的可怕惨案。这一天清军在杭州的弼教坊，竟同时凌迟、重辟、处绞七十人，其中大部分是江浙地区的文人名士，国家贤才。受牵连者更不计其数。这就是清初最大一起文字狱——"庄氏明史案"。先写贾政之因诗案获罪外放，出海棠诗社咏海棠、咏菊花、咏螃蟹之含蓄蕴藉。作者之用心，不可谓不苦也。

夫天地者，万物之逆旅也；光阴者，百代之过客也。而浮生若梦，为欢几何？古人秉烛夜游，良有以也。况阳春召我以烟景，大块假我以文章。会桃李之芳园，序天伦之乐事。群季俊秀，皆为惠连；吾人咏歌，独惭康乐。幽赏未已，高谈转清。开琼筵以坐花，飞羽觞而醉月。不有佳咏，何伸雅怀？如诗不成，罚依金谷酒数。

李白笔下"会桃李之芳园"，化为曹公笔下宁国府之"会芳园"，后拆"会芳园"并入大观园。李白宴桃李园赏三春作桃李诗，化为大观园品白海棠赏三秋作海棠诗。

建安七子，竹林七贤，兰亭群贤，金谷园诗人，化为红楼诗翁。万古本同源，千秋共一梦。

寿日为生日前一天，探春寿日三月初二日，生日为三月初三日。三月三日上巳节，最适游春探景，文人雅集，饮酒赋诗。杜甫《丽人行》曰："三月三日天气新，长安水边多丽人。"永和九年，岁在癸丑，那年的上巳节，会稽山阴之兰亭，群贤毕至，流觞曲水，赋诗言志，王羲之挥毫，写下千古名篇《兰亭序》。探春生日含上巳之雅，兼王谢之风流，由她发起红楼诗社，至当也。

宝玉得到探春邀书，一呼立至，果真如王子猷一时兴起，雪夜乘船见戴安世一般"棹雪而至"，迎春也果如杜甫"花径不曾缘客扫，蓬门今始为君开"一般"扫花以待"。一时宝钗、黛玉、李纨、迎春、探春、惜春，加上宝玉，齐聚秋爽斋。七人起诗社，应建安七子之数，亦应竹林七贤之数，亦应北斗七星之数。真的是如太白笔下所状："蓬莱文章建安骨，中间小谢又清发。"

七人聚齐，李纨年长，自荐掌坛。竹林七贤中，山涛年长，亦为坛主。黛玉提议众人各取雅号。李纨自号为稻香老农。探春自号蕉下客。黛玉于是以《列子》中蕉叶覆鹿之典笑探春。黛玉住潇湘馆，馆外又多竹，当年娥皇女英为舜帝在竹子上洒泪成斑，探春说黛玉好哭，也必会为林姐夫洒泪成斑，便替她取雅号为潇湘妃子。此亦黛玉之谶言也。李纨封宝钗为蘅芜君。称妃道君，暗含帝王之意。黛玉、宝钗，华夏夷狄正统之争，两峰对峙，阴阳合抱也。

通过众人之口，我们知宝玉的号极多，小时候曾号"绛洞花王"，今又获"无事忙""富贵闲人""怡红公子"。八大山人的号不下十余，有"传綮""雪衲""雪个""个山""人屋""道朗"等。迎春号为"菱洲"，惜春号为"藕榭"。由此，七人皆有诗号。

恰好贾芸送来两盆白海棠花，李纨便提议咏白海棠。众人纷纷认可。于是迎春限韵，燃起梦甜香，以香烬为限，未成则受罚。梦甜香，照应红楼梦书名，真好名也。未起社而有诗题，暗言是由题起社，非因社出题也，写诗的众人皆知白海棠的大喻，作者独欲瞒过读者也。甲申年三月十九日，北京城破，崇祯帝自缢于煤山一株海棠树下，以身殉国。司礼监太监王承恩也在另一株海棠树下与之对缢。贾芸送来的两盆白海棠，正是殉国君臣之魂。清风虽细难吹我，明月何尝不照人？寒冰不能断流水，枯木也会再逢春。名为咏白海棠，实咏故国咏先帝也。

既明此节，便知众诗中以神仙喻皇帝之意，以及清风明月之喻，攒宫陵寝之谓，斜阳黄昏之比，清砧怨笛之指。探、薛、宝玉、黛玉之诗，一人是一口气，一人是一身份，若要细细道来，免不得长篇累牍。纵是长篇累牍，也未必能尽其妙，读者诸君于文中自品自尝，自悟自了，方得雅趣，恐点金成铁，此不赘笔。

因以咏海棠开端，诗社便定名为海棠社。海棠有知，必深深谢之。

且说此时怡红院中，袭人因打发人给史湘云送东西，向众丫鬟问起缠丝白玛瑙碟子的去向。晴雯说起前儿给三姑娘送荔枝去的，还没送回来。袭人道："家常送东西的家伙也多，巴巴的拿这个去。"晴雯道："我何尝不也这样说。他说这个碟子配上鲜荔枝才好看。我送去，三姑娘见了也说好看，叫连碟子放着，就没带来。你再瞧，那橘子尽上头的一对联珠瓶还没收来呢。"这缠丝白玛瑙碟子和联珠瓶虽然珍贵，但终归是器物，作者为何用大段笔墨写这些"琐细小事"呢？

这时我们需回过头来细读第三十七回开篇探春写给宝玉的花笺，全文如下：

娣探谨奉

二兄文几：前夕新霁，月色如洗，因惜清景难逢，讵忍就卧，时漏已三转，犹徘徊于桐槛之下，未防风露所欺，致获采薪之患。昨蒙亲劳抚嘱，复又数遣侍儿问切，兼以鲜荔并真卿墨迹见赐，何痌瘝惠爱之深哉！今因伏几凭床处默之时，因思及历来古人中处名攻利敌之场，犹置一些山滴水之区，远招近揖，投辖攀辕，务结二三同志盘桓于其中，或竖词坛，或开吟社，虽一时之偶兴，遂成千古之佳谈。娣虽不才，窃同叨栖处于泉石之间，而兼慕薛林之技。风庭月榭，惜未宴集诗人；帘杏溪桃，或可醉飞吟盏。孰谓莲社之雄才，独许须眉；直以东山之雅会，让馀脂粉。若蒙棹雪而来，娣则扫花以待。此谨奉。

元迎探惜，元亨利贞，东南西北之帝座。探春，乾卦之利德，西方白帝也，正应隆武帝朱聿键也。"弘光朝覆灭之后，黄道周、郑芝龙等拥立朱聿键在福州称帝。前夕新霁，月色如洗"，谓新登帝座也。"风露所欺""采薪之患"，谓清廷之犯境，国家之染病也。颜真卿，既是大书家，也是抗击安史之乱的忠臣能臣也。得鲜荔以及真卿墨迹，谓得忠臣良将也。宝玉专门嘱咐晴雯，荔枝要缠丝白玛瑙碟子配上才好看，缠丝白玛瑙碟子，玉碟也，皇家之族谱也。朱聿键乃皇室远支庶出，即位称帝多有置喙，另有鲁王监国朱以海与之争立，有此皇家玉碟正好传示众人压服口声。朱聿键之父名器壋，器壋者，盛物之器皿也，暗合玛瑙碟子之意，所以探春见了也说好看。

联珠瓶插上桂花枝，正含珠联璧合，蟾宫折桂之意。宝玉向老太太、太太各送上一瓶插桂的联珠瓶正是反清复明的"隆中对"，所以老太太、太太都夸他孝顺。若朱姓王爷彼此团结，再联合吴三桂一致抗清，则可"庶竭驽钝，攘除奸凶，北定中原，还于旧都"。这正是乾卦"利德"的表现，也是探春的心愿。然而事与愿违，南明诸王自杀自灭，先有鲁王朱以海与唐王朱聿键争立，后有桂王朱由榔与继任唐王唐聿𨮁争立，双花并帝，日月双悬，朝堂党争，武装割据，终被清廷蚕食。自吴三桂投清之后，南明政权福王朱由崧派侍郎左懋第"谒三桂，出银币且致福藩意"时，吴三桂予以婉拒，回答说："时势如此，我何敢受赐，唯有闭门束甲以俟后命耳。"自福王后，隆武、鲁王、永历等几任南明皇帝都曾试图笼络吴三桂，吴三桂要么置之不理，要么默不作声，从未表示要协助南明政权反清复明，反而提议并亲自率军入缅甸追杀南明永历帝朱由榔。痛哉！

宝玉曾说："起诗社是件正经大事，大家鼓舞起来，不要你嫌我让的。"可见作诗的大喻。湘云的花签也是海棠，如此大事岂可少了湘云？湘云到时，谈笑间便依韵写了两首，众人见了，大赞二诗可以压卷。至于如何好，诸君可于文中赏读细品。

湘云要自罚个东道，却不思量自己有多少盘缠。是夜，湘云和宝黛同住，宝黛说起，湘云才省得自己竟是做不了主。于是宝钗替她做主，薛家出了几篓肥美的螃蟹替湘云请客。历史是任人打扮的小姑娘，历史也往往不是史官能够做主的，湘云之窘迫，实令人痛心。议定做东，便议拟题。湘云想让大家咏菊花，宝钗便说菊花倒也合景，只是前人所做已太多，便提议以菊花为宾，以人为主，一虚一实，拟出题目来。二人连夜竟拟出十二个题目来，便如字画册页的菊谱一般。此正是《蘅芜苑夜拟菊花题》。

二、菊花诗、螃蟹咏的隐喻

古人爱菊者莫如写下"采菊东篱下，悠然见南山"的陶潜陶渊明。而将菊花咏出帝王之气的有两个人，一是唐末起义的黄巢，二是元末起义并创建明朝的洪武大帝明太祖朱元璋。黄巢的菊花诗曰：

待到秋来九月八，我花开后百花杀。
冲天香阵透长安，满城尽带黄金甲。

另有一首曰：

飒飒西风满院栽，蕊寒香冷蝶难来。
他年我若为青帝，抱与桃花一处开。

朱元璋的菊花诗曰：

百花发时我不发，我若发时都吓杀。
要与西风战一场，遍身穿就黄金甲。

闯王李自成幼年时曾写过一首《咏蟹》诗，诗云：

一身甲胄任横行，满腹玄黄未易评。
惯向秋畦私窃谷，偏于夜月暗偷营。
双螯恰是钢叉举，八股浑如宝剑擎。
只怕钓鳌人设饵，捉将沸釜送残生。

知道了这些典故，方可读第三十八回《林潇湘魁夺菊花诗，薛蘅芜讽和螃蟹咏》也。

湘云邀请贾母等人在藕香榭吃螃蟹赏桂花，待席尽之后众诗翁再开始作诗，一事两便。惜春应元亨利贞之贞德，为北方黑帝。藕香榭有一联曰：芙蓉影破归兰桨，莲藕香深写竹桥，位置在偏北近水之地。贾母到了藕香榭，回头向薛姨妈道："我先小时，家里也有这么一个亭子，叫作什么'枕霞阁'。我那时也只像他们这么大年纪，同姐妹们天天玩去。那日谁知我失了脚掉下去，几乎没淹死，好容易救了上来，到底被那木钉把头碰破了。如今这鬓角上那指头顶大一块窝儿就是那残破了。众人都怕经了水，又怕冒了风，都说活不得了，谁知竟好了。"贾母向薛姨妈言鬓角的残破，正是讲地穿之祸，言水之坎险及风之无情，以及"补天"的旧事。中华民族所经历的危难岂止一遭，老祖宗什么风浪没有见过？枕霞阁正是风波亭与栖霞山之谓也。岳飞岳武穆遇害与风波亭，长眠于栖霞山。霞光，现于日出日落之时，枕霞而眠，悲壮之极，却万古流芳。湘云雅号欣然定为"枕霞旧友"，后文"割腥啖膻"，皆是致意南宋先贤也。南宋抗金故事，若细细写来，又是一个补天故事，又是一本《金陵十二钗》也。

凤姐不等人说，先笑道："那时要活不得，如今这大福可叫谁享呢！可知老祖宗从小儿的福寿就不小，神差鬼使碰出那个窝儿来，好盛福寿的。寿星老儿头上原是一个窝儿，因为万福万寿盛满了，所以倒凸高出些来了。"未及说完，贾母与众人都笑软了。莫失莫忘，仙寿恒昌。凤姐"万福万寿"之语，是对老祖宗的祝福，也是对华夏文明传承的祈愿。《红楼梦》也是一部讲"寿"的书。凤姐之言深得众人之心，也难怪老祖宗那么喜欢她。

接下来作者用了较大篇幅写众人吃螃蟹的场景，绘声绘色，人物个个传神，可堪入画。回目为"菊花诗""螃蟹咏"，偏自史太君前，阿凤若许诙谐中不失体，鸳鸯、平儿宠婢中，多少放肆之迎合写来。似难入题，却轻轻用弄水、戏鱼、看花等游玩事及王夫人云"这里风大"一句收住。入笔并无纤毫牵强，此重作轻抹法也。作者文技、画技皆绝，一花一木，一器一皿，皆藏寓意，一时不能尽述，只能是读者自品，我已叹赏不已。

众人所作的十二首菊花诗，首首精妙，连缀起来合赏更妙，乃是叙事述情的接龙组诗，在诗中有隐者的逸世高风，也有帝王的孤标傲世，综错之妙，我之才情，不足以评，所幸文中诗翁们本有诗评，亦无须狗尾续貂。而李纨评黛玉的三首为魁，正是作者借咏菊咏黛玉也。拟人拟物，《红楼梦》文章之常法也。黛玉为总花神，兼具群花之品性，足以喻菊花，足以喻花，足以喻华也。

众人持螯赏桂，螃蟹也不可无诗，宝玉便率先做了一首螃蟹诗，笑问谁还敢做？黛玉笑言，这样的诗平常，一百首也有，提笔立就，却又生悔意，自认不及，有焚稿之意。而宝钗也作了一首，钗诗一出，众人推为咏螃蟹的绝唱。诸君细品，螃蟹诗何喻也？

三人的螃蟹咏，名为螃蟹诗，实为桂花题，三首中皆有一"桂"字。李自成之毁于吴三桂，又有何可写，又有何可讽？黛玉的诗不只着眼于"桂"字，更露一"清"字，是故黛玉于心不忍，要焚稿。李自成逼死崇祯帝，吴三桂撵走、追杀李自成，只是鹬蚌之争，清朝坐享渔人之利，正所谓螳螂捕蝉，黄雀在后，正是清朝的得意之作，亦是宝钗的得意之作。宝钗的螃蟹诗云：

桂霭桐阴坐举觞，长安涎口盼重阳。眼前道路无经纬，皮里春秋空黑黄。酒未敌腥还用菊，性防积冷定须姜。于今落釜成何益，月浦空余禾黍香。

一荣一枯，一成一败，阴长阳消，宝钗之志得意满，正是颦儿的不忍卒睹。叹叹！

第十三章　春秋笔法

一、刘姥姥二进荣国府

第三十九回至第四十二回，以四回的篇幅写刘姥姥二进荣国府。刘姥姥乃清朝之先人。作者穿越时空而写之。若以为刘姥姥只是一个插科打诨的村姥姥，实乃深误也。明白孤穷英雄亦是英雄，蛰伏豪杰亦是豪杰，方为巨眼。

螃蟹宴已至尾声，因凤姐令平儿来取螃蟹，李纨乘醉拉住平儿坐自己身边，又揽又摸，喜欢得不得了，夸赞得不得了。因又论到各位主子的丫鬟。说到贾母的鸳鸯，王夫人的彩霞，宝玉的袭人，大是羡慕凤姐有平儿这么个好丫鬟，并说凤姐就算是楚霸王，也需这两个臂膀才举得起千斤鼎。李纨因此自怜身世，感叹自己没个左膀右臂。此一节书正写出李纨并非本性淡泊，亦有腾飞之志也。也隐隐道出辅佐的重要。史可法之于弘光朝，郑成功之于隆武朝，李定国之于永历朝，南明朝廷虽衰，每朝皆有柱石也。

众人散去，袭人与平儿收拾螃蟹宴的杯盏时，问到为何月例还没发，平儿悄悄告诉袭人，凤姐拿大家的月钱放利钱去了，迟几日便可发出来。既写出凤姐之爱财，又露荣国府的财政弊端。财帛用度，亦家务要事，国家大事也。平儿回家，方知刘姥姥又来了。刘姥姥一进荣国府，是为乞谋，二进荣国府，是为纳贡。奉菜之意必有勾菜之心也，名为纳贡，实为讨赏讨封也。

刘姥姥每次进荣国府，周瑞家的都功不可没，真堪"谒者星官"之任也。因周瑞家的回话，刘姥姥得以见贾母。刘姥姥因送菜蔬而见贾母，实乃建州女真朝贡明朝陛见也。

刘姥姥呼贾母为"老寿星"，贾母呼刘姥姥为"老亲家"，二人虽是一贫一富，一贱一贵，却也是分宾分主，各是一家，也算旗对鼓，将对帅，冀北对辽东，不可马虎看去。

此时大观园的众姊妹们全在贾母前奉承。因为大家想听些村言俚语，刘姥姥便编出一些话来说。

村姥姥是信口开河，痴公子偏寻根究底。世界上最荒诞无稽的故事，莫如鬼故事。苏东坡在黄州和岭表的日子犹生失意。但每天早晨起床后，子瞻不是招待来客倾谈，就是出门访客，不至于让自己落到孑然的情状。交游的朋友不分鸿儒白丁，话题各随其人高下，谈谐放浪，无有约束。真碰上无话可谈的，苏轼便强令对方讲些鬼故事。若是对方推辞，他便说："姑妄言之。"于是闻者无不绝倒，皆尽欢而后去。如果一整天都没有客人聊天，苏轼便"欹然若有疾"。真是"人老无聊事，说鬼便欣然"。当我们谈论鬼神时，其实都是在谈论人。作者以东坡听鬼故事写宝玉听刘姥姥讲故事。刘姥姥讲的茗玉小姐、雪地抽柴的女孩等事虽然是鬼话连篇，又何尝不是讲阳尽成阴，钗黛合一呢？宝玉让刘姥姥为茗玉小姐立庙又何尝不是对黛玉深情的幻化呢？作者既怜黛玉之玉殒，又叹宝钗之香消。玉带林中挂，金簪雪里埋，二人最终都入于薄命司。

第四十回写刘姥姥进大观园。大观园的富丽堂皇与刘姥姥的贫穷粗俗一比，便是霄壤之别。未见过世面的村姥姥，一脚踏进这神仙府第，难免目眩神驰，丑态百出。但，若以为刘姥姥所说的话都是奉承的假语，所做的事都是故意引人发笑的假行，那就深误了。假作真时真亦假，这真真假假的玄机不去仔细参透，这一回书便读浅了，文意一浅，就真的辜负作者的巧思妙笔了。作者正是用刘姥姥的视角观大观园，用贾府众人的视角看刘姥姥也。

当贾母亲自簪下一朵大红折枝菊花时，正是在呼应《簪菊》的菊花诗。刘姥姥被横三竖四地插了一头花，自认为"体面"，被众人笑"打扮的成了个老妖精了。"读者诸君为何不往妖魔鬼怪、魍魉魑魅上去思考呢？《红楼梦》中的设定就是夷狄属阴。在刘姥姥身上，作者反复提示她属阴的身份。

刘姥姥说这园子比画儿还强十倍，岂是虚谈？刘姥姥得知惜春会画画后说："我的姑娘，你这么大年纪儿，又这么个好模样，还有这么能干，别是神仙托生的罢。"正是告诉读者惜春亦如绛珠仙草一般，在警幻案前报备，然后下凡入世，三劫后往北邙山销号。前言种种，与之对榫，难道皆是虚言不成？刘姥姥见了省亲别墅的牌坊便情不自禁要磕头，说那上面四个字是"玉皇宝殿"，到了怡红院直说"像到了天宫一样"，难道皆是虚言不成？天上紫微垣，地上大观园，又有何疑？解开《红楼梦》的密钥无数，全在书中，只是假作真时真亦假，无为有处有还无，真真假假，似有若无，的确太迷人眼目了。老子曰：五色令人目盲；五音令人耳聋；五味令人口爽；驰骋狩猎，令人心发狂；难得之货，令人行妨；是以圣人为腹不为目，故去彼取此。庄子曰：嗜欲深者天机浅，嗜欲浅者天机深，如赤子婴儿，反而是红楼知音也。

刘姥姥随贾母及众金钗逛大观园。到了潇湘馆，刘姥姥评价"这那像个小姐的绣房，竟比那上等书房还好呢"，一个"上"字，警人眼目。在黛玉房中，贾母与凤姐等论及衣料，论及为黛玉换窗纱，"上用""内造"等语亦警人眼目，岂可泛泛而过。到了秋爽斋，文中写道：

探春素喜阔朗，这三间屋子并不曾隔断。当地放着一张花梨大理石大案，案上磊着各种名人法帖，并数十方宝砚，各色笔筒，笔海内插的笔如树林一般。那一边设着斗大的一个汝窑花囊，插着满满的一囊水晶球儿的白菊。西墙上当中挂着一大幅米襄阳《烟雨图》，左右挂着一副对联，乃是颜鲁公墨迹，其词云："烟霞闲骨格，泉石野生涯"案上设着大鼎。左边紫檀架上放着一个大观窑的大盘，盘内盛着数十个娇黄玲珑大佛手。右边洋漆架上悬着一个白玉比目磬，旁边挂着小锤。

明朝武英殿进深三间，探春这房间正是比托明朝皇帝斋居、召见大臣的武英殿。而颜鲁公墨宝，正呼应第三十七回宝玉探病送字一事。米襄阳的《烟雨图》绘的是江南的烟雨，其时隆武一朝只剩江南之地，颜鲁公"烟霞闲骨格，泉石野生涯"与之绝配，只言出隆武帝之志趣之心事。探春善书，大丫鬟名侍书，故写她房中笔如树林，"書"也好，"筆"也好，都暗含一"聿"字，正是隆武帝朱聿键的名讳也。

众人到了蘅芜苑外面，贾母因见岸上的清厦旷朗，便问"这是你薛姑娘的屋子不是？"众人道："是。"贾母忙命拢岸，顺着云步石梯上去，一同进了蘅芜苑，只觉异香扑鼻。那些奇草仙藤愈冷逾苍翠，都结了实，

第十三章 春秋笔法

似珊瑚豆子一般，累垂可爱。及进了房屋，雪洞一般，一色玩器全无，案上只有一个土定瓶中供着数枝菊花，并两部书，茶奁茶杯而已。床上只吊着青纱帐幔，衾褥也十分朴素。

"清厦旷朗"的"清"字格外警人眼目。《红楼梦》书中，夷狄位主西北，时主秋冬，色主白黑，属阴。明白书中阴阳之辨，宝钗房中为何"雪洞一般""十分朴素"便不难理解了。贾母见状大惊，立刻着令添置更换，说道："虽然他省事，倘或来一个亲戚，看着不像，二则年轻的姑娘们，房里这样素净，也忌讳。我们这老婆子，越发该住马圈去了。你们听那些书上戏上说的小姐们的绣房，精致的还了得呢。他们姐妹们虽不敢比那些小姐们，也不要很离了格儿。有现成的东西，为什么不摆？若很爱素净，少几样倒使得。"这一回书中，刘姥姥仿佛无处不在，而在薛宝钗房中，却似隐身遁形一般，刘姥姥为客，薛宝钗为主，刘姥姥是清朝先人，薛宝钗是清朝后人，本是两个时空，而且自家先人如何评论自家后人，这正是作者客不犯主的回避笔法。

二、牙牌令的深意

刘姥姥眼中的大观园如此，那众金钗眼中的刘姥姥如何呢？第四十回"两宴""三宣"正为状刘姥姥也。

众人眼中，刘姥姥是贪食、贪饮、贪财之人。刘姥姥在宴席上说："老刘老刘，食量大似牛，吃一个老母猪不抬头。"诸君还记得薛蟠口中的"香猪"吗？猪，谐音"朱"也，刘姥姥此时虽贫，但她的胃口大得很呢。刘姥姥是掉在地上的"小巧的鸡蛋"也想捡回来吃了，称"一两银子没听到响就没有"的人。刘姥姥听到音乐就要跳舞，林黛玉对宝玉道："当日圣乐一奏，百兽率舞，如今才一牛耳！"百兽率舞，正喻明朝怀柔四海，天下一家的朝贡体系。牛，丑也，位在东北，正建州女真之谓也。

若不识得牙牌，读不出金鸳鸯在宴上三宣牙牌令象形文化的意趣。牙牌，是一种游戏或赌博的工具，又称牌九，西南地区的川牌或长牌与之近似。以两种颜色组成不同的点数，代表不同的寓意，有天、地、人、和、长三、板凳、梅花等。但读者诸君即使不识得谜面，看谜底也饶有意趣。贾母的谜底代表的是贾母身份，黛玉的谜底是黛玉风流，湘云的谜底是湘云立场。

贾母的第一张牌是天牌，贾母说道："头上有青天。"天牌，最符合贾母身份，青天之上，有日月星辰，有河汉灿烂。天为阳，地为阴。华夏为阳，夷狄为阴。

贾母的第二张牌是五与六，贾母说道："六桥梅花香彻骨。"苏堤春晓，被列为西湖十大景观之首。早在元代，苏堤春晓又被称为六桥烟柳，为钱塘十大景致之一。苏堤南起南屏山麓，北到栖霞岭下，全长近三公里，北宋大文豪苏东坡任职杭州期间，疏浚西湖，利用挖出的葑泥构筑而成，后人为了纪念苏东坡治理西湖的功绩将该堤坝命名为苏堤。沿苏堤建有六座著名的宋代单孔石拱桥：一名映波、一名锁澜、一名望山、一名压堤、一名东浦、一名跨虹，六桥古朴美观、各领风骚。传说，苏堤六桥诗意的桥名皆出自苏东坡的锦心绣口。在杭州西湖，长眠着三位抗击外侮的民族英雄，被后世尊称为"西湖三杰"，他们是：为南宋补天、令金兀术闻风丧胆的岳飞岳武穆，保卫北京城、重挫蒙古也先的股肱重臣于谦于少保，痛击清军、以身殉国的南明儒将张煌言。张煌言的墓就在南屏山北麓荔枝峰下，岳飞墓位于栖霞岭南麓。青山有幸埋忠骨，白铁无辜铸佞臣。但我们从荔枝峰下沿苏堤走到栖霞岭，见那六桥烟柳，思华夏英烈，民族英雄忠君报国之情，如见梅花之香魂，怎不令人感慨泣下？

贾母的第三张牌是六与幺，贾母说道："一轮红日出云霄。"易经中，晋卦代表日出，晋的综卦明夷卦代表日落。晋卦的《象》曰："晋，进也。明出地上，顺而丽乎大明。柔进而上行，是以康侯用锡马蕃庶，昼日三接也。"明夷卦的《象》曰："明入地中，明夷。内文明而外柔顺，以蒙大难，文王以之。利艰贞，晦其明也。内难而能正其志，箕子以之。"第三十七回咏海棠诗限门盆魂痕昏韵之"昏"为"明夷"之象，而贾母却说出"晋"之象，华夏正气为之一振也。作者以牙牌令，海棠诗限韵之曲折幽深而写"明"，用心良苦也。

鸳鸯继续说这牙牌令，说这三张牌凑成便是个蓬头鬼。贾母说道：

"这鬼抱住钟馗腿。"真是妙哉!我们注解前文,已知贾元春有钟馗之喻,元春从宫中送出的灯谜,谜底是爆竹,而谜面正是她自己的托物言志诗,曰:"能使妖魔胆尽摧,身如束帛气如雷。一声震得人方恐,回首相看已是灰。"不惜一死,化身为钟馗,只为驱鬼降魔,为华夏镇宅保平安。妖魔鬼怪皆惧钟馗,小鬼抱腿衬钟馗之形象,妙哉!

鸳鸯又道:"有了一副。左边是个大长五。"薛姨妈道:"梅花朵朵风前舞。"鸳鸯道:"右边还是个大五长。"薛姨妈道:"十月梅花岭上香。"鸳鸯道:"当中二五是杂七。"薛姨妈道:"织女牛郎会七夕。"鸳鸯道:"凑成二郎游五岳。"薛姨妈道:"世人不及神仙乐。"说完,大家称赏,饮了酒。

牙牌令中,一点、四点为红,薛姨妈与宝钗的牌都没有红,为地之象,为阴之象。薛姨妈的与宝钗说的牙牌令中皆出一"风"字,此风乃"风月宝鉴"之"风",乃"清风明月"之"风"。梅花直至现在依然是南京市的市花,离南京城不远的扬州城外梅花岭上有民族英雄史可法的衣冠冢,那梅花傲雪凌霜,不惧风雨严寒,愈寒愈香。在我们华夏民族的生死观,那些为国家为民族而死的人,死后都是要封神的。

湘云的牌为全红之数,黛玉的牌亦出天牌,皆大有深意,我们且看刘姥姥的牌。

鸳鸯继续说令道:"左边四四是个人。"刘姥姥听了,想了半日,说道:"是个庄家人罢。"众人哄堂笑了。贾母笑道:"说的好,就是这样说。"

刘姥姥也笑道:"我们庄家人,不过是现成的本色,众位别笑。"鸳鸯道:"中间三四绿配红。"刘姥姥道:"大火烧了毛毛虫。"众人笑道:"这是有的,还说你的本色。"鸳鸯道:"右边幺四真好看。"刘姥姥道:"一个萝卜一头蒜。"众人又笑了。鸳鸯笑道:"凑成便是一枝花。"刘姥姥两只手比着,说道:"花儿落了结个大倭瓜。"

诸君,"庄家人"非"庄稼人"也,后文邬进孝亦是庄家人。庄家人,皇粮庄头之意,外藩之意。书中第四回写薛家进京,其中一个目的是为游览上国风光。上国者,华夏上邦也。薛家、刘姥姥家、邬家皆下国也,外藩也,亦此处之"庄家人"也。庄家人有庄家人的本色,庄稼人有庄稼人的本分。三点为绿，四点为红，大火烧了毛毛虫，薛蟠薛蝌皆为虫部，谁是毛毛虫，谁是火德，诸君自思，所以这也是刘姥姥的本色。萝卜也好、蒜也好、倭瓜也好，或牵藤或挂蔓，恰似满人的金钱鼠尾辫，尤其"一头蒜"之"头"字，更是提示读者从"头发"上去联想。花落结瓜，直令人想到前文"芒种一过，花神退位"之意，以及程日兴给薛蟠送瓜之事。哀哉！

三、妙玉献茶的妙喻

第四十一回中，贾母也正要散散，于是大家出席，都随着贾母游玩。贾母因要带着刘姥姥散闷，遂携了刘姥姥至山前树下盘桓了半晌，又说与他这是什么树，这是什么石，这是什么花。刘姥姥一一的领会，又向贾母道："谁知城里不但人尊贵，连雀儿也是尊贵的。偏这雀儿到了你们这里，他也变俊了，也会说话了。"作者借贾母之嘴告诉读者，大观园中的树石花鸟皆有拟人比托之意，皆蕴藉作者一腔真情。当我们领会到这一层，再去欣赏八大山人笔下写意的树石花鸟，便会瞬间贯通。笔力如神，可意会而不可言传，可神通而不可语达，真如高山令人仰望，叹为观止。

贾母带领众人到了栊翠庵，妙玉接入。至此，方正面写妙玉也。妙卿久违，妙玉实有妙喻也。

第十七回写，妙玉本是苏州人氏，祖上也是读书仕宦之家。因生了这位姑娘自小多病，买了许多替身儿皆不中用，到底这位姑娘亲自入了空门，方才好了，所以带发修行，今年才十八岁，法名妙玉。如今父母俱已亡故，身边只有两个老嬷嬷、一个小丫头服侍。文墨也极通，经文也不用学了，模样儿又极好。因听见"长安"都中有观音遗迹并贝叶遗文，去岁随了师父上来，现在西门外牟尼院住着。他师父极精演先天神数，于去冬圆寂了。妙玉本欲扶灵回乡的，他师父临寂遗言，说他"衣食起居不宜回乡，在此静居，后来自然有你的结果"。所以他竟未回乡。贾府下帖请来，便在栊翠庵带发修行。

妙玉献茶，亦是红楼"名场面"，妙玉"重头戏"也。茶具、茶叶、煮茶用的水皆有大喻也。宝玉也一直留心看她如何行事。但见妙玉亲自捧了一个海棠花式雕漆填金云龙献寿的小茶盘，里面放一个成窑五彩小盖钟，捧与贾母。茶盘为海棠花式，海棠，又见海棠！成窑五彩小盖钟，成窑，乃成化年间的官窑，正暗寓刘姥姥进大观园发生在明成化年间也。贾母道："我不吃六安茶。"妙玉笑说："知道。这是老君眉。"六安瓜片，是安徽六安的上等绿茶，也是明朝的贡茶。无为有处有还无，如果论例，妙玉会为老祖宗献上六安茶，所以老祖宗才先告诉妙玉自己不吃六安茶，此中深意，不可泛泛而过。妙玉献上老君眉，老君眉，名茶也，仙茶也，"老君"二字，正合老祖宗身份。金陵十二钗皆为神仙下凡，老祖宗的仙位必然是更高。

贾母接了，又问是什么水。妙玉笑回"是旧年蠲的雨水。"茶有上下优劣，水亦如此。陆羽《茶经·五之煮》："其水，用山水上，河水中，井水下。其山水，捡乳泉，石池漫流者上。"说的是泡茶用水常用的有"泉水""江水""井水"。正所谓"水为茶之母"，而在山水之上，还有一种叫"无根水"。"无根水"最初是古代服药时常用的一种药引或制药时用的材料，也是一种取水的方法，因时、因地、因具体条件便宜从事。有些茶人亦喜欢取初雪、朝露、清风细雨中的"无根水"用来沏茶，后来渐渐成为文人墨客们极为推荐的一种雅致，唐代大诗人白居易就有《晚起》一诗曰："融雪煎香茗，调酥煮乳糜。"古人饮茶之水讲究"清、活、轻、甘、冽。"张大复《梅花草堂笔谈》中说道："茶性必发于水，八分之茶，遇十分之水，茶亦十分矣；八分之水，试十分之茶，茶只八分耳。"在没有空气污染的地方雨水自然是上之上者。

贾母便吃了半盏，便笑着递与刘姥姥说："你尝尝这个茶。"刘姥姥便一口吃尽，笑道："好是好，就是淡些，再熬浓些更好了。"贾母众人都笑起来。然后众人都是一色官窑脱胎填白盖碗。贾母赐茶，刘姥姥一口饮尽犹嫌淡，既显出刘姥姥的粗鄙，更显出刘姥姥的野心。今日刘姥姥吃贾母半盏杯与后文黛玉忍辱吃下宝钗半盏残茶对照来看，方为会读书也。主客互换、攻守易势，半壁江山，可叹也哉！

那妙玉便把宝钗和黛玉的衣襟一拉，二人随她出去，宝玉悄悄地跟了来。只见妙玉让她二人在耳房内，宝钗坐在榻上，黛玉便坐在妙玉的蒲团上。妙玉自向风炉上扇滚了水，另泡一壶茶。宝玉便走了进来，笑道："偏你们吃体己茶呢。"二人都笑道："你又赶了来饕茶吃。这里并没你的。"妙玉刚要去取杯，只见道婆收了上面的茶盏来。妙玉忙命："将那成窑的茶杯别收了，搁在外头去罢。"宝玉会意，知为刘姥姥吃了，他嫌脏不要了。妙玉与宝、黛、钗三人吃体己茶是此回书中的要文。《晋书·阮籍传》曰："籍又能为青白眼，见礼俗之士，以白眼对之。及嵇喜来吊，籍作白眼，喜不怿而退。喜弟康闻之，乃赍酒挟琴造焉，籍大悦，乃见青眼。"妙玉之对刘姥姥以白目，对宝黛钗以青眼，不正是阮籍再世乎？宝玉黛玉合为嵇康，嵇琴阮啸，嵇志清峻，阮旨遥深，岂妄谈哉？八大山人所绘之鱼鸟鹿鹤等多白眼向天，不正是阮籍之白眼？八大山人平生鲜绘人物，独绘《东坡朝云图》，不正是青眼以待？不明阮籍嵇康之志，如何读八大山人，如何读《红楼梦》？

又见妙玉另拿出两只杯来。一个旁边有一耳，杯上镌着"㿬瓟斝"三个隶字，后有一行小真字是"晋王恺珍玩"，又有"宋元丰五年四月眉山苏轼见于秘府"一行小字。妙玉便斟了一斝，递与宝钗。那一只形似钵而小，也有三个垂珠篆字，镌着"点犀盉"。妙玉斟了一盉与黛玉。仍将前番自己常日吃茶的那只绿玉斗来斟与宝玉。

㿬瓟斝，是一种葫芦类的茶具。葫芦，胡庐也。"㿬"，左分右瓜，含瓜分之意。八大山人善画瓜，《瓜鼠图》《瓜月图》《蕨瓜图》《分瓜图》尽隐于《红楼梦》书中，书中有画，画中有书，互为映照，明白其中玄妙，便仿佛"依样画葫芦"也。王恺为西晋外戚，为巨富皇商，薛家也为贾家外戚，亦为巨富皇商。王莽之篡汉，李唐之代隋，皆缘于外戚也。元丰五年四月，东坡正流放于黄州，行动受限，如何能见于秘府？此借东坡为之增色也。而点犀盉，取"心有灵犀一点通"之意。佛祖拈花，伽叶微笑，而佛法由此传矣。妙玉、黛玉、宝玉，三玉以心印心，是为一心，心意便已通达矣。而绿玉斗，寓意甚大。汉朝王逸《九思》曰："将丧兮玉斗，遗失兮钮枢。我心兮煎熬，惟是兮用忧。"南北朝徐陵在《在北齐与宗室书》中说："正以金衡委御，玉斗宵亡，胡贼凭陵，中原倾覆。"玉斗，既是酒器茶具，又有玉衡、北斗之喻。北斗，拱卫中天北极，亦是天帝的车驾。用绿玉斗饮茶，正符合宝玉身份。后妙玉又拿出一只九曲十环一百二十节蟠虬整雕竹根的一个大（台皿）出来，倒了约有一杯，宝玉细细吃了，果觉轻淳无比，赏赞不绝。九曲十环一百二十节蟠虬整雕竹根大（台皿），正象征华夏民族从古至今，从南到北的大小龙脉，天下一统的帝制传承。

宝黛钗三人所饮之茶水，是妙玉在玄墓山蟠香寺居住时收集的梅花上的雪水，正应回目"栊翠庵茶品梅花雪"。玄墓山，为吴中名胜，有奇山异树，还有许多奇闻奇事。明朝《崇祯·吴县志》载："玄墓山，在邓尉西南六里，相连不断，本一山也。后晋青州刺史郁泰玄葬此，故名。"郁泰玄生性仁恕，为官清廉有惠政。相传，郁泰玄晚年曾隐居在光福山里，平易近人，关心百姓，深受民众爱戴。去世后，百姓如丧考妣。郁泰玄落葬那天，天上突然飞来数以千计的燕子，衔泥而来，堆葬其墓，累土成冢，成为天下奇闻。在玄墓山圣恩寺大殿后的山坡上有奇石，天然嵌空，巉岩洞越，漏透瘦皱，嶙峋多姿，人称"真假山"。玄墓山盛产梅花，唐寅在《玄墓山记游》诗中就有"隔窗湖水坐不起，塞路梅花行转迟"之句，明代王樨登《探梅过玄墓》诗中有"桥外花开日，分明雪作图。不将他树杂，未有一家无"之句，足见梅花之多。江南的梅花，在《红楼梦》书中比托甚大，采梅花雪煮茶既是雅事，亦是作者之大胸臆，勿泛泛看过。从玄墓山之奇领会妙玉之偏僻孤傲处，为会看书者。

宝玉和妙玉赔笑道："那茶杯虽然脏了，白撂了岂不可惜？依我说，不如就给那贫婆子罢，他卖了也可以度日。你道可使得？"妙玉听了，想了一想，点头说道："这也罢了。幸而那杯子是我没吃过的，若我使过，我就砸碎了也不能给他。你要给他，我也不管你，只交给你，快拿了去罢。"宝玉笑道："自然如此，你那里和他说话授受去，越发连你也脏了。只交与我就是了。"妙玉便命人拿来递与宝玉。宝玉接了，又道："等我们出去了，我叫几个小幺儿来河里打几桶水来洗地如何？"妙玉笑道："这更好了，只是你嘱咐他们，抬了水只搁在山门外头墙根下，别进门来。"宝玉道："这是自然的。"说着，便袖着那杯，递与贾母房中小丫头拿着，说："明日刘姥姥家去，给他带去罢。"交代明白，贾母已经出来要回去。妙玉亦不甚留，送出山门，回身便将门闭了。不在话下。

若以为"弃杯洗地"出自倪瓒洗桐之典，便大误也，"弃杯洗地"不仅仅写妙玉的偏僻好洁，更隐"成化犁庭"之大事也。刘姥姥一进荣国府，恰似建州女真始攀附明朝；二进荣国府，恰似建州女真之朝贡。明朝对建州女真以招抚为主，积极鼓励女真首领朝贡。但建州女真本身资源匮乏，加上骨子里的掳掠本性，屡屡犯明朝边境，杀边民，抢物资。成化帝一忍再忍，终于龙颜大怒，"掷杯于地"，下达"犁庭扫穴"的指示，进行了两次大规模的武力惩戒。妙玉所住的栊翠庵，喻太庙也，刘姥姥进太庙，饮茶无礼，正是贾母口中之"冲撞菩萨"，后又醉卧怡红院，觊觎帝位，窥视龙床，岂不正是食而无厌的漫天飞蝗？蝗虫过境，粮食绝收。母蝗产子众多，不绝灭母蝗何以止此蝗灾？直捣巢穴的犁庭事件便源于此。洗地，即犁庭之喻也。

刘姥姥因醉独自一人"误打误撞"进入怡红院，睡到宝玉的床上，前仰后合，鼾齁如雷，酒气熏天，臭屁不断。若怡红公子得知，不知做何感想？袭人撞见，为其掩饰，只向他摇手，不叫他说话。忙将鼎内贮了三四把百合香，仍用罩子罩上。些须收拾收拾，所喜不曾呕吐，忙悄悄地笑道："不相干，有我呢。你随我出来。"刘姥姥跟了袭人，出至小丫头们房中，命他坐了，向他说道："你就说醉倒在山子石上打了个盹儿。"刘姥姥答应知道。又与他两碗茶吃，方觉酒醒了，因问道："这是那个小姐的绣房，这样精致？我就像到了天宫里的一样。"刘姥姥所进之房，何尝不是天宫？偏写袭人为其掩饰，袭者，左衽袍也。作者行文如此安排，真天工圣手也！

四、惜春作画与春秋笔法

第四十二回，刘姥姥二进荣国府，所进者不过时令菜蔬而已，而所获者不但有钱银，还有衣物、吃食、药物、成窑杯等，整整一车，满载而归。正喻明朝对藩属国之优待。而此后贾母受风而病，贾巧姐遇祟而病，虽是勿药之小恙，却正暗示刘姥姥辈绝非善茬，此来并无善意也。

历来解《红楼梦》的人很多，其实最安妥的办法莫如以图解书，和文字相比，图更直观，这或许便是贾母令惜春画园子的原因。解《红楼

》的图是十分现成便宜的，不需要我们再去绘制，并且也是十分简易的。《红楼梦》中有画笔，惜春为金陵十二钗之一，意思深长也。

海棠诗社社长李纨召集众诗翁到齐，笑道："社还没起，就有脱滑的了，四丫头要告一年的假呢。"黛玉笑道："都是老太太昨儿一句话，又叫他画什么园子图儿，惹得他乐得告假了。"探春笑道："也别要怪老太太，都是刘姥姥一句话。"林黛玉忙笑道："可是呢，都是他一句话。他是哪一门子的姥姥，直叫他是个'母蝗虫'就是了。"说着大家都笑起来。宝钗笑道："世上的话，到了凤丫头嘴里也就尽了。幸而凤丫头不认得字，不大通，不过一概是世俗取笑，更有颦儿这促狭嘴，他用'春秋'的法子，将世俗的粗话，撮其要，删其繁，再加润色比方出来，一句是一句。这'母蝗虫'三字，把昨儿那些情景都现出来了。亏他想得倒也快。"众人听了，都笑道："你这一注解，也就不在他两个以下。"黛玉是绛珠下凡，有咏絮之才，她之雅谑，其实都是切中事情本质的"一语中的"。宝钗有停机之德，轻易不开口，开口皆定评也。此刻的她们二人，既是红楼梦中人，亦是注解红楼的评书人。作者作书，留与读者解释的同时，又在书中自释自解也。梦非梦，觉非觉，似梦似觉，真神妙之笔也。《红楼梦》何尝不是借用春秋笔法？虽含蓄蕴藉，艰涩难解，但寓情寓意，写意传神，一字之别，已见褒贬。正面写实风月描形绘状，反面写意春秋传神达意。佛心道骨，圣人之愿，尽入书中，浩然正气，弥漫宇宙。

惜春道："原说只画这园子的，昨儿老太太又说，单画了园子成个房样子了，叫连人都画上，就像'行乐'似的才好。我又不会这工细楼台，又不会画人物，又不好驳回，正为这个为难呢。"黛玉道："人物还容易，你草虫上不能。"李纨道："你又说不通的话了，这个上头那里又用的着草虫？或者翎毛倒要点缀一两样。"黛玉笑道："别的草虫不画罢了，昨儿'母蝗虫'不画上，岂不缺了典！"众人听了，又都笑起来。黛玉一面笑的两手捧着胸口，一面说道："你快画罢，我连题跋都有了，起个名字，就叫作《携蝗大嚼图》。"众人听了，越发哄然大笑，前仰后合。

作者写大观园，难道只是为了写那工细楼台，酒馔之盛不成？八大山人的花鸟画，难道绘的就只是花鸟的"样子"而已？凝笔皆关情，落纸即传神。论及翎毛点缀，八大山人绘过一幅《孔雀牡丹图》，画面上是一块残破的石壁，石壁的角落中有牡丹和竹叶，这些原本是生长在地上的植物，从山崖缝隙间倒挂下来，仿似乾坤颠倒。石壁下有一块石头，石头上站着两只的孔雀。而且石头尖而不稳，孔雀奇丑无比，尾巴上只三根雀翎，恰如清朝高官三眼花翎的顶戴。画面上题诗一首："孔雀名花雨竹屏，竹梢强半墨生成。如何了得论三耳，恰是逢春坐二更。"刘姥姥说"老刘老刘，食量大似牛"，论及《携蝗大嚼图》，八大山人的《饕餮图》可解其妙也。雅谑暗讽，画中有书，书中有画，互照互通，绝哉妙哉！

至于宝钗之画论精彩至极，当与后文黛玉之诗论同参。而诗画又与整本书同参。

若以我之愚见，个山小像，以及八大山人之画，加上河图洛书之图，佐以三垣四象二十八宿之星图，足以解本书也。大道至简，为学日益，为道日损，损之又损，至于无为。如果只能用一张图，便应该用无极图或太极图方恰当也。